中俄文学互译出版项目·俄罗斯文库

俄罗斯当代戏剧集 2

苏玲 主编

[俄] 雅·普里诺维奇 尤·波利亚科夫 等 著

文导微 赵艳秋 等 译

中国国际广播出版社

《中俄文学互译出版项目·俄罗斯文库》由中国国家新闻出版署和俄罗斯出版与大众传媒署批准,中国文字著作权协会和俄罗斯翻译学院负责组织实施。

社会转型时期的艺术之"新"

（代序）

1991年苏联解体改变了世界政治的版图，也成了俄罗斯历史长河中一道重要的分水岭。具有辉煌历史和优秀传统的俄罗斯文学艺术，如何去体察感知社会变幻莫测的温度，如何去丈量描述俄罗斯民族奥妙无穷的精神空间，是俄罗斯社会转型时期这二十多年来世界目光所高度聚焦与密切关注的。

对于中国读者和观众而言，俄国时期的普希金、果戈理和契诃夫，苏联时期的斯坦尼斯拉夫斯基、梅耶荷德和罗佐夫、阿尔布卓夫、万比洛夫等经典作家和戏剧大师，都是耳熟能详的名字。但是，20世纪末苏联解体至今，俄罗斯剧坛发生了怎样的变化，产生了哪些新的、有代表性的戏剧家和戏剧新作，我们却感觉陌生。《俄罗斯当代戏剧集》就是在这样的背景下应运而生的。在所选的作家中，绝大部分是20世纪八九十年代登上文坛或在21世纪初崭露头角的年轻剧作家。而所选剧目，也大多创作于最近二十年。对中国读者而言，可称得上是"新面孔新作品"。

众所周知，俄罗斯是戏剧大国，具有深厚的戏剧艺术传统。

随着苏联的解体，活跃于20世纪七八十年代的戏剧"新浪潮"开始进入尾声。而被学界以"新戏剧"命名的戏剧浪潮开始由弱渐强，成为新世纪俄罗斯剧坛的主流。从"新戏剧"的创作主题、艺术风格和审美特征来看，它具有鲜明的反传统性，聚焦的目标常常是社会边缘群体，反对以剧本为中心和以导演为主导的表现模式，反对戏剧的教化功能，呈现出一种超自然主义的审美倾向。在我们所选的作家中，尼·科利亚达、马·库罗奇金、亚·罗季奥诺夫、瓦·西戈列夫、杜尔年科夫兄弟、普列斯尼亚科夫兄弟、娜塔莉娅·莫西娜、亚历山大·阿尔希波夫等，都是"新戏剧"潮流的代表作家，而尼·科利亚达可以说是"新戏剧"的旗帜性人物。

21世纪初的俄罗斯戏剧创作，尤其是以科利亚达为代表的"新戏剧"浪潮的活跃，与1985年以来苏联进入的转型期社会现状密切相关。20世纪的最后十余年，苏联文坛开始大量刊发之前被禁的苏联文学作品和国外的后现代主义先锋作品，其中也包括大量的西欧戏剧作品，如残酷戏剧和荒诞剧等。当时正值20世纪后半叶俄罗斯"新浪潮"戏剧发展的鼎盛时期。因为万比洛夫对20世纪后半期苏联戏剧的影响，"新浪潮"戏剧又被称为"后万比洛夫"戏剧。而作为"新浪潮"戏剧代表作家，柳·彼得鲁舍夫斯卡娅、维·斯拉夫金、亚·加林、柳·拉祖莫夫斯卡娅、米·罗辛、弗·阿罗、谢·兹洛特尼科娃和亚·卡赞采夫等正如日中天。在社会动荡、人心悲凉和信仰危机的时刻，"新浪潮"的剧作家们加大了对黑色现实的描写力度，因其对社会现实阴暗面毫不留情甚至放大尺度的批判，这一时期的"新浪潮"戏剧又被称为"黑色戏剧"。

从本丛书所选的23部戏剧作品来看,作家出生的年代在20世纪40年代到80年代之间,作品的类型有常见的传统悲剧、喜剧和讽刺剧,也有较为少见的滑稽剧和音乐剧,其内容和主题几乎涉及苏联历史上许多重大的事件,尤其是苏联解体以后俄罗斯的社会现实,呈现出了鲜活的戏剧艺术生态。用传统的考察视角,我们可以在这些剧作中发现大致相同的特点。首先,作家们几乎无一例外地将目光聚焦在了社会小人物、边缘人物和社会底层人物身上;其次,作家们热衷于表现外省苦闷的日常生活场景,或是城市中狭小局促的室内空间,使人的生存与个人命运具有了深刻的哲学意味;第三,戏剧人物往往置于"临界"状态,常常一触即发,其行为和言语在极为自由的状态下极易走向极端,要么热情洋溢情绪高涨,要么歇斯底里大声争吵,在种种极端场景下崇高与卑俗、严肃与幽默、哭与笑等截然不同的两面得到了同时的呈现;第四,虽有弱化情节及强化戏剧人物情感和情绪的倾向,但戏剧家们大多没有脱离心理现实主义戏剧传统,对人物的心理和情绪刻画极具现实主义乃至于自然主义的笔法;第五,剧作家们既善于用纪实性手法表现戏剧场景,又善于以虚拟性手法使自己游离于戏剧场景之外,以作者的身份讲述创作过程,对剧中人物进行点评;第六,剧本对音乐、灯光、布景、造型和化妆大多没有严格要求——这也许意味着,以导演为主体的20世纪戏剧艺术正走向式微;第七,从剧作家的身份来看,近半数所选剧作家都有导演或表演经验,有的甚至是专业演员和导演出身,不少剧作家还是影视剧的编剧,可谓一专多能。

在俄罗斯戏剧史上，出现过两次"新戏剧"浪潮。一次发生在19世纪末20世纪初，也就是契诃夫的时代；第二次发生在20世纪末和21世纪初。也就是说，世纪之交的俄罗斯社会和剧坛呈现出了略带规律性的同频率共振。在这样的律动中，我们可以更清晰地看到历史延续的印迹和文学艺术血脉的走向。不论是新世纪"新戏剧"浪潮的主流剧作家，还是处于创作探索期的戏剧新秀，从本丛书所选的23部较有代表性的剧作看，俄罗斯当今的戏剧艺术依然首先是俄国和苏联时期深厚戏剧艺术传统的传承，我们可以看到心理现实主义、新感伤主义、新自然主义、后现代主义等艺术潮流的不同影响和体现，也能感知到戏剧家们在新的社会历史时期对艺术的不同诉求和努力探索。从关注人特别是小人物的复杂情感到丰富的精神世界，到过去作品中很少表现的"低级"、负面现象，如生育、流产等生理现象，或军队和监狱生活等暴力现象，到以罪犯、妓女和乞丐等社会底层人物为主人公的黑暗生活悲剧，剧作家们既难以脱离戏剧艺术的道德使命和人文关怀，也没有放弃对戏剧人物、戏剧冲突和戏剧语言等艺术形式方面基于传统的创新。所以，科利亚达、西戈列夫等这种时代感很强的作家现在都声称自己是契诃夫、果戈理、万比洛夫和罗佐夫的"学生"和"继承者"，不断告诫自己"不要忘记契诃夫和莎士比亚"，认为自己专注于描写那些被侮辱与被损害的人是因为自己的创作"来自果戈理的《外套》"。面对千姿百态、精彩纷呈的戏剧现状，虽然有批评家认为当代戏剧创作，尤其是较为普遍的实验性创作过于强调对观众的"休克疗法"，容易走向极端，或过于重视对俄罗斯社会阴暗面的揭露，有迎合西方国家否定俄罗斯政治文化现状之嫌，但是，21世纪初俄罗斯剧作家是如何在继承俄罗斯优秀戏剧传统与展现时代与个性风格间求得平衡与寻求出路，我们大可从这23部剧作中窥其一斑。

感谢国家新闻出版署和俄罗斯出版与大众传媒署发起的"中俄文学互译出版项目"，感谢中国文字著作权协会和俄罗斯翻译学院的组织工作，使得这套厚重的、饱含着中国老中青三代译者辛苦努力的《俄罗斯当代戏剧集》得以面世。希望这些作品能够把最新的俄罗斯剧坛讯息带到中国的读者和观众面前，在中俄戏剧交流史上贡献一份微薄之力。

由于内容的庞杂和戏剧语言的复杂性，译文中一定有不少谬误和欠妥之处，敬请读者们批评指正！

苏玲

2018年7月

（苏玲，编审，中国社会科学院外国文学研究所《外国文学动态研究》主编，中国外国文学学会俄罗斯分会理事。曾发表《二十世纪俄罗斯戏剧概论》《大师与玛格丽特》等著译成果。）

目 录

001　让娜　雅罗斯拉娃·普里诺维奇　著　文导微　译

065　同班女生　尤里·波利亚科夫　著　赵艳秋　译

159　耳塞　奥尔扎斯·扎纳伊达洛夫　著　姜训禄　译

227　阿塞拜疆人
　　　——私闯民宅
　　　阿列克谢·斯拉波夫斯基　著　潘月琴　译

293　克雷什金　克谢尼娅·德拉贡斯卡娅　著　孔霞蔚　译

让 娜

两幕剧

雅罗斯拉娃·普里诺维奇 著

文导微 译

作者简介

雅罗斯拉娃·亚历山大洛芙娜·普里诺维奇（Ярослава Александровна Пулинович，1987— ），俄罗斯剧作家。出生于鄂木斯克。2009年毕业于国立叶卡捷琳娜戏剧学院（科利亚达专业）。代表剧作有《化学老师》《隐秘愿望的狂欢》。

译者简介

文导微，社科院外文所助理研究员。有译作《伯克利之春》（托马斯·温茨洛瓦作）《纳博科夫小说三篇》（弗拉基米尔·纳博科夫作）。

人　物

让娜·格奥尔吉耶夫娜——50岁。

安德烈·伊万斯基——28岁。

卡佳——19岁。

维塔利·阿尔卡季耶维奇——55岁。

奥尔迦·安德烈耶夫娜——38岁。

维卡——27岁。

应召男生。

墓地上的女人。

两个小伙子。

第一幕

1

让娜住宅。清早。安德烈在厨房讲手机。

安德烈（轻声地，近乎耳语） 喂。嗯。怎么了？等等，别哭……怎么了？你叫急救车了吗？没叫？为什么？但现在没事了？谢天谢地！我知道你累了。等等……等等！我也累了。我马上过来。是的。很快。今天。一小时以后过来。等我。别哭，求你。再见。吻你。（挂断手机，装进长衫口袋。望向窗外，若有所思）

　　〔让娜走进来。这是个高个子、体形匀称、甚至也许有些微胖、已经不再年轻的女人。她身穿一件宽大的丝质睡衣，但已经梳好了头、涂了点口红，两只眼睛炯炯有光。

让娜 你都醒啦？安德留什①，你今天怎么起这么早？再去睡会儿，

---

① 安德留什为安德烈小称，下文即将出现的安德留申卡、安德留沙也是安德烈小称。此外，下文中，让娜奇卡即让娜小称，塔纽莎即塔尼娅小称，瓦留什卡、瓦利娅即瓦尔瓦拉小称，维库里、维库里娅即维卡小称，瓦洛坚卡即瓦洛佳小称，果西即果夏小称，米奇卡即米佳小称，卡季即卡佳小称。不再另作说明。

我还没做早餐。到小窝里躺会儿。我直接给你拿到床上去。想吃什么？熏肉煎蛋、羊角面包、葡萄柚？（走向冰箱，打开）酸奶要吗？奶渣呢？啊，这还有你喜欢的小美味！猜猜是什么？土耳其烤肉！要不，我们从饭店叫餐？我们今天好歹也算过节，你没忘吧？记得是什么节吧？记不记得？（走近安德烈，抚摸他的头）我就知道你忘了，小呆瓜！（吻安德烈的脸）五年前我认识了你。记得吗？我心爱的小男孩到我的公司来工作。我那时一下就明白了，你是我的宿命。只看一眼我就明白，它就在那里，我的幸福就在那里。我的小爱爱！（再次吻安德烈）

〔安德烈对让娜的叽叽喳喳几乎没有反应，不过，对那些吻也几乎没有反应。

安德烈！安德烈！你飞哪儿去了？你听见我说话吗？

安德烈 （如梦初醒）让娜，如果把一百四十五万放银行，年息百分之十一，过半年取出来，我们能赚多少？

让娜 你自己不能算吗？

安德烈 快说啦。

让娜 你干吗，考我啊？

安德烈 快说啦，说啦……

让娜 （飞快地心算）七万九千七百五。你要做什么？安德留什，你最近好像有点痛苦。累了，是吗？完全给工作累得要命吧？我也累得要命。只有你才是我的解药。喂喂我的小爱爱，让他躺下睡觉——什么时候累过呢？你去小窝里吗？嗯？

〔安德烈摇头否定。

那就在这说。还想在床上说呢,不过既然你已经起了,就在这说。Just a moment! ①(走出厨房,确切说是跑出厨房,但很快就拿着两个彩色长方形信封回来)

惊喜!安德留申卡,我们必须得歇歇!我跟你上回休假是什么时候?我在这想了想,答案是根本没休过!一个月以后我们就走……猜猜去哪?非洲!非——洲——!我们订有一个私人导游,已经有车子在等着我们,你看它的轮子!我们去游猎区!安德留申卡,游猎区啊,你想想!我和你会看见大象、长颈鹿、大猴子!我和你每晚都要喝"大象酒"②!要穿着花衣服晒太阳,晒得黑黑的。要每晚做爱,不放过一个晚上!好吗,安德留什?你高兴吗?

〔安德烈还是一直那样阴郁地望着前方。

安德留沙,怎么了?你高兴吗?高兴吗?我为我们做的打算不错吧?

安德烈 (不看她)让娜,我高兴……原谅我,我不能和你一起去。

〔停顿。

让娜 为什么?我们把手头的工作全交给维卡和奥尔迦,她们会做好的,我相信……

安德烈 让娜,我瞒着你在跟另一个姑娘来往,已经一年了。现在她怀孕了。再过几个月她就要生了。我谎话说累了。我要走。对不起。不能再这样……

---

① 英文:等等!
② "大象酒"(Amarula),一种南非甜酒。

[让娜仿佛失去了说话的能力。她看着安德烈,没法明白,这个安安静静坐在椅子上的人怎么可以说出那些可怕的胡话。她用力去理解和比较什么,可她数学般精确的头脑拒绝分析这组信息。

让娜 (握住桌角)你……你……等等……怎么回事,安德留申卡?你是认真的?你开玩笑吧?开玩笑吧?

安德烈 没有。

让娜 怎么没有?你可不能……(大喊)山羊!猪!该死的娼妓!穿裤子的荡妇!给自己找了个更年轻更有钱的?母狗!她是谁?说,她是谁!说啊,畜生!

安德烈 她叫卡佳,十九岁,是个大学生。我不能说更多了。再次道歉。

[停顿。

让娜 (深吸一口气。已经平静)你有十五分钟收拾。牙刷可以自己带走。其他全是用我的钱买的,不归你。

安德烈 仔裤和衬衣可以穿上吗?

让娜 随你!

[安德烈起身出去。让娜颤抖着,她呼吸沉重,好像马上就要大哭起来。可放纵泪水却非让娜的风格。

让娜……让娜……安静,我说!安静,母狗!一、二、三、四、五、六、七、八、九……静下来!控制住自己。控制住自己!十。让他走。让他走,你听到我说的话吗?你要哭,我就给你一巴掌。(打自己的脸,用一只手捂住嘴)

[安德烈走进来,穿着仔裤和衬衣。

安德烈 （把钥匙放在桌上）放这儿了。房钥匙和车钥匙。（停顿）
请原谅我，如果可以……

〔让娜没有回答。

你是个强人，你什么都能挺过。可她还太小，她没有我就活不下去。

让娜 滚。

〔安德烈向她投去尴尬的一瞥，离开。大门砰一声响。

你要哭，我就打死你。跟狗杂种混在一起，现在倒来抱怨。他是个败类，你敢，你敢……听见没有？你敢……他不值得。（又深吸一口气，然后从桌上拿起无线电话听筒，拨号）塔纽莎吗？让娜·格奥尔吉耶夫娜。安德烈·伊万斯基以后不在我们公司上班了。听懂我的话了吗？没什么两周工资、辞退补偿。什么？到劳动法里找找漏洞。对，很好，根据第八十一条第五项炒了。你没在找碴儿。他总在一点以后才来上班。还要算上所有旷工。对。再通知奥尔迦，她现在就是我的副手了。让她准备宴会。（挂断电话，拨另一个号）维塔利·阿尔卡季耶维奇吗？我今天炒了我的副手。对，安德烈。他会去求你。你如果接受，你就会变成一只不受我欢迎的狗。对。把信息传下去。周五的事记得。奥尔迦准备商业计划。再联系。（放好听筒，然后走向衣柜，从搁板上取下一个大包，往里放安德烈的东西——夹克、裤子、衬衣、领带、袜子、背心，然后又对自己的衣服下手：往这同一个包飞入可笑轻浮的衬衣、女短衫、带褶边的小裙、花边内衣、睡衣、抹胸、某双愚蠢的袜带、透明女衬衫；同时拨动下一个电话号码）喂？奥尔迦吗？塔尼娅已经说了吧？没什么……没什么，你确实是我宝贵的同事……等等……还记得吗，你说过，你把东西送到哪儿？我这有一堆没用的名牌衣物……可以送到哪儿？保育院、教堂，我不知道……孤儿院，你说？啊哈。把地址发过来。或者什么？流浪汉会从污水池里抢光？啊，好吧……我可能就这么做了。好了，谢谢。马上做。（挂断电话；费力地把包合上，看着自己的劳动果实，踹了一脚，然后把它解开，取出躺在面上的一件半透明绣花小短衫，拿近细看；突然）让流浪汉带走你们吧！（把小短衫塞回包里，试着把包抱起，但马上放回原地，站着，沉思；然后还是费力地举起它，扔上最顶层的搁板）别让我再见到你们。（开始穿衣服）

［她穿上那些在她仔细检查之后留下的衣物（也就是一套职业正装，不便宜，但无趣又不亮眼），随便涂了涂眼睛。把自己的东西从一个轻薄的小包放进一个咖啡色公文包，拿着这个公文包走出房门。

2

小住宅。沙发上，盘腿坐着身裹旧短衫的、瘦小的、肚子不大的卡佳。她在看电视，时而抽噎，好像就在不久之前她还大哭过。传来开锁声。

卡佳 （猛然跳起，朝门跑去）安德烈！

〔安德烈走进来，两手拿着一袋东西。卡佳搂着他。

安德烈 你哭了？

卡佳 没哭。只哭了一点点。

安德烈 （头指腹部）痛吗？

卡佳 现在好像没痛。（紧偎着安德烈）

安德烈 你吃了吗？

卡佳 夜里吃的。但后来还没吃。尽在睡觉。

安德烈 又是夜里看电视，白天睡觉？

卡佳 那我还能干吗？我怕一个人睡！你知道我有多怕吗？朋友们全在学习，她们没空管我，你不在身边，你有自己的生活……

安德烈 怎么是一个人呢？我每天都来啊。

卡佳 来！然后又走！我每天夜里都是一个人，所有日子都是一个人一天一天地过……

安德烈 今天发生了什么事，你知道吗？

卡佳 又开始跟我东拉西扯？得啦！（去厨房）

〔安德烈脱下鞋，跟去厨房。厨房的贝壳状水池里放着没洗的碗碟，桌上是跟包装纸混在一起的巧克力碎渣。女主人的邋遢随处可见。

安德烈 （抚摸卡佳的头，试图同她默默和解）
又弄得乱七八糟！（微笑）笨女人！（卷起袖子）我们先来收拾一下，把碗洗了，把地擦了……

卡佳 那我来洗碗，你去擦地？

安德烈 坐着吧。要知道没有我你可就完了。

卡佳 （满意地）完了!

〔安德烈洗碗。

卡佳 （坐在一旁的凳子上，全神贯注地看着他）我今天又梦见，我们搬回我们家了。在那里，我们总在一起……在家看电视，看《奇迹田野》。只调到一个频道，但我们也在看，有你，有我，有妈妈，还有我们的乖儿子。有个列尼亚舅舅微笑着对我们说："想赢一百万？全都很简单!"我就信了他。这些城里骗人的把戏我全都不信，但在梦里相信列尼亚舅舅。相信我们会有这一百万。

安德烈 卡佳，你要有一百四十五万卢布，你会拿来干什么？

卡佳 嗯？这数真怪……不是整数。不知道。会买套房吧。

安德烈 这个我已经想过了。但只能在新村买个单间……

卡佳 那又怎么样？是自己的房子，在哪儿都是自己的房子。

安德烈 （擦着地）你能想得出来，怎么用这些钱买到好地段的新房吗？

卡佳 不知道。想不出来。抵押借钱吗？还是怎么着？

安德烈 （擦着地）抬腿。

〔卡佳抬起双腿。

安德烈 （擦她旁边的地）抵押借钱更贵。

卡佳 那存进银行呢？

安德烈 如果把钱存进银行，就算年息是百分之十一，半年以后你一共也只能得到七万九千七百五十的利息。（擦好了地，又清理桌子）合伙建房!

卡佳 这是个啥？

安德烈 合伙建房！（洗手，从捎回的袋里取出食物；在切板上砍鸡，刮土豆皮、切土豆）

卡佳 这是什么意思？

安德烈 意思是，第一，我卡里有一百四十五万。这是在我们见面的这段时间成功攒下的钱。还有，今天发生了一件事情，可你还不知道……（看着卡佳，期待她的反应）

卡佳 真的？这全是你自己攒的？比一百万还要多？为我攒的？

安德烈 那还为谁？

卡佳 安德烈……我不知道……你真酷。上帝在那个迪斯科俱乐部把你送给了我，为了拯救我。

安德烈 （自负地笑）第二呢，我决定把这些钱投到合伙建房上去。嗯……土豆鸡肉炒的好还是烤的好？

卡佳 烤吧。

安德烈 （微笑）喜欢我的鸡肉吗？

卡佳 喜欢。

安德烈 你还在别的地方吃过这么美味的鸡肉吗？

卡佳 没吃过。

安德烈 就是。但做法其实不难：往鸡的肚子和四周放上切好的苹果和蒜。这样它就会有一种特别的味道。我姥姥也做过这种鸡，还有妈妈，我也总愿混在厨房。赶都赶不走。大家说我会成为厨师或者美食店经理。可我不知怎么地到了这里，虽然妈妈跟我说去伊希姆①吧，在学校读个技工或者厨师，你就会有份职业，那时你就去……但我没听她的，可以说是从

---

① 俄罗斯城市。

家里逃了出来。当然,不全是这样。再说我后来哪没工作过呢,连回想起来都可怕。所以说,建房……看。我们在一个没建好的地方买房。自己的房子,想想吧。租来的房子比苦萝卜还讨厌,对吧?而在那里,我们未来的房子有基脚、墙,但其他什么都还没有。还是个工地。把我们的钱拿到办事处。我们说:我们想买一套三楼的房子。

卡佳 八楼的视野好些。

安德烈 好,我们说:想买八楼的,离太阳更近。就是说,建筑工人会来。他们建啊,建啊。他们建啊,建啊。建一天,建两天。半年以后,啪!我和你就是用一百四十五万买下的八楼崭新房子的主人啦!二十分钟到中心,旁边有公园,家附近有儿童广场!

卡佳 还有我们的乖儿子在玩沙子。

安德烈 还有我们的乖儿子。还有妈妈和爸爸……也没有什么东家再向我们拿什么了。

卡佳 而且周围有很多绿地。我们春天在院子里种树。种苹果树和丁香花。

安德烈 嗯!对了,你知道我种东西都种得多好吗!土豆啦,草莓啦,还有花。这些树我在我家花园种过多少啊!全都长起来了。我有那聪明,就全长起来了。

卡佳 那里的土还正常吧,啊?要是边上有工地,土也会跟着像石头一样,得给它施肥。

安德烈 原则上说,那里的生态当然没那么好,比如说,不像我们镇上那么好,但可以试着找找堆肥,或者草木灰……也很有帮助。

卡佳　我妈妈总拿干鸡屎去撒山莓、苹果树、醋栗。

安德烈　对！我姥姥也这么干！我姥姥特精神，你想想，她八十五岁了，可在菜园里还有一块自己的地，她到现在还是谁也不放进去，自己在种。

〔把土豆、鸡肉和其他必需食物放进烤盘，把烤盘塞进烤箱；洗手。

卡佳　不过你怎么做这么多鸡肉？我们可吃不完吧？可每晚我都不愿一个人吃饭，每晚我都不想一个人吃饭。

安德烈　笨女人，你知道今天发生了什么事吗？

〔卡佳疑惑地看着他。

我再也不走了，笨女人。

卡佳　再也不走了？今天不走了？（幸福地紧偎着他）

安德烈　我是不是跟你说过，我们要一起生活？是不是说过？

〔卡佳点头。

我的话算数了吗？

卡佳　算数了！（摸着腹部）哦，他用小脚踹了我一下！他也高兴。

安德烈　男子汉！跟父亲一模一样！

〔卡佳抱着安德烈，踮起脚来吻他。安德烈回吻她。

3

让娜住宅。大而昏暗。晚上。窗户敞开着，旁边的窗帘微微摆动。让娜和维塔利走进来，后者五十岁左右，衣着整齐，穿着时髦的年轻款夹克、有磨旧设计的牛仔裤。但发式、昂贵的眼镜、动作、表情都暴露出，他这个人已经不再年轻，他可靠、富有，虽然有点热心于跟年龄竞赛。

让娜　进来，维塔利·阿尔卡季耶维奇……寒舍任您支配。像人们说的，就当在自己家一样……（打开门厅的灯）

维塔利　但是，像人们说的，别忘了，您在做客……（环顾四周）听我说，你这儿很棒。这个现在怎么说？（思考）Kill? Call? 想起来了！Cool! 酷！

让娜　我们坐哪儿？餐厅？客厅？卧室？

维塔利　你是主人，让娜·格奥尔吉耶夫娜。

让娜　今天直接叫我让娜，好吧？

维塔利　好。

让娜　那就在客厅吧。

维塔利　可为什么不在卧室？

让娜　我和你还不够醉。

维塔利　啊！我太同意啦！

〔让娜和维塔利走到一个大房间。这里的一切都像《设计与室内装饰》杂志里的：有些花瓶、小雕像、软座矮凳子、弯腿杂志桌、四壁的窗户、小搁板、地板上的熊皮，等等。

让娜　你觉得怎么样？

维塔利　不错。挺利落。这是怎么……超级棒！超级超级棒！设计师给你弄的吗？

让娜 我说了想要什么,他就做了。总之,全是我自己想出来的。

维塔利 嗯,漂亮。我那位可想不出这些。

让娜 你那位,是指太太?

维塔利 对不起,想起来了。

让娜 蜡烛,咖啡,白兰地,甜酒?

维塔利 伏特加。

让娜 听我说,我总能从你身上感到亲近的心。(点燃蜡烛,快速把一瓶伏特加、鱼子酱、罐头腌制品铺满小桌)

嘿,请入席。干杯?

〔他们坐到桌边的熊皮上。

维塔利 (把伏特加倒进高脚玻璃杯)为你干杯!

让娜 为我们的非正式会面干杯!

〔喝酒。

维塔利 做得不错。我们的会面也不错。我们还签好了合同——也不错。酷!

让娜 是的,于是我们这奇怪的会面出现了。

维塔利 好在办公室的白兰地喝完了。

让娜 幸福没有过,而不幸,像人们说的……

维塔利 (轻佻地)让娜,你邀请我来家里做客,不害怕吗?

让娜 (口吻跟他一样)可我怕什么呢?

维塔利 嗯……我会喝醉,会开始聒噪。

让娜 (微笑)你开始以后,我就会怕。

维塔利 你看……我本来就是这样!不稳重。(把酒杯倒满)

让娜,你的伏特加不错。你这个女人也不错。你的什么都刚刚好——毛色、身材、环境。

让娜 我尽量吧。抓住命运的尾巴。

维塔利 让娜奇卡,为你的幸福命运干杯!

〔碰杯。喝酒。

让娜 那下一杯为你!

维塔利 为我什么?

让娜 为你喝。祝你财源滚滚。

维塔利 哎呀!有什么可滚滚的?给我的蛀虫们准备多少都不够。儿子打算结婚了,跑来跟我说:"爸爸,房!"我可在两年前就给他买了个一居室,八十平的。小了,要三居室一百五十平以上的。在中心附近找了套一百七十平的。还要置办家具。女儿,大学生,也跑来跟我说:"爸爸,Lamborghini①。"唯一的快乐是小女儿,三岁。我下班回到家,她就张开双手跑向我。她暂时什么都不要。你下班以后去趟"儿童世界",去那买个娃娃,买个图画本。她就觉得幸福了。你知道吗,让娜,我有个什么样的女儿?

让娜 我们怎么聊起了孩子?我们聊……不知道,聊音乐吧,还聊什么,聊戏剧……

维塔利 我不去剧院。

让娜 我也不去。

维塔利 难题。或者现在人们怎么形容这个的?埋伏!那聊什么?

让娜 别聊工作就行。

---

① 兰博基尼。意大利名牌汽车。

维塔利　决不。

让娜　那我们喝吧？为你干杯！

　　　　［维塔利往杯里倒酒。碰杯，喝酒。沉默。

维塔利　嗯，让娜，总的说来你过得怎么样？

让娜　嗯，怎么样呢？过得不错，你看见了。我有八个房间，三个在这里，五个在二楼。我不上二楼。只有家庭女工上去收拾。还有什么呢？这吊灯是从意大利订的。

维塔利　你工作以外的时间都用来干什么呢？嗯，是怎么休息的？

让娜　是啊，怎么……（思考）算算，我的全部时间都是工作时间。我不记得我今天上了厕所还是没上，可你还跟我谈休息。没时间休息。这会儿呢，今天这是在跟你放松。浪漫情调也是有益的。那所以呢？也经常读读杂志……

维塔利　女性杂志？

让娜　啊。叫《商人·金钱》。

维塔利　我想，你不会织东西吧？

让娜　不会，怎么了？

维塔利　没有，没什么……

让娜　不，不会织东西。我连电视也不看。不喜欢。那里头尽是废物。新闻在说谎，连续剧也在说谎，生活完全不像那样……都是编的。我不相信这些。

维塔利　体育呢？

让娜　不，体育也不喜欢。下班以后背疼。

维塔利　我们喝？（倒酒）

［喝酒。

让娜　你吃点东西，维塔利，这儿有鱼、小黄瓜。

维塔利　我吃，让娜奇卡。那你呢？你怎么不吃？

让娜　不喜欢。我只喝酒就够了。不吃下酒菜。从小就习惯这样。

维塔利　看来你有个幸福的童年。

让娜　我不抱怨。

维塔利　你知道吗，我一直在这想：要知道，我们小时候什么也没有。没有电脑，没有这些玩具。不知怎么地就过了，不是吗？可现在！我不久前跟女儿去这个……去商店！叫"无线电操控技术"。那什么都有！直升机在飞！潜水艇在游！机器人在唱歌！全都跟生活里一个样！

让娜　儿童商品现在好卖。现在时兴给孩子花钱。

维塔利　我带着女儿买了各种东西：两架直升机、一艘船和一辆登月车。现在我们是睡前玩一玩。我女儿叫瓦留什卡。她大名叫瓦尔瓦拉。瓦尔瓦拉·维塔利耶夫娜。三岁。整个一小公主啊。

让娜　我还能把音乐打开。

维塔利　好，音乐，好——这是个多好的话题啊。我们跳舞吧，让娜奇卡，和你！身体接触和所有事情！你喜欢什么音乐？

让娜　不知道。（思考）喜欢普加乔娃。以前喜欢的很多，现在已经全忘了。还有阿列格罗娃……

维塔利　我们喝？

　　　　　［喝酒。让娜打开音响，把光碟放进电唱机。普加乔娃唱响。

哦！阿拉奇卡！（跟着唱）我们跳舞？（走向让娜，向她伸出一只手）

〔让娜起身。他们在屋子中间笨手笨脚地跳舞。歌曲结束。让娜坐到自己的位子。

你知道吗，但我爱这生活。世界是美好的，让娜奇卡，对吗？

让娜 可能吧……

维塔利 是美好的，不管怎么样。我谁也没爱过，让娜。几乎不记得小儿子。大女儿，感觉好像还小，可她都二十了。长大了，长大了。不知怎地，一切都绕过了我。而我的瓦留什卡，瓦留什卡——这是奇迹里的奇迹。她的每一天我都记得。随便让谁来跟我说点什么吧。说，那不行，我不是个好父亲，既然对这个一套，对那个却另一套。可我也了解自己，我只爱瓦留什卡。那些四肢健全的大孩子们，房子、车子都是他们的，就让他们好自为之吧，他们自己比我更明白这些。而瓦留什卡才三岁，她是我那么可爱的小家伙。真是看见了我生命里的一线光明。来，让娜，为我们的孩子干杯！

〔停顿。

让娜 （窘了，整理头发）我没有孩子，维塔利。

维塔利 啊……是吗？对不起。

让娜 为什么？干吗道歉？我不喜欢孩子。

维塔利 完全不喜欢？

让娜 完全。冷漠。

维塔利 哦。不稀奇。

［停顿。

让娜　要不，我们就光喝酒吧？
维塔利　喝杯结谊酒①怎么样？
让娜　试试吧！

　　［喝酒。

维塔利　（吃了点东西）我不爱我老婆，让娜，你知道的。她是个老母鸡。她这辈子什么也不需要。在电视机前坐着，织东西，说，我喜欢织。说，手在忙的时候，电视就是给大脑准备的瓜子。她比我小，让娜。但看起来像我妈。她什么也不需要。还爱逛商店。只是这全部为了家。不给自己买多余的东西，不买。全都带回家里。说，瓦留什卡也累着她了。这已经不像她的年龄了。她多少岁呢？她四十八岁！
让娜　那你为什么结婚？
维塔利　可她以前不是那样的，不是。她以前有胸，有腿，知道是什么样的腿吗！她以前很不友好，不很听话。而我又是那样千方百计地追。在她家里，我专门打破了油罐。她滑了一下，而我就在旁边，我跳过去，接住她。售票处没有电影票，那谁有呢？维塔利有。哪儿也买不到牛仔裤，倒爷漫天要价。谁会送牛仔裤？维塔利会送。她的腿以前那么长，简直就像瓦留什卡的芭比娃娃。
让娜　明白了。
维塔利　是啊，为了这双腿我一辈子都在折磨自己。跟一双腿结了婚，却得跟一个人过日子。我跟她吵架，吵得碗碟、椅凳

---

① 为加强友谊而喝的酒，从此以"你"相称。

飞来飞去。但好像我们还有两个小孩啊,我们还得过日子,就是说,只动口,没动手。孩子们长大了。我已经打算离开她。我爱上了一个联络处的年轻小姑娘,她还打碎了我办公室的一只花瓶。不小心碰到的。当然,花瓶打得粉碎。那是日本货,有些蜡菊。可这个小姑娘爱我,我当然没瞎,看见了。叫塔莲卡。我和她确实有爱,什么都是认真的,约会见面、午休时间的亲热。这时我家那位跟我说:怀孕了。在四十五岁的时候,真奇怪!喏,去找了医生,医生说:什么都有可能。给了他钱,他张罗开来,各种化验、严密的检查。她生了,而且是顺产。甚至还挺轻松,她说。只是后来变得很胖。但这已经是另一件事了。我整个人因为她受到刺激。我想,好吧,等等看,然后呢?我可没被判给她。我把一切都留给她,当然,我会付给保姆所有带孩子的钱。于是就把她带来了。瓦留什卡。我一开始甚至没明白。襁褓里躺着那样的一团。喏,你的孩子,他们说,你现在是第三次当父亲。跟亲戚坐了坐,喝了喝。我像坐在针上,给我的姑娘悄悄地写:我们明天见,别挂念,小兔子。然后躺下睡觉。瓦留什卡在旁边的小床上。我躺着,心想:我这个笨蛋,到底活成了什么样?怎么什么也感觉不到?旁边躺着我的亲女儿,可我却打算离开她去找姑娘。可后来又想那又怎么样,我想,嗯,我们之间的可是爱情。哪怕最后只是快乐生活一段时间。我想,没有我,也会长大的。大的也都长大了,可是想想,我却从不在家,都在忙工作。所以这个也会长人的,我想。我又没有抛弃她。只是打算单独过日子。那时,小床上的瓦留申卡,是那么轻地,在梦里叹了口气。像这样:"嗳……"那么稚嫩,又那么有意识。然后就完了……就在那时我明白了,我不会再有什么爱情,不会再有什么联络处的姑娘。只会有她——瓦留申卡,小女儿。因为我的生命里再没有谁比她更亲了。因为对我来说她的唯一一声叹息突然变得比世上一切都重要。你不会相信,我当时第一次大哭起来。上一次哭是六岁的时候,因为新的球掉到了轮子底下。但那不算。

[停顿。

让娜 那么那个姑娘怎么样了?

维塔利 没怎么样。可能现在正在哪里幸福地生活。我把她炒了,没解释原因。心碎。但那时已经没有选择。别无选择,像人们通常说的。

让娜 倒也不稀奇……

维塔利 可我不遗憾,让娜,你知道。没什么遗憾。姑娘我有。热情不同。我下班回来,跟瓦留申卡一起吃晚饭,一起玩。我给她洗澡,夜里给她读书,她喜欢《卡尔森》和普希金的童话。是个聪明的小女孩,对吧?普希金已经记住了,你能想象吗?然后让她躺下睡觉。这就完了,接着就自由了。我和老婆有个协议:各自过自己的生活。我和她已经有两年根本不聊天了。根本不聊。一星期相互都不说一句话。

让娜 地狱一般?

维塔利 地狱倒不是地狱,习惯了。我不能变老,让娜。瓦留什卡要上小学,可别人会跟她说这是爷爷来接你了吗?然后她见到我就会害羞。我无论如何都不能这样,让娜。我不允许任何人这样。我做尽一切，就为让大家看到：我是她父亲，而不是别的不知道什么人。我需要学会一切。学会时尚，如果需要，我也会做背带。

让娜 嗯……孩子——这事儿……

维塔利 我还要看起来比所有年轻人都年轻。为了让我的瓦留什卡为我骄傲！为了让她向所有人宣布这不是老爷爷，迎面走来的这人是我年轻的父亲！为了让所有人看到！这是瓦留什卡的父亲！年轻的父亲！她会长得更大，我会带上她，我和她去意大利建个房子，在那里生活！这些人我们谁也不带。只跟她两个人远走高飞！你懂吗，让娜？

让娜 要不，煮点咖啡？

维塔利 只有你，让娜奇卡，懂我。而且你就是我的小心肝！

（两手伸向她）

让娜 我现在去煮。（起身出去）

〔维塔利取出 iPhone，在里面找什么。

（回来）你喜欢哪种？加凝乳的、浓的、加糖的？

维塔利 过来，让娜奇卡。

让娜 （走近他）要不，放其他音乐？我还有一张碟，叫"浪漫主义者合辑"。

维塔利 （搂住她的腰）我现在给你放我的音乐，让娜奇卡。

让娜 来吧……我还想跟着轻音乐跳舞……

维塔利 马上……这样的歌曲，我都要哭了。

〔iPhone 里传来歌声"勺搅雪，夜深了……"

这首歌伴着我的瓦留申卡入睡。两只小眼一闭，而自己，小狡猾，悄悄偷看，爸爸是不是坐在她的旁边。盯得好好的，希望爸爸在她睡着以前哪也不去。而我当然也没打算……我在岗位上，守护她的梦。她的两颊那里有小酒窝，小头发那么软，那么亮，就像绒毛……没在一个孩子身上见过这样的小头发。（开始大声呼号，试图讲出所有歌词）

〔让娜走去厨房。

让娜 （拿起电话，拨号）喂！卡尔·马克思大街，十二号，拜托，请马上。他去哪儿？他自己会全告诉您。（挂断电话，望向窗外）

〔窗外是夜、灯、广告、过往车辆的声音、微醉青年们的叫喊声——到处都是生活。

你真是个蠢货，让娜……（从包里拿出烟、打火机，开始抽烟）

4

卡佳和安德烈的那处住所。他们相互依偎着坐在沙发上。安德烈的膝盖上有本书，封面上放着一张纸。

安德烈 （在纸上画些什么）就是说，我们家这一角是孩子的……
卡佳 我到现在还不相信，我们就要有房子了。这好像不是真的。在家里，跟妈妈住在一个房间，然后，在寝室，是四个人住，可现在，会有自己的厨房、自己的客厅、自己的阳台……可以不穿衣服走来走去，想怎么走就怎么走，谁也不会说一个字……

安德烈 我太同意了!

卡佳 碗可以放一晚上,早晨再洗。我从小就讨厌洗碗。全都因为这愚蠢的"我们有个简单的规矩,吃了,就得自己收拾"。人们这么说的时候,我总觉得,我是在集中营或者学校。

安德烈 但我正好相反。总是第一个跑进厨房,又洗碗,又做饭,跟姥姥一起织各种小围巾、袜子。有一回还织了高领毛线衣!那种大红色的,带条纹。姥姥都吃了一惊。

卡佳 自己织?真的?

安德烈 可不。放学回来,吃点东西,就跑去房里找姥姥。她那儿有各种各样的线,摆在杂志桌上,有毛线、编针。多好玩!她跟我讲生活里的故事,我呢,就边听边织,不用看什么电视。然后我和她一起去厨房做晚饭。做好晚饭,再坐一坐,喝喝茶。然后爸妈就回来了。大家一起吃晚饭,然后我又去房里找姥姥编织。而且那样的话,就暂时还不会被赶去做作业。老爹只会骂我,说我不跟男孩们玩,会长成个娘儿们。可姥姥和妈妈喜欢。妈妈总是想,我会留下来跟他们一起生活,哪儿也不会去,因为我挺居家,而且我有头脑,不像其他小伙子。

卡佳 那你为什么离开了?

安德烈 我们镇上什么工作也没有。可不知道为什么又不想去伊希姆的学校。而且那时父亲又老跟我说你应该证明自己是个男了汉,能得到生活里的一切。差个多都用拳头赶我了,在妈妈和姥姥没有听见以前。我不想就那么离开,也不想得到——就是不懂,要得到什么,是吧?可他却冲你一拳、擂上桌面:去,去要。我老爹严得很,能跟他说什么呢?决定了,就来这里,嗯,这里的各种选择都要多一点……试着考学校,但不知怎么没考上"公费"。不知道,可能那里什么都是买到的,或者也可能,自己就是个笨蛋。

卡佳 去年妈妈在学校直接拿笤帚打我,让我学习。她说:你是我的傻姑娘,所以要全部背下来。她拿着课本站在旁边检查,说:哪怕你这辈子得点什么也好。嘿,这就在二年级得了……(看着自己的肚子)我不敢面对,简直是噩梦。我甚至开始神经抽搐。但最可怕的是,今年秋天,我和妈妈一起过来的时候,她帮我到宿舍安顿,当天晚上就回家去了。我就躺在床上,大哭,窗外那么黑,可她走了,我一个人留在了这个丑陋的大城市。在这嘎吱响的床铺上,跟三个包在一起,同屋一个也还没来。窗外的商业中心整个亮着,可我那么瘦,那么小,躺在一个黑暗的房间,甚至怕得连发抖也不能够。

安德烈 可怜的笨女人!可惜我那时不在你身边。

卡佳 是啊!(开玩笑地碰他肩膀)那你在哪儿?

安德烈 嗯……我在哪儿?在工作吧,大概。可我自己觉得,就在这些街道的一些地方,我的亲亲的灵魂在走着。

卡佳 你觉得。可自己也不知道跟谁住在一起……

[安德烈沉默。

她耗了我多少神经:她是一个人啊,她可怜啊……她到底有什么可怜?你自己都说了,她是个富婆。

安德烈 别这样,好吗?她是个好人,只不过不是我的,对吧。

要知道不是什么事都那么容易了断。我这不是来找你了吗。

卡佳 来了。

安德烈 就是,接着说……(指向纸页)看,这是我们的厨房。我们要几扇门?两扇,是吧?一扇通走廊,另一扇通客厅。我们来画。两扇门……这里和这里。

卡佳 (摸肚子)哎哟……

安德烈 怎么了?

卡佳 踹得好像有点怪……这不便宜的超声波检查应该昨天就做。要不如果突然有什么事呢?我害怕。

安德烈 星期一。现在是双休日。我往一千个公司投了自己的简历……星期一会给我打电话,星期二就去上班……马上请求预付工资。星期三你就什么都能做了。

卡佳 离星期三还有好久……

安德烈 忍忍吧……你知道吗,如果我不把全部的钱都投到这个建房项目,我和你现在就不能把房子平面图握在手里了。会有钱的。星期三就会有。给你做所有的超声波检查,从头到脚检查笨女人。半年以后我们就搬进新家。

卡佳 安德烈,那我们什么时候结婚?

安德烈 生下来,就结婚。哪有大着肚子的婚礼?

卡佳 不,不该这样。没结婚就生下的孩子叫浪荡出的孩子。

安德烈 可大着肚子的婚礼叫奉子成婚。

卡佳 我想过了,要不,在我们村里办婚礼?我们又不是有钱人,不用讲排场,只用摆摆桌子,坐一坐,开开音乐就好。

安德烈 但我想在新家。乔迁和婚礼双喜。

卡佳 哪儿来什么乔迁之喜？没桌子、没凳子、没餐具，就像流浪汉，喝水也要用塑料小杯子。但在村里的话，我的姐妹们都会来，会看见我穿着白色的裙子……

安德烈 那就最好在我们镇办，把你妈妈接过来总比把我家人全都接过去要少花点钱。

卡佳 那就在你们镇办吧！妈妈自己可以给我做裙子，就不用去商店浪费钱了。

安德烈 我姥姥也可以。你知道她在我家是怎样一个裁缝吗？

卡佳 就是说，孩子生下来以后，马上就结婚？

安德烈 结。

卡佳 Ye-e-s！（抱他）这样的话，现在就得发声明了！

安德烈 明天咱就发。

卡佳 就是说，我给妈妈打电话说，要嫁人了？

安德烈 就是。

卡佳 拿电话来，我的没钱了。

〔安德烈伸手递给卡佳电话。

卡佳 （拨号）喂！妈妈？是我！妈妈，我要嫁人啦！嫁给我的安德烈，嗯！他是最好的！他给我们买了房子！我真没发神经，我只是太幸福了！真的，买啦！

5

而让娜住宅正值晚会高潮。跟女主人一起坐在客厅的，是她的女同事维卡和奥尔迦。奥尔迦年已奔四，看得出来非常能干，维卡是场上最年轻的一位，她二十七岁。维卡陪着两个孤独的女人，感觉无聊，她比较喜欢活跃一点的玩法。

奥尔迦　嗯，让娜·格奥尔吉耶夫娜，事情就是这样。这只会让人头疼，我甚至不想去联系。这是被奴役的状态，我希望谁也别这样。在我们家，妈妈一辈子都为父亲痛苦，只是在他走后才平静地叹了口气。可她为他哭过三年，这叫抑郁。因为他喝酒，而酒是种坏能量。

让娜　山羊！

奥尔迦　真的。

维卡　再倒点小酒吗，让娜·格奥尔吉耶夫娜？

让娜　来吧。

　　　〔维卡给大家倒伏特加。

　　　（举起高脚玻璃酒杯）祝酒词，女生们！

奥尔迦　请，让娜·格奥尔吉耶夫娜！

让娜　为我们的幸福生活干杯，还为他们都是公山羊、他们的女大学生们都是母山羊干杯。而我们是骄傲的，不需要农业畜生！

奥尔迦　漂亮的祝酒词！

　　　〔碰杯。喝酒。

　　　坐着好吧，女生们？跟您在一起真舒心，让娜·格奥尔吉耶夫娜。

让娜　过会儿还有应召男生过来。

奥尔迦　（惊讶）男生？！

让娜 男生。

奥尔迦 让娜·格奥尔吉耶夫娜,啊,这有点……

让娜 别放屁。

维卡 让娜·格奥尔吉耶夫娜,您原谅我,但我不行,未婚夫在家等我。

奥尔迦 维卡!

让娜 安静!我请你来,是把你看成个完全自由的姑娘。让未婚夫见鬼去,只有手拿没被脏邮戳弄脏的护照的人,才能进我家门!(起身,醉眼看着奥尔迦和维卡)猜猜我现在要给你们看什么,女生们……(走出房间)

奥尔迦 维卡,你看见了吗,让娜·格奥尔吉耶夫娜正难受,你干吗跟她说未婚夫?

维卡 这是什么话?大家都知道,我和瓦洛佳就快结婚了。

奥尔迦 大家都知道,可干吗要提起来啊?

维卡 奥尔迦·安德烈耶夫娜,我认为,我有权让私生活不受小圈子道德标准的约束。

奥尔迦 你有,但整个部门就没了奖金。你没看见吗,人家很不好,人家在难受!别在她的伤口上撒盐,维卡。好像这盐以后不会飞进我们的眼睛!

维卡 她的这个安德烈就是只山羊。她在哪儿找到他的?

奥尔迦 山羊倒不是山羊,可年轻人在最被需要的时候,跳走了,像只小山羊!没法想得更好了。我有个侄子今年读完了经济专业。

维卡 然后呢?

奥尔迦 然后！我当了副手，就是说，我的职位空了出来……只是谁也别说。萨什卡对我来说就像儿子。我像爱亲人一样爱他。知道我们萨什卡有多聪明吗！爱因斯坦！明显不像姐姐，我的心肝。脸上的痣都跟我一模一样！

维卡 哦。有人读五年书，顽强地掌握知识。也有人轻而易举地买来毕业证书，只为了跟老大妈睡觉！

奥尔迦 跟老太婆！

〔女人们谨慎地嘻嘻笑着。奥尔迦突然猛地把一只手指靠近唇边，对维卡做暗号好了，安静！让娜走进房间。她穿着一条带人工宝石的半透明连衣长裙，手里拿着一个塞得紧紧的大包。

让娜 我们来换装吧，女生们！我这有一堆！有羽毛，有各种这些……来，来，我们不坐着，我们动起来！奥尔迦，嘿？看，带着小裙子的抹胸！穿上！你会变成我们的小鸡雏！

奥尔迦 （嘻嘻笑）让娜·格奥尔吉耶夫娜，我都不习惯了！你干什么？

让娜 怎么，怕了，丫头们？还是说我们不在过节？！

奥尔迦 是过节、过节，让娜·格奥尔吉耶夫娜！我不放屁了，我已经坐火箭飞来！（拿起推荐的服装换上）

让娜 那你呢，维卡？你想当谁？小猫咪？护士？女中学生？老女人？（醉醺醺地哈哈笑）

维卡 我实在不行，让娜·格奥尔吉耶夫娜。这一切我都非常赞成，但我要怎么面对瓦洛佳呢？

让娜 瓦洛佳——我们把他埋到菜园里！换上！

维卡　您知道吗，我来自一个旧式家庭，我有个非常严厉的爸爸……

让娜　那我们就把爸爸卖给笨蛋！还有问题吗？

维卡　没了，让娜·格奥尔吉耶夫娜，我知道，这是游戏。可这是什么游戏呢？还有，那什么应召男生，您是在开玩笑吧？

让娜　这里没什么玩笑！换衣服吧！不然我就要生气了，就要不高兴了！

〔维卡看着奥尔迦，寻找帮助。

奥尔迦　（已经换上抹胸和小鸡颜色的小短裙）维卡！让娜·格奥尔吉耶夫娜在开玩笑！真是的，有点幽默感吧，别让大家为难！

维卡　嗯！我也猜到了，您在逗笑，让娜·格奥尔吉耶夫娜！我马上就懂了，这就是些游戏嘛！（换上黑色和玫红色花边的睡衣）要知道我还是个新手，让娜·格奥尔吉耶夫娜，我才到您手下没多久。对，新手！因为在以前的那些公司，我没能像现在这样，有幸能跟那么优秀的人一起工作，像您，像奥尔迦！跟那么快乐的人一起！跟那么简单诚实的人一起……

让娜　（鄙视地）哟，哟，哟……母马唱起来了。

〔奥尔迦大笑。维卡勉强跟她一起大笑。

　　委屈了？从眼睛看出来，委屈了。别委屈，你，维卡，是个能干的丫头。我才在想，想出了这个：奥尔迦去当了副手，她的位置空出来了。外人我谁也不想用。（倒满杯）所以祝贺你升职，维库里娅！

维卡 让娜·格奥尔吉耶夫娜,我甚至都不知道……这对我来说是那么大的新闻!这是那么好的机会,事业那么神速地发展,让娜·格奥尔吉耶夫娜……我……

让娜 我们喝!

〔女人们碰杯,喝酒。奥尔迦皱眉,撇嘴。

那我现在给你们放音乐,女生们!开始摇摆吧!我最喜欢的歌!(走向音响,放碟)

〔歌声响起"少尉,年轻的男生,大家都想跟你跳一会儿舞,你若知晓,女人对强壮臂膀的想念……",等等。

〔让娜跳舞,把维卡和奥尔迦拖到房间中央。那两位不确定地蹦蹦跳跳,踏着左右脚。突然,维卡不自然地高高抬起一条腿,表演某种杂技般的体操。

奥尔迦 维卡,你在干吗?

维卡 这是我的瑜伽!

奥尔迦 为了瓦洛佳学会的?

维卡 哦,让瓦洛佳见鬼去吧!

〔乐声雷动,女人们陶醉地跳舞。

〔门铃声。

让娜 是小男生来了!我开门了,女生们?

〔舞蹈中止。停顿。新铃声。

维卡 没问题!

6

让娜卧室。电视机开着,但声音是关上的。床上躺着一个高个子、深色头发的小伙子——"应召男生"。

让娜 (在房里走来走去)还有这个,你明白吗?这是九一年,苏联解体。我那时还是个笨蛋,二十九岁。没工作,没钱。那可是美极啦!连裤袜补了一百五十次!知道吗,我有过什么样的连裤袜、什么样的睫毛膏?人们把一半工资拿去买一双卡普伦长袜,可我连工资也没有!国家吹牛骗了我们!我住在一个什么流浪人口歇脚地,那地方连想想都可怕!那些公住房可能你见都没见过!一个屋里住着我和一个老太,还有她女儿。老太是躺着的,她需要照看。我为了折叠床,为了暖和,跟这老太坐在一起。她总是想死。"去死试试,"我跟她说,"我死给你看,你也会死,但把我扔外面去!就是现在!没找到工作以前,你甚至连死都不敢想。"她是好样的,勉强活到……是个挺好的老太太,愿她升天!她叫我闺女。多傻啊!有时我会回忆,甚至有什么会突然涌上心头。我那么住了半年。然后我想要指望我们国家,还不如马上去上吊!有手,有脚,肩膀上的脑袋好像也在!我打算做点小事情。我找到一个同学,他在忙什么生意,在做货运。我说出金额。当然,他看到我口袋里一个子儿也没有。"你会垮的,"他说,"让娜,我不会收利息,但你到死都会欠债。""好,我亲爱的,"我低声说,"给我介绍一个小人儿,我需要从他那儿借三千美元!"他像对着一个不正常的人一样对着我说:"小笨蛋,你明白这都是些什么人吗?""多少利息都行,"我回答。"不是这个问题,"他说,"你的事办不成,他们可不是我,他们是些口齿锋利的恶伯父。地上变多的,"他对我说,"只会是一座坟。或者你去当妓女还债吧!""我去,"我大喊,"能去的地方都去,只要你给介绍!"两天以后他来找我。一起走。我穿了条长裙,为了不露出连裤袜。虽然也明白,笨蛋,没用,腿是撒手锏还能是什么呢!但这下要不就是腿,要不就是补过的连裤袜——选吧!到了。那人坐着。看着。想着。手指甲被小锉刀磨过。端着架子。可看上去,他活不久。我明白,扮女孩的话,会得到保护、房子、交情。但这个会分开腿,却不给钱。我发动自己的潜力,好像我是个职业女性。简直是个演员,我看着他的眼睛,哪儿也没穿帮。滔滔不绝地说出许多名字。说,我认识那人,那人。同学还在车上就给我作了有关城市近况的简短报告。他看啊,看啊,"哈"了一声。好,我想,硬充是要人,可一旦硬充,也就会给。对他来说三千美元只是破烂!"好,"他说。要了出奇高的利息。但我知道,如果事情办成,我两天就能还完!从安全柜里拿钱,手指蘸着口水点数。我们立即就上了车,去下乌留平斯克!我们后面跟着三辆货车!我从没去过这下乌留平斯克,但我知道,那有个生产面粉制品的工厂倒了。我们到了。我的妈呀!就像回到了小时候,脏得没边。我走进工厂,找到经理。他失掉了自制力。红着眼,醉醺醺的,在嚷嚷政治。

我用一戈比向他买了三车通心粉。货装好以后,我们开车飞奔回城。找到一家公司。我预先查清了这公司的底,都是些能干的年轻人,不是没用的东西。我一到,就马上把钱放桌上。"你们有一晚的时间。"我喊道。而我预先想出了一个样品,我一个美术专业毕业的熟人出于友情为我画好了这个样品。上面有那种巨大的美国招牌,还有用大大的鲜红色英文字母写着的"通心粉! Made in USA!"而旁边用俄语为没文化的人写着"美国制造!"一万包! 凌晨四点以前这些包装都准备好了。我整个人都神经紧张——货车呢? 上帝保佑别有个什么! 我们去车库找同学。货车在那里。有一群人,大家都想挣钱。我同学预先受到警告,需要人手,但实际情况并不了解! 早上十点我们手工包装好通心粉! 我跟大家一起! 十一点开车飞奔到市中心。嗯,我想,好了,就是它了,让娜,你的时候开始了。管它呢! 要么当老爷,要么完蛋①——豁出去啦! 先是慢慢腾腾地有人买。一两包,十包……快到一点的时候我们身边围满了人。满满的人! 每人拿十包、十五包! 我编故事说,我刚从美国回来,这些通心粉是他们的新牌子,我说,这种通心粉你们在别处可找不到,这是纯正的美国产品。大妈们围着我们,妈妈们带着孩子。一个人喊:"您再给我装十包,我从折子取点钱,马上来找您!"快到晚上七点的时候,我们正卖最后一百包,这时看见——一群帅哥朝这边走来! 皮夹克! 敲诈! "我们翻啦!"我喊。我从货车上跳下来。进汽车,踩油门! 开向强盗,还他债。他

---

① 类似"不成功便成仁""成者王侯败者寇"之意。

气得眼珠乱转，利息就像鸽子嘴那么一点。他紧握我的手，下巴的脂肪在动。你活不久，我想。拖不了一年。嗯，我有过那样的感觉。也对了。据说，他被人干掉了，而且三个月都还没过。你明白我说什么吗？我跟同学清账、分道扬镳，就像史考莉和穆德①战胜外星人以后分开一样。三天之后我有了汽车，住在租来的房子里。剩下的钱投了资。半年后有了房子、市中心的办公室、电视上的广告。你知道吗，后来很多各种各样的事情都发生过：跟工人们吵架爆粗口，跟弟兄们一杯杯喝酒，被反经济犯罪处害得差点上法院，九五年差点被枪打死，九七年被抢光、穷得破产，又全部从零开始，两千零五年贿错了人。我生活里发生过很多不同的事。而我到现在还在回想那个晚上，我们沿着黑暗的道路飙车进城。我的整个一生都在冒险，我的整个一生都在这些通心粉、这些白痴包装里面！心怦怦跳着，而脑子在想：事能成，事能成！我聪明、我强大、我勇敢，事能成！我体内的那力量、那信仰、那动物的嗅觉醒来了！我在那一刻成了女人，你相信吗，嗯？我感觉到那样的情欲，还有狂热，还有肾上腺素，后来哪个男人都没让我感觉过那种奇妙！男人会背叛、事会完，你只有一个自己。如果你强大，你就会活下来，会沿路飙二百，会幸福，因为你确切地知道：你的事能成。因为你走运，因为成功跟着你，力量附着你。因为你只有你自己。你懂这些吗？懂吗，嗯？

应召男生 （她说话的时候，他一直在看电视）呵，我懂不丁！这

---

① 《X档案》人物。

《海绵宝宝》真好玩！你怎么不看连续剧，连续剧多好玩！这动画片那么好玩，简直……

［让娜关上电视声音，躺到床上小伙子的旁边。

想要什么？

让娜 滚开！

［小伙子起身，穿衣服，准备离开。

等一下！

［他站住，看着她。

我老吗？

应召男生 不老，还可以。大妈全这样。

让娜 快滚！

［小伙子离开。让娜打开声音。邻屋开始传来维卡的声音。

维卡 （在电话里大哭）等等，瓦洛坚卡！你去哪儿？去妈妈那儿？为什么啊？这是个工作应酬，只是个工作应酬！我跟她们一起没意思，她们是老大妈，我为什么要跟她们喝成那样？！瓦洛坚卡，这纯粹是工作关系！什么？什么男生，你说什么，疯了吗？这是工作应酬！对，整晚！对，我事先没跟你说。但我不能说，瓦洛坚卡！这条老龙把我的整个脑子都吃了，我不能打电话！瓦洛坚卡！对不起！我这就来！什么男生？你说什么，亲爱的？（停顿）应召男生？你说什么啊？！……谁打了电话？瓦洛佳，不是真的！谁打了电话？女人的声音？谁？谁？！瓦洛佳，别挂电话，我求……我这就来……（大哭）

［让娜冷笑。看电视。

第二幕

7

四个月过去了。还是卡佳和安德烈的那套住所。白天。安德烈拿着报纸坐在沙发上,讲电话。

安德烈 喂?您好,我给您投了简历,应聘销售经理的职位……什么?已经找到人了,啊?啊,那……(拨另一个号)喂?您好。您在报上发消息说,您需要一个经理……对,高等教育,当然!红色的毕业论文①!有五年工作经验。二十八岁。上一个工作的地方是"美味"连锁店。听过吗?再打来?好,我会等您电话……好。您认得我电话吧,啊?好,祝好,期待见面!(挂断电话)什么破玩意儿。

〔大肚子的卡佳走进房间。

卡佳 罐里还有糖水水果吗?

安德烈 那只剩了两口,我喝完了。

卡佳 (坐到他旁边)想吃糖水水果。

---

① 指优秀毕业论文。而普通毕业论文为"蓝色的"。

安德烈 （抱她）忍忍吧，笨女人。爸爸这就找到工作了，我们会有好吃的，我们会有糖水水果，我们会有小母鸡……

卡佳 你什么时候把工作找到呢？

安德烈 就找到了。很快就找到。我在这个城市找不到工作？你说什么呢？大家都认识我。他们一听到我没工作的消息，就会抢着要我。

卡佳 那你就自己给他们打电话吧，给那些抢着要你的人。不然这消息过了四个月也传不到他们那里。

安德烈 啊，那不太合适，你明白吗……

卡佳 那怎么才合适？简单点说……我给妈妈打了电话。她说，再也不寄钱来了。妈妈还说，她已经这样、已经像伏尔加河上的纤夫一样拖了我们四个月。还说，你早该去找份工作。

安德烈 你妈妈还说了什么？

卡佳 还说了什么？还说，不打算养一个不能养活自己的、跟她没关系的健康的男人。还说收拾东西，来家里生！

安德烈 笨女人，全都安排好了，困难都是暂时的……你打算去哪儿？给你煮香香的通心粉、再加个小胡萝卜？

卡佳 别煮！暂时的困难！你那暂时的困难已经有四个月了！超声波检查也根本没做！没有过冬的靴子！一个多月就吃通心粉、通心粉！还喝完了我的糖水水果！

安德烈 小傻瓜，但我们有自己的房子啊！我买了房，懂吗？虽然没建好，但那是我们的房！

卡佳 可你没有自己的工作，而我又要生了……我们要用什么生活？你知道吗，我村里的妈妈也真的尽了全力！你父母住得远，又退休了！

安德烈 闭嘴！

卡佳 让我说！

安德烈 笨女人……你干吗啊？

卡佳 我怕，安德烈！你以为我是个傻瓜，什么也不懂吗？我可什么都懂！没找你去工作不是因为他们没听到消息，而是因为他们根本不会找你！压根儿不会！因为你没有能力找到工作，因为他们不要你，因为你没有能力，他们也不要你！因为你不能，你不能，他们不要你，你不能为我们挣钱，因为他们不要你，可我要生了，可他们不要你，你打电话，可他们并没往回打。可房东已经威胁说要赶人了！会赶的，如果还是这样……你喝完了我的糖水水果，可我要生了，但我不知道，我们会怎么样，我妈要杀了我，因为我什么也没读完，就已经要生了，有我和孩子，可你不能为我们挣钱，连吃饭的钱都没有！

安德烈 闭嘴！安静！难道我不晓得……我没装过货吗？没贴过小单子吗？还是没工作过？你说说。你那愚蠢的糖水水果我还会给你买的，别跟我那么说话！我现在就走，去把你要的钱带来给你，既然你觉得那么没法忍受，既然你就是那么需要我！

卡佳 走！走吧！你走哪儿去？

安德烈 现在就走，会带来的！

卡佳 走！

安德烈 就走！

卡佳　走!
安德烈　(走到门厅,穿鞋)卡佳,你收回自己的话,听见了吗?
卡佳　会收回的!你先走吧!
安德烈　走了!(离开,砰一声关上门)
　　　〔卡佳面红耳赤、恶狠狠地站着。摸着肚子,皱着眉头。

8

　　　让娜住宅。她盘腿坐在屋里的沙发上,盖着暖和的方格毛毯。穿着家居,戴着眼镜。她的膝上放着电脑:她在飞快地打着什么,嘴唇微动,好像在心里计算什么。
　　　门铃声。让娜起身,摘下眼镜,去开门。门边,当然,是安德烈。让娜默默看着他,沉思。停顿。

让娜　(最后,把安德烈放进房屋)好啊,亲爱的。(吻他脸)
　　　〔安德烈迟疑地脱鞋。
　　　你饿吗?还是在城里吃过了?
安德烈　让娜,我……
让娜　我有比萨。我可以做夹肉面包。我们可以订点什么。
安德烈　让娜,我有……
让娜　要吃什么?要比萨吗?
安德烈　好。我……
让娜　我这就去热。咦,你身上这是什么衣服?市场上还卖这种夹克,啊?我还以为他们的东西现在好些了。

安德烈 让娜,我想说说……

让娜 脱了。

安德烈 什么?

让娜 夹克脱了。(抱他)

让娜 安德留申卡,穿这种夹克可是犯罪。我怎么,没教过你?脱掉吧。(从他身上脱下)呸!你穿这种衬衣?它可是脏的啊!你穿着它像个流浪汉。赶紧脱了!快,快。现在我们给你洗衣服,把你自己塞进小澡盆,洗洗。水是暖和的,温柔的,我们往水里倒上香香的泡泡。我用磨脚石给你磨磨脚,如果你想要的话。好吗?

安德烈 我的情况大致是这样……

让娜 我的小男孩饿了,累了,整天在城里跑……脱衣服吧。你洗澡的时候,我从你喜欢的那家饭店叫餐。把衬衣放这……

安德烈 (脱下衬衣)我已经很累了,完全……想想吧,我打了那么多电话。让娜,我不明白,为什么他们不用我……

让娜 小袜子脱了。现在去洗洗、吃点东西、休息,我给你搓背,跟你谈天说地……你把一切的一切都跟我好好说说。说你想过什么,说你怎么想我……

〔安德烈脱下裤子和袜子。让娜把他往屋内的浴室推去,他走进浴室。传来流水声。让娜走进卧室,在镜前打扮。

9

夜晚。让娜卧室。安德烈穿着睡衣坐在床上。让娜穿着花边衬衣坐在旁边。杂志桌上放着几个盛有没吃完的什么美食的盘子。

让娜 （想吻安德烈）你想我了吗？

安德烈 （躲开）让娜，别这样。让娜，我想了想，我们本来可以简单相处的。总之……总的说……我们甚至可以是朋友。我们总归不是外人好像……

让娜 不是外人。当然，不是外人……（抱他）

安德烈 我遇到些难题，让娜。

让娜 可我还以为，你是想我了。

安德烈 也想了，当然，也……

让娜 亲我。

［停顿。

安德烈 可能，暂时还是不要……好像这一下子……

让娜 什么"一下子"？你已经讨厌亲我了？

安德烈 没有，怎么这么问？

让娜 那就亲。

安德烈 我不能。

让娜 为什么？

安德烈 因为我不能……

让娜 我对你来说已经变得可怕了吗？

安德烈 没有，这是在说什么？你是个美人！你是个好人！（经过停顿）但我不能。

让娜 可是你说，想了……

安德烈 我想了,我是说真的……我们毕竟不是外人!……我只是不能,但我没说谎……也想了……

让娜 抱我。

〔安德烈别扭地抱着让娜。她吻他的唇边。

安德烈 让娜,别这样……

〔她又一次吻他,这次更坚决。安德烈投降,退让,回应亲吻。让娜靠紧安德烈,脱去他的衣服,关灯。黑暗里传来嘈杂声和听不清楚的低语。搁在床头柜上的安德烈的电话突然开始唱起欢乐的旋律,并不明亮的光照亮周围的一切。

让娜 别接……

安德烈 得接……

让娜 我说了,别接……

安德烈 我要接的……

让娜 晚点打过去……

〔电话安静下来,但马上又重新响起。

安德烈 我要接,万一有什么事呢……

让娜 不!

安德烈 就一秒钟……(从床头柜拿起电话,接通,走到另一间屋子;对着听筒)叫急救车。我十分钟以后到。(跑进卧室)

安德烈 我的东西呢?!

让娜 我们这就去阁楼取……

安德烈 不。我的东西在哪儿?我穿来的那些!

让娜 晒在存衣室……怎么了?

〔他跑向存衣室。让娜起身,在屋里走来走去。安德烈回来，已经换好了衣服。

让娜 安德留沙，怎么了？

安德烈 卡佳要生啦！……让娜，请原谅我。请给我钱吧。请给我打车的钱和要花的钱。我会用工资还清你的。因为公共汽车已经不开了。而且我连坐公共汽车的钱也没有。可她在那生孩子。求你了。

让娜 （默默打开床头柜的抽屉，取出钱，数出几张纸币，塞进他的衬衣口袋）

我叫过小男妓，他们拿得更多，但你又不是公司派来工作的，所以你拿这些正合适，对吧？

安德烈 我会还……

让娜 还什么？什么也不用还，你这些钱是诚实挣到的。

安德烈 我会还……我会还。（看着让娜。好像，眼看着就要像个受委屈的小男孩那样大哭起来，但想到不能拖延，就从房里跑了出去）

让娜 （一动不动地站着，目送安德烈离去，然后关门）让娜，你敢哭……你敢！你强大，你很强大，你经受一切，你把一切碾成粉末……让娜！闭嘴！重复……我——强大，我——强大，我——最强大，我把一切碾成粉末。我——强大，我——非常非常强大，我是世界上最强大的，我谁也不怕，我谁也不爱，而且我——强大，没人能让我委屈，没人能背叛我，我会踏碎任何挡我路的人……我——强大，我——强大，我——强大……（站在巨大、黑暗的住宅中央，低声念诵自己的咒语）

10

墓地。坟墓林立。像在大城市一样,有十字路口、街道、死胡同。不过代替房屋的是坟墓、十字架、纪念碑。风沿着林荫道卷起糖果外皮。大大的黑鸦在飞,眼神贪婪、尖利,它们住在这里,为了享用活着的客人给死人留下的供品。让娜沿着墓地行走,停在一块黑色大理石铸成的雄伟的纪念碑旁边。她手里捧着一大束花。

让娜 (把花放到碑上)你好,爸爸……我很久没来看你了。从去年就没来。(从包里取出一瓶伏特加,一个高脚玻璃杯,倒酒)怎么样,你在这儿躺得怎么样,爸爸?冷不冷?在这儿没给冻着吧?来……永远的纪念……(喝酒)看啊,爸爸,我给你带来了怎样一束花!都是贵的花。对!嗯,爸爸,我为你什么都舍得。我只剩下一个你了。我没去妈妈坟上,路远,怎么也不想去。而你就在城里,在我身边躺着。等你在我的栅栏下面腐烂、烂得一团糟以后,那么,大概,就想不起什么女儿了吧?想不起了吧?你有其他孩子,你忘了自己的让娜,也没想过。而我却想起来了。我把你运到城里。我们把你洗干净、做完仪式,全都像对待活人那样。办了追悼会。人呢,确实少。你的孩子们,爸爸,没来。只有我一个人在。还有一个人,就是你的达莎,呸……那时是大着肚子来的,谁的种,不知道。不知道她现在在哪儿。听说,在北方哪里冻屁股。你儿子，瓦洛奇卡，成了酒鬼，爸爸。整个成了你，在街边什么地方喝醉了，死了，听说。你老婆，你背叛我和妈妈另外娶来的老婆，变胖了，像头猪，听说，已经连门都爬不进去了。听说，她街头的孩子怕她。听说，她病得不轻。要断气了，可能，很快。断就断吧，她的路还能怎么走呢。她不可怜我和妈妈，进了我们的家，在街上走过的时候耷拉着脸，还跟马一样打响鼻。你忘了吗，爸爸，嗯？你怎么把我和妈妈赶出门，赶到公住房的六米房间，也忘了吗？忘了你为了把我们从房子除名，怎么贿赂执照处的长官？你记性不好，爸爸。你在那儿躺着？你躺在我的小墓里，觉得柔软吗？爸爸，我给你订了一个橡树小墓，贵着呢，加了丝绒。我自己在你头下放了枕头，为了让你睡得软。给你换上了名牌套装，爸爸，你这辈子从来都没有过那样的套装。你看，我为你什么都舍得。你看，我给你带来了什么样的花？也来缅怀你，没忘记你。我是你的好女儿，爸爸。我下次给你带一车花，让你在棺材里变个样，爸爸。为了让你想起我妈妈，想起她怎么暴瘦，她怎么来向你要钱，怎么恳求你别扔下我，她的癌细胞转移了，她痛得咬坏了整个枕头。你不给我们开门，我十三岁去医院洗别人的便盆。十七岁一个人埋了妈妈，而你一点也不帮我们，你在她的追悼会上喝多了，还开始大声骂她。记得吗，啊？什么，爸爸，把你埋什么了？把你埋深了？蛆虫在吃你？但我一切都好，爸爸！我有连锁店，我有大房子，我在郊外有三层楼的别墅！怎么样，我就能放肆！现在正打算在意大利买房。我房里的家具，爸爸，全都是订来的，全都来自天然品种，全都是同一种颜色、同一种色调！任何苛求我都能满足！你女儿长得不错，爸爸，对吧？而且也没忘记你。看啊，我给你建了多好的一块碑哟！给你带来多好的花。你一辈子给什么人哪怕送过一朵小花吗？没有，爸爸，没送过。可我给你送了，还要送，还要来找你，要来缅怀你，爸爸。为了让你从坟墓底下，爸爸，哭诉起来，让你觉得在地狱都比在我旁边舒服。我希望，你正在地狱被火烧吧，爸爸？跟你的孬种瓦洛奇卡一起，正被烧？你们这些男人全是这样，全都一样，就像你，爸爸，还有你的瓦洛奇卡，你们全是公羊，我在你们中间一个好的也还没碰到……

〔一个戴着普通木质十字架的女人走向相邻的坟墓。

女人 （对让娜说）哇，您的花真好看……这是从商店买的吧？这些天蓝色的花叫什么，您知道不？

让娜 不知道。

女人 哦，您是多好的人啊，来看自己的爸爸了，是吧？他是您的爸爸？我早些时候就注意到了这个墓：这样的碑，这样的字，这么贵，值钱呢。我早些时候就想过：女儿或者儿子是多好的人啊，给自己的父亲立了这么一块碑。看得出来，父亲是个好人，养出了这样的孩子。我却没人帮着立碑了。您的爸爸是个好人，对吧？

让娜 是最后一头猪。是那种绝种的废物。狗东西，在栅栏下面咽了气。那就是他的地方。

女人 您怎么这样啊？您可是他的女儿。毕竟是爱他的，对吧？不管怎么样，但总归还是爱着爸爸的，不管到哪里。对吧？

让娜　我恨他。让他在地狱被烧吧,公羊。

　　　［停顿。

女人　你真可怜,我的姑娘……生活到底让你受了多大的委屈啊,闺女,让你的心肠变得这样恶毒……

　　　［停顿。

让娜　我不是您的姑娘……我不是您闺女!我不可怜。我有钱……我有钱!我有连锁店!我不是您闺女……(几乎跑着离开)

　　　［女人在她身后画十字。

11

　　　卡佳和安德烈的住所。开着收音机。安德烈手拿梳子对着镜子跳来跳去,把梳子想象成麦克风,把他想象成有名的歌手。门铃声。安德烈去开门。门边是两个小伙子,他们的照片可以登上历史课本的一节"旧石器时代的人"。

甲　你是安德烈·伊万斯基?

安德烈　是我。

　　　［小伙子快速而协调地拧起他的双手。其中一个留下来抓住安德烈,另一个搜屋子。

　　　小伙子,怎么了?!

甲　你认识西尼茨娜·阿福朵奇娅·巴甫洛夫娜吗?

安德烈　不认识。

甲　什么叫"不认识"？你现在住着谁的房子？

安德烈　啊，嗯嗯，我只是忘了名字……

甲　啥，你放屁呢？你欠了她四个月吧？行了，闹吧果夏！你再也不欠她什么了！你现在欠我们！那总数和二十把刀当作道德损失。明白了吗？果夏，你找到他的护照没有？

乙　找到了。不过这里只有一副钥匙。

甲　另一副钥匙呢？（向外翻转安德烈的手）

安德烈　哎哟！在医院产科老婆那里。小伙子，行行好吧！我老婆生啦！我们要去哪儿？

乙　（翻安德烈的护照）你就是在乌斯季伊希姆斯克生的？

安德烈　不是乌斯季伊希姆斯克，是乌斯季伊希姆。

乙　那就滚去你的扎斯朗斯克，怎么，从这里来的？

安德烈　乌斯季伊希姆！你们要操纵我，我能做什么？

甲　（踹他）您就照我说的做，懂了吗？我说，去扎斯朗斯克，就去扎斯朗斯克。简单说，记住了，可怜虫！你什么时候还钱，什么时候就能拿回你的护照。第二副钥匙你从老婆那取来，最晚明天还给房东。记住了吗？记没记住？我问！

安德烈　记住了。小伙子，好了吧！

甲　好了就好了。果西，来……

　　〔他们把安德烈扔向楼梯。跟着飞出他的东西：衣、鞋、帽。

　　想拿回护照，就给房东打电话，她会告诉你怎么找到我们……

安德烈　小伙子，我们谈谈吧！我全都还，就请让我收收东西也好啊，我小孩刚刚出生！

甲 没门儿！

［安德烈朝他扑去，肚子被狠狠打了一拳，弯成两半坐在地板上。小伙子们锁上房门，离开。

安德烈 （坐在地板上，在夹克里找电话，拨号）喂？您好，我想知道……您说了，可以一个月以后过来，我也明白，那还在施工，但我们可以现在过来吗，因为我妻子生了，可我没有住的地方。什么？您怎么是检察院来的？怎么不存在？不是所有者？这是怎么回事？等等。那您呢？什么办公室？明白了。啊，啊，啊……不是，被骗了，不明白……啊……明白一点了。不，女士，我没发神经，我这只是在发笑……集资人什么时候集会？我来，当然，会写声明……不，现在不能。晚点想办法来。（挂断电话，从口袋拿出烟抽）

［他的电话在响。

（对着话筒）喂！我的米坚卡怎么样？在睡觉？在喘气①？替爸爸亲亲他。一切都好，笨女人。一切都好，对。我找到地方上班了。不，不是经理，是汽车司机，到处送货。但这也没什么可怕的，对吧？每一种劳动在我们国家都受到尊重。星期一去上班，他们好像没有别的人选。不过总的说来，笨女人，我觉得，需要回我们镇或者你们村。我们干吗要待在这个可怕的大城市？我们在这里是谁呢？只是些小蚂蚁，是没有权利的外人。建不起房子，种不了树，而我们的儿子呢，他在这里会长成什么人？像我这样的，无家可归

---

① 此处俄文中"睡觉"（спит）与"喘气"（сопит）两个词音形相近。

的人？不，我没在胡言乱语，真的一切都好……什么？出院了？！那么快？！不，为什么失望？高兴还来不及！我现在就来。打车来。如果打到私车，我想，够的。

12

让娜在自家卧室看无声电视。电话响。

让娜 喂？你好。嗯，决定了就是决定了，写个声明。维卡，她想吃掉你，而你又被牵着走。为什么我该站在你这边？这是你们姑娘的算法。这全是瞎话，维卡，什么谁谁应该爱你，没有谁欠你什么。跟瓦洛佳和好了吗？好。叫去哪儿？去印度安家？胡话，维卡。灰母马的胡话①。你能借这潜水艇去哪儿？呵……生态——到处都是生态。那里的生态，可能也还不错，可据说那里的卫生，简直见鬼。我？谢谢，维库里，我挺好。这就是想问问你们年轻人，看看能不能给我录个什么音乐？要欢快的、可以当背景音乐的那种。要不一到晚上一个人就会莫名其妙地忧郁，可电视里又是废话。对，随便哪个振奋人心的那种。嗯嗯！舞曲！不，我很少上网。我上班看电脑都看得眼睛疼。在网上结识新欢？但我干吗要新欢，旧人都让我恶心……我，维卡，已经不相信任何关系，除了货物—货币关系。不过你还年轻，可以真的去一去你的印度，你在这里能做什么呢。听说，那里，所有人都幸福，就连流浪汉也是。嗯，下定决心

---

① 俄罗斯人认为灰马是蠢笨的。

的话,就把声明拿来,没下好决心,我就当没有过这回谈话了。别害怕,别抱怨,保持乐观,其他一切自然会来的!我等着音乐碟!(挂断电话,打开电视声音)

〔电视正放着一段什么广告"如果你年轻、有品位、时尚、美丽,就加入我们的选美吧,成为我们真人秀的一员,构建自己的爱情、发现自己的幸福,都不难!"

(关上电视,拨打号码。)喂,维塔利·阿尔卡季耶维奇!过得怎么样啊?我不知道为什么就决定打……喂!喂!你是谁?喂!什么?听不见!是谁?喂!谁?瓦利娅?啊,瓦利娅。你好,瓦利娅。你爸爸呢?等等,去哪儿了?那就去趟房间找他吧,你都醒了。懂了。关了门,在喝酒、聊天——懂了。是吗?爸爸给妈妈拖来了整整一箱子花?这很好,瓦利娅。这非常好。你说什么?你觉得可怕,可你别怕。你把眼睛蒙上,对床底下所有可怕的东西说:反正我是最厉害的,你们谁我都不怕。知道了吗?好啦,躺下睡吧。把爸爸的电话藏到枕头底下,躺下睡吧。别哼哼了哦!哪儿来的这个哼哼虫呀!躺好了吗?现在闭上小眼睛。童话故事?听着,我不知道什么童话故事。你爸爸妈妈这就会和好,会来房间找你,会给你讲童话故事。我也不会编故事。安静!别闹!现在……现在,等等……好吧,听着。在一个王国,在一个国家曾经住着一个小姑娘。不,不是公主。小姑娘完全不好看,根本不是公主。然后她的妈妈死了。然后她就有了自己的生意。就像你爸爸有生意那样,只是钱更多,多个几百万。总的来说,这个小姑娘比很多人都更加聪明一点。这个小姑娘不去跳舞,根本哪儿也不去,只是上班、回家。然后有一天她遇到一个王子。这个王子也根本不是王子,总之就是那样,是个普通男人。不,不是你爸爸。另外一个王子。他开始和这个小姑娘在工作会见里眉目传情。他在咖啡店里给她吃了"含羞草"沙拉。然后他们去了趟布拉格,手牵手走路。你以前去过布拉格吗?让你爸爸带你去去。美极啦。然后他们结婚了。幸福突然降临了——真丢脸!对不起。不是这样。他们在一起过得不错,这些字眼没法选。然后小姑娘的生意成了这个王子的子公司。然后……然后小姑娘怀孕了。上班的时候总是跑去厕所呕吐。可怕的中毒。可王子却有了什么情况:不回家过夜了,开始喝酒、骂娘。总之,开始的并不是童话故事。小姑娘由于神经紧张,生下一个死胎。可王子竟好像还高兴,开始温柔地对她,开始笑了,晚上回家来了。然后有一天,他建议小姑娘签一个非常可怕的协议。小姑娘没同意。突然王子马上就变样了,想从这个小姑娘那里夺走她的生意……他大叫。跺脚。跑法院跑断脚。小姑娘夺回了全部。因为她强大又聪明。这个王子后来还让反经济犯罪处来害她。嗯,这是另外一个故事了……然后小姑娘又遇到一个人,但这回不是王子,是个穷光蛋。他们也去了遥远的国家,牵着手散了步,可后来有一天他突然从她身边逃走了。那时小姑娘看了一眼镜子里的自己,看啊看,看见她面前站着的不是什么小姑娘,而是个可怕的老妖婆。另外还是个蠢货里的蠢货。故事就是这样。喂?你睡了?那就睡吧,睡吧……祝你做个好梦,瓦利娅。(按下"挂机"键)

13

让娜住宅楼梯前面的小空地。电梯里走出安德烈和卡佳。安德烈两手抱着一个襁褓中的婴儿。

卡佳 （哭着）你看见了吗,保安是怎么鄙视我们的?好像我们是流浪汉……但我们也真的是……

安德烈 正常看的啊,我认识他们。快下来吧……

卡佳 给我米奇卡,万一保安突然怎么着他……

安德烈 笨女人,是不是?保安是正常人。好了,下来,我按铃……

〔卡佳下来。安德烈按门铃。让娜开门。

让娜 哎哟!好莱坞的什么人物哟!

安德烈 让娜……

让娜 再见。

安德烈 让娜,我儿子生了!

让娜 恭喜。(想关门)

安德烈 然后我们现在没地方住了。

让娜 然后呢?

安德烈 然后。我们被赶出门了,没钱,街上零下十五度。

让娜 那跟我有什么关系?流浪汉救助站?

安德烈 让娜,我知道,我混蛋……我们明天一大早就坐车回卡佳他们村。只是公共汽车现在已经不开了。让我们过一晚吧。

都快晚上了，我们带着孩子能上哪儿去？一些熟人的手机关机了，另一些不在城里。

　　　　［停顿。

让娜　那你的卡佳呢？

安德烈　她在那下面站着……

让娜　进来吧……（走向住宅深处）

安德烈　卡季，来……

　　　　［卡佳爬上楼梯，他们走进让娜的住宅。卡佳脱鞋的时候，安德烈把孩子抱在手上，然后把孩子给她，自己脱鞋。

卡佳　（低声地）你住过这么大的地方？

　　　　［安德烈点头。

　　　　现在去哪儿？

安德烈　不知道……

　　　　［他们站在走廊中间。卡佳理了理孩子头上的小帽子。让娜走出房间。

让娜　那就是？

安德烈　嗯。

让娜　儿子叫什么？

安德烈　德米特里。米佳。

让娜　米佳——多愁善感，德米特里——美好。还行。那你，也就是卡佳了？

卡佳　卡佳。

让娜　瞧瞧。可我本来还希望，你挺可怕呢。

安德烈　我们该去哪儿？

让娜　去客房，我们把那儿收拾好……
安德烈　卡佳，去那边……
　　　　［卡佳走开去往客房。安德烈和让娜留在门厅。沉默。
　　　　原谅我，让娜。你很好。
　　　　［停顿。
让娜　不，安德烈。我很坏，很恶毒。别用没意义的恭维话来贬低我。
安德烈　你很强大，让娜。
　　　　［停顿。
让娜　不。如果我强大，你就不会在这里。别纠缠我，好吗？衣柜里有干净的睡衣，上二层，在那里铺床，别让我见到你们！
安德烈　我屋子被偷了……
让娜　（耸肩）错在自己，就是说……
安德烈　我现在连护照也没有。我是个流浪汉。
让娜　我该可怜你吗？（走开前往自己的卧室，打开电视，不开声音地看着）

14

　　　　夜，静。让娜睡着。电视继续无声播放。安德烈走进来，悄悄触动她的肩。让娜在梦里嘟囔什么，然后睁开眼睛。

让娜　你干什么？

安德烈 你有温度计吗?

让娜 什么?

安德烈 卡佳感冒了,可能是路上着的凉。她发烧了,整个人都烫。

让娜 抽屉柜里看看,扔着各种纪念品的那个。那边有个红色的大药盒。

安德烈 可你说过,你不认药的……

让娜 你也说过很多这个那个!

〔安德烈转身向门。

等等!那德米特里怎么样?

安德烈 没事。没烧。

让娜 他可会被传染的!你想让你儿子在出生的第一个星期就生病吗?

安德烈 不想。但能怎么样呢?

让娜 让他来这儿。

安德烈 哪儿?

让娜 这儿。我这儿。我不会吃了他!在那儿拿洋甘菊、退烧药、热水,主要的,要很多热水……嘿!你站着干什么?

安德烈 好吧,我马上……(下)

〔让娜急忙穿衣。安德烈手里抱着孩子回来,把他递给让娜。

安德烈 给。只是要小心一点。她不知道怎么地情况完全不好,还浑身冒汗……

让娜 (把孩子抱在怀里)要不,叫急救车?

安德烈 我们明天要走。

让娜 看看睡得怎么样,这样好吧。如果到明天还没好转,就要用抗生素了。

安德烈 她还在喂奶呢。

让娜 得找个奶妈。或者都用上。

安德烈 我们在哪儿能找到?

让娜 站着干什么?去,医你的可怕女人!

〔安德烈下。

（坐在床上,手抱婴儿,摇着他）你醒啦?别耍滑,我可看见喽,你眼睛睁开啦。静静,静静……你妈妈病了。病了,我说。不该大冷天的走来走去。我们这样看着做什么呢?我叫让娜婶婶。让娜婶婶是我。对。都是婶婶喽。还能跟你说些什么自己的事呢?我是个笨蛋,德米特里。可你原来这么小呢。他们打算跟你去哪儿?去什么村子?大冷天里光着屁股的病人。他们要把你拖去哪儿?打算冻坏这么漂亮的一个宝宝啊。好吧,是他们的宝宝,让他们自己做主吧……可是,德米特里,我没有孩子,没有亲人,没有朋友。不知道怎么就这样了。但我只是好想去关心谁。不要回报地去关心谁。好想去爱上谁。但不要这种恐怖,不要后来不得不咬紧牙、又紧紧缠住自己的心,而且还说,这是最后一次,再也不会了。我要去印度,听说,那里的所有人都幸福,所有人都相互爱着。或者要学会讲童话故事。要开展慈善事业:孩子一个人留在家里,或者受了委屈,或者在夜里醒了——他就拨我的电话号码,我呢,就给他讲个故事。任何故事。看他想听哪个。跟他聊世上的一切。怎么样呢?我觉得是个好主意。你觉得呢?主要是,活着,德米特里,无论如何都要活着。抬头挺胸,骄傲地走,把尾巴翘到天上去。但如果已经没力气这么做了,就得想出童话故事。如果编出好的童话故事,就可以跟它一起久久地活着。可以到生命尽头也不跟它分开。可如果不好,就得受苦了。我就得了一个不好的。我一辈子都在跟所有人证明,我是最好的,我很强大,我是最最……跟他证明,然后跟他,然后跟另一个他……可现在什么也不想证明了。而且也没人可跟。只是好想爱上谁。现在就爱上你也可以啊。真的,我不关心孩子。但需要以某种方式生活下去。总归需要,无论如何都要。要在自身寻找力量,就算已经没了任何力量。忍受,生病,咬紧牙关,然后,继续生活下去。

〔安德烈上。

安德烈 卡佳想要回孩子。她已经好些了……

让娜 可她的病毒也好些了?它们半小时就蒸发掉了?

安德烈 她在请求。都哭了……

让娜 (交回孩子)你们明天别顶着严寒去任何地方。我不放你们。

安德烈 啊[①]……

让娜 呗[②]。

[①] 此为音译。原文是俄文字母表的第一个字母 А,可作连词,有"可是、但是"之意,也可作语气词,可用于疑问句或感叹句。

[②] 此为音译。原文是俄文字母表的第二个字母 Б,接续上文的 А。

安德烈　好吧……让娜，等等……然后呢？

让娜　然后会是新的一天。（走近安德烈，理理小孩的小发帽）

〔安德烈带走婴儿。

（在房里走来走去，沉思，然后拿起电话，拨号）

好啊，人民公仆！没吵醒你吧？我记得你是只云雀，起得早……嘿，日子过得怎么样啊，老同学？工作。明白。大家都工作。我在电视里看到你的时候，真为你骄傲啊。我这有些问题问你。你说，在我们国家，父母的权利是容易剥夺，还是不太容易？对，这是个挺奇怪的问题。父母，他，她，两个人都没工作，自己的住处都没有，也没钱。他是个酒鬼，她是个毒鬼，我可以在庭上证实。能试试，对吧？要不，我今晚来找你一趟，喝着小酒，把一切好好谈谈，好吧？今天不忙吧？我带家酿烧酒和肥肉过来！没，你没尝过这种的！然后我们到那儿再说感谢的话。你知道，我从来不欠人情的。那好。向你的马玲卡转达大大的问候！晚上见，老同学！

（挂电话）

——幕落

同班女生

两幕音乐剧

尤里·波利亚科夫 著

赵艳秋 译

作者简介

尤里·米哈伊洛维奇·波利亚科夫（Юрий Михайлович Поляков，1954—　），俄罗斯作家、诗人、剧作家、编剧和社会活动家。出生于莫斯科一个工人家庭。曾任《文学报》总编（2001—2017）。其诗歌和小说作品曾选入俄罗斯的中学和高校教材。代表作品有《牛奶煮羊羔》《无望的逃离》等。

译者简介

赵艳秋，复旦大学俄文系副系主任，博士学位，副教授，硕士生导师。专著有《俄汉文学翻译变异研究》，译著有《鬼玩偶》，合译作品有《世界文学史》《俄国哲学》《普京文集》等。

人　物

斯韦特兰娜·波戈热娃　　　　　　⎫
安娜·法莉科娃　　　　　　　　　　⎪
米哈伊尔·佳布洛夫（米哈伊尔神父）⎪
费奥多尔·斯特罗奇科夫　　　　　　⎬（中学）同班同学。
鲍里斯·利波韦茨基　　　　　　　　⎪
维克托·切尔梅托夫　　　　　　　　⎪
伊万·科斯特罗米京　　　　　　　　⎭

叶甫根尼娅·彼得罗夫娜·科斯特罗米京娜——伊万的母亲。

奥莉加——斯韦特兰娜的女儿。

奥科波夫——少校。

士兵。

保安一。

保安二。

故事发生在俄罗斯一条大河河畔某州的州中心城市。

第一幕

一套标准的三居室,上个世纪八十年代的风格,装饰还不错。右边是厨房和阳台。左边是第二个房间的门,前面是第三个房间的门,也就是所谓的"会客室"。墙上挂着一幅肖像照,是一位面带微笑的国际主义战士,身穿"沙鼠"迷彩装,头上一顶热带地区用的巴拿马草帽,一只手握着卡拉什尼科夫枪,另一只手提着吉他。在照片下面的小柜子上放着一把吉他——正是画上的那把。公寓里热火朝天地准备着节日酒宴。叶甫根尼娅·彼得罗夫娜和斯韦特兰娜把盘子和菜肴从厨房拿到"会客室"。

斯韦特兰娜 ……切尔梅特也会来吗?

叶甫根尼娅·彼得罗夫娜 他那儿来电话说,如果他能来,就一定会来。

斯韦特兰娜 难道他不是在国外吗?

叶甫根尼娅·彼得罗夫娜 他大概回来了吧。他出趟国就像我去趟市场一样。有钱人!你看,保安一大早开始就在院子里转来转去。我从商店回来,在楼道口他们问我"您去哪儿?"——"我回家!"我说。他们不信!

斯韦特兰娜 （笑着）放你进去了吗？

叶甫根尼娅·彼得罗夫娜 放了。但是检查了我的包。

斯韦特兰娜 他们担心有恐怖分子！

叶甫根尼娅·彼得罗夫娜 （像在集会上一样）他们应该担心的是社会不公！恐怖主义——只是它的一个后果而已。以前一名武装警卫队员拿一个空手枪套就能保卫整个工厂！现在呢？到处都是这些……保……保……

斯韦特兰娜 保安人员……

叶甫根尼娅·彼得罗夫娜 没错！都拿着步枪。自助食品商场有，学校里有，甚至幼儿园里也有保安！如果按照国家的标准来说，这群成千上万的年轻男子就是游手好闲之徒！有人问，防卫谁呢？显而易见防卫人民。但是，如果人民起义……

斯韦特兰娜 不，叶甫根尼娅·彼得罗夫娜，人民不会起义的。

叶甫根尼娅·彼得罗夫娜 为什么不会起义呢？

斯韦特兰娜 我们老百姓学聪明了，他们明白，越是经常起义，就会把你压得越低。而这些警卫，我觉得，是可以发动起来的。对！尤其是那些守卫富人的警卫！

叶甫根尼娅·彼得罗夫娜 你认为？为什么？

斯韦特兰娜 嗯，你自己想想：他们可眼睁睁地看见，这些"俄罗斯新贵"们是怎么因为愚蠢的金钱而发狂、生气的，并且暗中憎恨他们所有人。革命时期是谁毁灭了地主？——是地主家的仆人们。甚至连亚历山大·勃洛克的庄园都被烧毁了。这是历史事实。您，叶甫盖尼娅·彼得罗夫娜，就能发动警卫！刚好，武器他们已经有了……

［斯韦特兰娜笑着，打开通向阳台的门，朝下看。

叶甫根尼娅·彼得罗夫娜　有趣的想法！军队士气低落，纪律涣散。农民、无产阶级变成了酒鬼。而知识分子呢……嗯，他们总是人民利益的职业背叛者。而这儿有警卫啊！我自己怎么就没有想到呢？应该给《真理报》写封信！

斯韦特兰娜　（从阳台回来）他们运来了一条狗。这狗真棒！他们在找炸弹。也就是说，切尔梅特确实会来……

叶甫根尼娅·彼得罗夫娜　你怎么对切尔梅特这么感兴趣呢？

斯韦特兰娜　叶甫根尼娅·彼得罗夫娜，我非常需要他。

叶甫根尼娅·彼得罗夫娜　为什么需要？

斯韦特兰娜　（叹气）我丈夫开始做生意了。我想寻求……建议，或许，他会给……毕竟是同班同学！

叶甫根尼娅·彼得罗夫娜　嗯，问吧，问吧……或许，他会给的。学校的情况怎么样？

斯韦特兰娜　正常。我在上班。寄来了新的历史课本。如今又可以跟孩子们说，斯大林比希特勒好了……好那么一点点。

叶甫根尼娅·彼得罗夫娜　难道之前不许吗？

斯韦特兰娜　之前不鼓励的。

叶甫根尼娅·彼得罗夫娜　这仅仅是个开始！你和帕维尔怎么样了？好像听说他经常去莫斯科了！

斯韦特兰娜　（冷淡地）我和帕维尔一切正常。我跟您说，他的生意如今……

叶甫根尼娅·彼得罗夫娜　（缠着她问）那你今天怎么这么无精打

采？记得吧，万涅奇卡①过去总是叫你小萤火虫！

斯韦特兰娜 也就是说，偶尔开心一下……

叶甫根尼娅·彼得罗夫娜 你不惭愧吗？四十岁的你，有丈夫和漂亮的女儿在身边，才算偶尔开心一下！不行，你听着！我现在这么痛苦干脆就不活了？！

斯韦特兰娜 叶甫根尼娅·彼得罗夫娜，对不起！我原本不想。我……您明白吗……如果我发生什么事情，您一定要照顾奥莉加！

叶甫根尼娅·彼得罗夫娜 你会发生什么事情？

斯韦特兰娜 任何事情都可能发生……

叶甫根尼娅·彼得罗夫娜 （担心地）你生病了？

斯韦特兰娜 没有，我这样，就是以防万一。

叶甫根尼娅·彼得罗夫娜 别说了！净说些不吉利的话！你啊！万涅奇卡听到会非常伤心的！他那么爱你！那么爱你。

斯韦特兰娜 我也爱他。所有人都爱他。他是好样的！

叶甫根尼娅·彼得罗夫娜 天哪，我为什么该这样，为什么？

（失手掉落毛巾，双手捂住脸）

斯韦特兰娜 叶甫根尼娅·彼得罗夫娜……求您了！别哭了！

叶甫根尼娅·彼得罗夫娜 你让我伤心了，斯韦塔，你触到我的痛处了！

---

① 万涅奇卡、万卡、万尼亚为伊万的小称。下文中的费坚卡、费佳为费奥多尔的小称，阿涅奇卡、阿尼卡为安娜的小称，热涅奇卡、热尼娅为叶甫根尼娅的小称，斯韦塔、斯韦托奇卡是斯韦特兰娜的小称，米什卡、米佳是米哈伊尔的小称，鲍里卡、鲍连卡、利帕是鲍亚斯的小称，维佳、维坚卡是维克托的小称。

斯韦特兰娜　喏,别这样!今天这样的日子……

叶甫根尼娅·彼得罗夫娜　什么日子?什么样的?!上帝啊,都已经那么多年过去了!所有的事情我已经不再想了,也不再哭了,甚至已经习惯了。可有时候突然就像电流正击中心脏一样!为什么非要在我儿子身上发生这种事呢?我最聪明、最善良、最纯洁的孩子啊!我所有的女友都早就抱孙子了。而我呢?而我的万涅奇卡……为什么?!(哭着)

斯韦特兰娜　(安慰她,给她水)或许,正是因为他是最聪明、最善良、最纯洁的……

叶甫根尼娅·彼得罗夫娜　那上帝为什么这样安排呢?

斯韦特兰娜　这个您问问米什卡·佳布洛夫,如果他来的话。

叶甫根尼娅·彼得罗夫娜　我一定要问问,上帝怎么能允许,让这样的男孩在世上连一滴亲骨血都不留下?!我期待着他从军队回来后,你们就结婚,生养孩子……(遗憾地说)而你——还不到半年——就出嫁了!

斯韦特兰娜　或许,这件事您永远也不会原谅我!

叶甫根尼娅·彼得罗夫娜　(平静下来)原谅了,斯韦托奇卡,早就已经原谅你了。不应长久地抱怨生活。

〔响起了门铃声。

斯韦特兰娜　是谁啊?

叶甫根尼娅·彼得罗夫娜　还能是谁?费佳·斯特罗奇科夫。他总是比其他人早到。(叹了一口气)而且总是带着诗……

〔又响起了门铃声,有些焦躁。

斯韦特兰娜　(充满幻想地)我们伟大的费佳!我记得,已经打了课间大休息的铃了,走廊里各种跺脚声和叫喊声,而加林娜·奥斯塔波夫娜还不让我们下课,说:"请继续,费坚卡!你们所有人都听听,要为你们的同班同学而自豪!"之后切尔梅特差点没打死他……

叶甫根尼娅·彼得罗夫娜　这是为什么?

斯韦特兰娜　什么为什么?切尔梅特和阿尼卡每次课间休息都要跑到存衣室……

叶甫根尼娅·彼得罗夫娜　为什么?

斯韦特兰娜　亲嘴呗。他俩藏在大衣里——亲嘴。深深的长吻。因为这个,他们甚至还被叫到教务处去过。

叶甫根尼娅·彼得罗夫娜　斯韦塔,斯韦塔,那你和万涅奇卡,亲嘴了吗?

斯韦特兰娜　难道他没有跟你讲过?

叶甫根尼娅·彼得罗夫娜　哪会呢!他是那么正派的一个男孩。只跟我说:等他回来,你们就结婚。就这些!

　　〔斯韦特兰娜转过身去。又响起了门铃声,这次更加不耐烦。

斯韦特兰娜　费佳怎么变得神经兮兮的!

叶甫根尼娅·彼得罗夫娜　万涅奇卡背得出费佳的诗。

斯韦特兰娜　(充满幻想地)

　　　　　　顺口溜,打架,大麻,黑眼圈儿。
　　　　　　男孩的战争在隔壁家的小院。
　　　　　　小院里有位美丽的姑娘,
　　　　　　彼时彼刻正独自一个人儿!

叶甫根尼娅·彼得罗夫娜　好！好像只是普通的话语，而心脏不知道为什么发紧，身上起了鸡皮疙瘩……

　　〔无休止的疯狂的门铃声。

斯韦特兰娜　叶甫根尼娅·彼得罗夫娜，这叫作天才。请不要让他进来！

叶甫根尼娅·彼得罗夫娜　我不能这么做，他会从窗户爬进来的。你了解费佳的！（去开门）

　　〔进入房间的是喝醉了酒、走路摇摇晃晃的费奥多尔·斯特罗奇科夫，手里拿着一束花，穿得像个流浪汉，而那花明显是在垃圾箱里捡来的。

费奥多尔　叶甫根尼娅·彼得罗夫娜，我很悲痛，但是我追求苦难！我为万涅奇卡四十岁生日作了诗。（彬彬有礼地亲吻她的手，把花交到她手里）

叶甫根尼娅·彼得罗夫娜　（顾虑重重地看着花）哎呀，费佳，费……

费奥多尔　斯韦季克，让我真诚地拥抱你！难道你也四十岁了吗？

斯韦特兰娜　你有什么疑问吗？（急忙躲开）费佳，你现在在哪儿住？

费奥多尔　住在以前住的地方。火车站。

斯韦特兰娜　你的房间呢？

费奥多尔　市场里的住处太憋屈。嗯，住所对于诗人来说没什么用。只会分心。叶甫根尼娅·彼得罗夫娜，给我二两酒醒酒。快点！

叶甫根尼娅·彼得罗夫娜　费佳！要等到所有人都聚齐了才行。

费奥多尔 您知道这首歌吗？（唱着）"夜莺，夜莺，不要惊动士兵……"知道吗？

叶甫根尼娅·彼得罗夫娜 知道，知道。"让士兵再睡一会儿……"

费奥多尔 是谁创作的，知道吗？

叶甫根尼娅·彼得罗夫娜 是谁？

斯韦特兰娜 阿列克谢·法季扬诺夫。

费奥多尔 说对了，高才生！法季扬诺夫。俄罗斯歌曲的天才！他怎么死的，知道吗？

斯韦特兰娜 怎么死的？

费奥多尔 啊，您不知道！他老婆不让他喝点酒解醒！后来后悔了一辈子。明白吗？

斯韦特兰娜 叶甫根尼娅·彼得罗夫娜，应该帮帮天才！否则他会死在我们面前的！

叶甫根尼娅·彼得罗夫娜 好吧，如果这是生死问题……（许可地摆摆手）

〔斯韦特兰娜倒酒。

费奥多尔 （喝下酒，变了一个样子）我追求苦难！需要您的书刊检查。马上！

斯韦特兰娜 书刊检查？为什么？

费奥多尔 没有书刊检查的文学，就像没有缰绳的狗。

斯韦特兰娜 费佳，清醒一下！谁用缰绳牵着普希金或者陀思妥耶夫斯基了吗？

费奥多尔 为什么要用绳子牵着？绳子也可以放在主人口袋里。

（拍打着自己的口袋）必——须——这——样！

斯韦特兰娜　你呀，费佳，简直就像法杰伊！

费奥多尔　哪个法杰伊？

斯韦特兰娜　布尔加林。还是读诗吧！

费奥多尔　（摆出一副像是滑冰运动员出发前的架势，读着，呼号着，对着在阿富汗服役的苏联军人照片）

　　　　沿着坎大哈幽暗的山岗，

　　　　行驶着坦克和装甲车行，

　　　　你带着吉他和冲锋枪，

　　　　把光明和幸福带进村庄。

　　　　你勇敢地加入最后的战斗。

　　　　周围散发着七月的芬芳。

　　　　一团致命的敌人子弹……

　　　　扎进你的脑袋和胸膛

　　　　你轰然倒地，遍体鳞伤……

叶甫根尼娅·彼得罗夫娜　（打断他）费坚卡，是发生在八月……

费奥多尔　什么？哎呀，可惜！多好的韵脚；七月——子弹[①]。八月——差一些。没有谐韵了。书刊检查——可怕的东西！但还是需要，小东西！请再来二两激发一下灵感！

叶甫根尼娅·彼得罗夫娜　不，费佳，不行！

费奥多尔　您知道剧作家田纳西·威廉斯吗？

叶甫根尼娅·彼得罗夫娜　谁？

斯韦特兰娜　知道，知道！《欲望号街车》。

---

① 原诗的韵脚是 июль-пуль。汉俄差异，难以保持原韵律。

费奥多尔　他被装药的小玻璃瓶瓶塞噎住了，死了。

叶甫根尼娅·彼得罗夫娜　天哪，你请便……

斯韦特兰娜　那又如何？

费奥多尔　我马上去药店买山楂药酒。而且不只一瓶！带塞子的。风险非常大！

叶甫根尼娅·彼得罗夫娜　费佳，你要自杀啊！

费奥多尔　死于绝望的醉酒，也好过死于清醒的绝望！

斯韦特兰娜　说得好！（又给他倒酒）但这是——最后一杯。

费奥多尔　（喝下酒，嘟囔着走向房间的角落）八月——干裂声。八月——蠓……（按土耳其人的方式坐下，拿出便条本和小铅笔）

斯韦特兰娜　八月——一杯空。

费奥多尔　就诗人好欺负！

叶甫根尼娅·彼得罗夫娜　我们俩分神了，斯韦托奇卡！我们还需要做什么？

斯韦特兰娜　您说过，要切蒜。

费奥多尔　（在角落里）要知道，蒜是一种神秘的植物！能驱走魔鬼。

斯韦特兰娜　想你的诗吧，居无定所的神秘论者！马上所有人都聚齐了。

费奥多尔　切尔梅特来吗？

斯韦特兰娜　他答应会来。你找切尔梅特干什么？

费奥多尔　大家找他干什么我就找他干什么。我跟他讨点钱。

〔又响起了门铃声。叶甫根尼娅·彼得罗夫娜开门。安娜·法莉科娃进来了,她是一位积极生活但历尽生活艰辛的女士。她带着鲜花和一个大大的圆蛋糕。

叶甫根尼娅·彼得罗夫娜 阿涅奇卡!我们的大美人。正说着你,你就来了!

安娜 热涅奇卡·彼得罗夫娜,祝贺您命名日快乐!(亲吻她,送她蛋糕和鲜花)

叶甫根尼娅·彼得罗夫娜 谢谢你还记得!谢谢,女王!我和斯韦托奇卡刚刚还说起你……

斯韦特兰娜 (训斥地)过命名日的人——是指要庆祝命名日的人。而要庆祝生日的人——是指过生日的人。

安娜 不对!我自己在电视上听到过……

斯韦特兰娜 忘记俄语的最好方法就是听电视。记住了,女王!

安娜 哎呀,你,这么严厉!嘿,你好,老同学!(亲吻斯韦特兰娜)你们刚刚说我什么呢?

斯韦特兰娜 我们回忆起,你和切尔梅特在存衣处亲嘴。

安娜 遗憾的是,只是亲嘴!谁知道,他会成为寡头……

叶甫根尼娅·彼得罗夫娜 你结婚了没,女王?还是还在寻找自己的王子?

安娜 国内有很多王子。都是乞丐和酒鬼。

费奥多尔 (在角落里)这些酒鬼乞丐怎么不招你喜欢了?

安娜 你也在这,蹩脚诗人?过得怎么样?

费奥多尔 就像在女神的阴道里!

斯韦特兰娜 费佳!呸!你不害臊吗!

费奥多尔 流浪汉一无所有,连羞耻心也没有!

叶甫根尼娅·彼得罗夫娜 （为了避免尴尬）哎呀，多好的蛋糕啊！

安娜 上面写的还有字呢！

叶甫根尼娅·彼得罗夫娜 写的什么？

安娜 马上看看！我自己也不知道……（打开盒子）我还买了蜡烛。四个十岁的。瞧……（读着蛋糕上的字）"四十岁生活才刚刚开始！"

　　［叶甫根尼娅·彼得罗夫娜用手捂住脸，走向厨房。

费奥多尔 （在角落里）脑残美会危害世界！

安娜 闭嘴，混蛋！

斯韦特兰娜 你呀，阿尼卡，完全……

安娜 见鬼，我之前都不知道！我打电话订的蛋糕。我说：写上庆祝四十岁生日时一般会写的。（啜泣）我总是这样……

斯韦特兰娜 （安慰）哎呀，好了，我们就认为，这个蛋糕是你和费佳一起带给我们的。我们一切都要向前看！对不对，诗人？

费奥多尔 （在角落里）前面是冬天。我现在要是在索契就好了！那里甚至冬天都可以在公园的长凳上睡觉。多奇怪啊，姑娘们！给残疾人举办奥运会。却不给流浪汉举办。为什么？

安娜 为个头。有奥林匹克标志的伏特加多少也不够你们喝呢。

费奥多尔 话不好听，但是实在。老同学，给一位具有创造性劳动的残疾人捐张票去索契吧！

斯韦特兰娜 切尔梅特来了之后，你问问他。他之前老是抄你的作文。

安娜 （兴奋起来）什么，切尔梅特也会来？

斯韦特兰娜 他答应会来。

安娜 难怪，我看院子里忙乱着。有保安，狗，还在搭舞台。

费奥多尔 女王，你现在似乎觉得到处是舞台。

安娜 闭嘴，斯特罗乔克！怎么就把你放进来了？

费奥多尔 他的安保人员认识我。有一次我跟他们说："不让我见主人，哪怕给我倒点酒也好！"

安娜 倒了吗？

费奥多尔 倒得满满的。

[叶甫根尼娅·彼得罗夫娜过来了，听着他们说话。

安娜 他们问我找谁。举着"长枪"检查了蛋糕。

斯韦特兰娜 这是在墓地爆炸事件之后。人心惶惶。

安娜 是的，我听说了些什么，但是忘记了……

费奥多尔 有这样的民间智慧：害人终害己。切尔梅特炸死了古科夫斯基，现在他也怕了。

安娜 这个古科夫斯基是谁？

费奥多尔 你从哪儿来的，印度舞女？

安娜 从该来的地方，自以为是的人！

叶甫根尼娅·彼得罗夫娜 小伙子，姑娘们，别吵了！你，费佳，还是解释一下吧！

费奥多尔 我来解释：古科夫斯基是他的合作伙伴，曾经的。顺便说一下，也是个在阿富汗打过仗的人。他们两个人买下了我们的铸铁联厂。

叶甫根尼娅·彼得罗夫娜 不可思议！整个苏联两个"五年计划"

建造了铸铁联厂，而他们靠两个人就买下了。怎么买的？用什么买的？我不明白……

费奥多尔 没什么要弄明白的。简单的道理！如果有像我一样没钱的人，也就是说，也有钱多得花不完的人。

安娜 没错，叶甫根尼娅·彼得罗夫娜，有钱的男人会偶尔碰上。但是不知道为什么都是已婚的。而且越有钱，老婆越多……

叶甫根尼娅·彼得罗夫娜 还都有保安跟着……

安娜 当然！没保安的男人就像没化妆的女人。

叶甫根尼娅·彼得罗夫娜 （和斯韦特兰娜交换眼色）我一定要写信给《真理报》！富人们如今自相残杀，这是甚好的一件事。

斯韦特兰娜 为什么好呢？

叶甫根尼娅·彼得罗夫娜 这是上帝在为新社会主义创造前提条件……

斯韦特兰娜 只是您在切尔梅特面前可千万别提这些前提条件！他不会懂的。

费奥多尔 我有点不太明白，叶甫根尼娅·彼得罗夫娜，您到底是共产主义者还是教徒？

叶甫根尼娅·彼得罗夫娜 （严肃地）我是信教的共产主义者。

斯韦特兰娜 根本没有这样的。

叶甫根尼娅·彼得罗夫娜 有的。列宁没有的东西，耶稣有，而耶稣没有的东西，列宁有。

费奥多尔 而列宁没有，耶稣也没有的——垃圾箱里有。尤其是节日过后……

安娜 我就说嘛，自以为是的人！那为什么他要炸死这个加尔科夫斯基?

斯韦特兰娜 古科夫斯基。但是还没有找到证据表明是切尔梅特策划了这次爆炸。

费奥多尔 不是这样的!

斯韦特兰娜 是这样的。我有一个学生的父亲在检察院工作。

费奥多尔 证据,高才生,——不是烟头,不是用来找的,而是用来买卖的。

叶甫根尼娅·彼得罗夫娜 我也不相信。维佳,当然,曾经是个问题少年,但是之后像万涅奇卡一样在阿富汗参加过战斗。他有勋章……

费奥多尔 叶甫根尼娅·彼得罗夫娜,为了勋章他们杀死敌人,而为了股票——能杀死朋友。但是调查还没结束。正因为这个他现在才打算当市长。为了保全自己不可侵犯。夺取权力——靠权力生存。

安娜 你从哪儿知道这些?

费奥多尔 要读报纸!

叶甫根尼娅·彼得罗夫娜 这是对的,费坚卡,以前我所有的报纸都订阅。尤其是——《文学报》。邮箱里都放不下。现在——变贵了……

费奥多尔 不要订了,叶甫根尼娅·彼得罗夫娜!大街上各种各样的报纸随便放着。随便读!您还是听听我改作的诗吧!(做出自己"滑冰"的姿态,朗诵)

　　　　八月。你勇敢地参加战斗。

　　　　倒在地上,仿佛一捆稻草

> 一团阿富汗起义军的子弹……
>
> 扎入你的身躯和大脑。
>
> 很棒吧?啊?

斯韦特兰娜 不是很好。"仿佛一捆稻草"……不可以这样说英雄。

费奥多尔 一看你就是文学老师!可以……不可以……在艺术中不可以的都可以,可以的却不可以!懂吗?

安娜 我不喜欢"扎入大脑……"怎么弄?

费奥多尔 (走到她跟前)你,白痴女王,总之闭嘴!

安娜 (扭过脸去)费佳,你哪怕什么时候洗洗澡也好?

费奥多尔 不,生活的灰尘不会黏在不洗澡的人身上!

叶甫根尼娅·彼得罗夫娜 你听着,费佳,去浴室洗洗!这样不好:人们聚在一起,而你……我送你一套万涅奇卡的运动服。他在"奥运会预备队"训练的时候发的。

费奥多尔 您是神圣的女人,叶甫根尼娅·彼得罗夫娜!再给我来二两,为了不死于肥皂!求您了,您是英雄儿子的母亲!

叶甫根尼娅·彼得罗夫娜 在所有人聚齐之前,一滴都没有!

费奥多尔 不,您不神圣……

〔叶甫根尼娅·彼得罗夫娜用力拉走费佳。安娜和斯韦特兰娜沉默了一小会儿。

斯韦特兰娜 上帝啊,生活对人们做了什么!记得吧,费季卡为我们的毕业晚会作诗:

> 今天我们已然成熟,我们获得毕业证书,
>
> 我们开心无比,我们仿佛自由飞翔。

安娜 (冷笑着接下去)

>   仿佛是巨大轻盈的翅膀，
>   为我们打开了通往纯净天空的路……

斯韦特兰娜　如果那时候有人跟我说，我们优秀的费佳会变成酒鬼和流浪汉，我决不会相信！

安娜　知道吗，斯韦塔，有时候我总是感觉，生活——只是对梦想的某种刻意嘲笑。难道可以相信万涅奇卡发生的事情吗？

斯韦特兰娜　我也无法相信。

安娜　这么好的男孩却惨遭杀害，混蛋！当时我们所有人怎么看你和万卡，羡慕啊！简直是罗密欧与朱丽叶。从一年级开始。我说，斯韦塔，说实话你和万卡有过什么吗？说实话！记得吧，我们小时候说的谁撒谎——谁会死！

斯韦特兰娜　阿妮①，有过——没有过，现在有什么区别呢。过了二十年所有事情都失去了意义，甚至是最重要的事情……而你，老同学，似乎很久没来过这儿了吧？

安娜　四处奔波，工作……

斯韦特兰娜　女王能做什么工作呢？

安娜　跟你说简单一点，高才生。如果一个女人有一副好身体，她能做陪游。到世界各地去。之后嫁给一个混蛋。

斯韦特兰娜　嫁给混蛋？为什么？

安娜　哎，不是所有人都像你那么走运，遇到帕夫利克！的确，我男人刚开始也还不错，开朗，慷慨。但是你记住的不是男人起初的样子，而是最后的样子。而他们最终都是混蛋！不放过任何一个美女。就是性机器……

---

① 阿妮系安娜的爱称。

斯韦特兰娜　嗯，你把他甩了是对的!

安娜　总之，结果坏得多：他当场捉住了我和酒吧老板。啊呀，多差劲的男人啊! 打坏了我的鼻子，畜生!

斯韦特兰娜　酒吧老板？

安娜　当然不是酒吧老板——我家那蠢货。不是，你想想：他搞的时候就是性机器，而我呢，因为痛苦，只是稍微搞一下，——就是背叛了。大男子主义! 不得不做了整形。我掏了多少钱啊! 顺便还微整了一下鼻子。你看看变好看了吗？

（伸出鼻子）

斯韦特兰娜　完全看不出来!

安娜　就这还跟我要那么多钱。我家那混蛋一个戈比都没出!

斯韦特兰娜　哎呀，哪怕看看社会也好!

安娜　啊呀，哪儿都一样。只是树不一样：那儿是棕榈，这儿是云杉。你怎么样？

斯韦特兰娜　挺好。学校——家里。家里——学校。学生们经常到我这儿来。我帮助他们补习功课。以此谋生。这不还探望叶甫根尼娅·彼得罗夫娜。尽我所能帮帮她。奥莉加长大了……

安娜　她多大了？

斯韦特兰娜　二十岁。复杂的年龄……

安娜　可不是吗! 我第一次流产也是快二十岁时。帕夫利克怎么样？你从莫斯科把他带到这儿时，真是所有人都消失了……你这个不爱说话的斯韦特卡!

斯韦特兰娜　别问了! 他一直在教研室工作，然后突然去做生意了! 自讨苦吃。借了好多钱。现在我都不知道该怎么办!

安娜 会顺利解决的。全世界都欠着债呢。切尔梅特……他怎么样?

斯韦特兰娜 你指哪方面?

安娜 大概,结婚了?五个孩子。富人们喜欢生孩子。

斯韦特兰娜 据我所知,他有儿子。就一个。但是听说不久前跟老婆离婚了。据说,她跟这个被炸死的古科夫斯基纠缠不清。

安娜 什么!这个母狗……

斯韦特兰娜 或许只是传言。人们总是喜欢给大款和大腕们捏造各种流言蜚语。

安娜 斯韦塔,你觉得我还漂亮吗?

斯韦特兰娜 非常漂亮!

安娜 鼻子呢?

斯韦特兰娜 非常好看的鼻子!

安娜 知道吗,斯韦塔,切尔梅特曾经非常爱我。要知道他从阿富汗回来时,让我嫁给他!求我嫁给他!

斯韦特兰娜 求你,嫁给他?

安娜 求我。你为什么这么惊讶?我难道没有告诉过你?

斯韦特兰娜 没有。不记得……

安娜 哎呀,当然了,你在莫斯科上学嘛。而我——从一个比赛到另一个比赛,从一个舞台到另一个舞台。斯韦塔,我那时像是疯了一样……

斯韦特兰娜 可不是吗!我们的同班同学阿尼卡·法莉科娃——州选美冠军!万岁!

安娜 也祝你万岁……当时觉得,整个世界都在脚下,而我在顶峰，几乎在天上。我自己现在也不懂，那时想要什么，在等什么？！等等！（从包里拿出一个小王冠，比试着）你瞧！

斯韦特兰娜　哎呀！是那个吗？

安娜　正是！我在土耳其工作的时候，我只有它一个……嗯，我陪着他……差点没被偷。也就是说，离婚的切尔梅特打算当市长？行了，关键时候再把王冠拿出来！

〔响起门铃声。叶甫根尼娅·彼得罗夫娜从浴室跑出来。

斯韦特兰娜　费佳怎么样？

叶甫根尼娅·彼得罗夫娜　湿了点水……

〔打开门。进来两个人。一个穿着教袍的是神父米哈伊尔·佳布洛夫。另一个——也留着胡子，穿得像个突击队员带流苏的麂皮夹克，牛仔裤，软底麂皮鞋，牛仔帽。侧手提着装着业余摄像机的手提箱。

米哈伊尔神父　问阖府安康！

斯韦特兰娜　祝福您，神父米哈伊尔！

〔神父祝福了来客。

安娜　如果十年级时有人跟我说，米什卡·佳布洛夫会祝福我，我会笑死的。这又是哪个丑八怪邓迪？

米哈伊尔神父　没认出来吗？您呀！鲍里卡·利波韦茨基都不认识了！

叶甫根尼娅·彼得罗夫娜　鲍连卡！

安娜　没错——利帕！你从哪儿来的？

鲍里斯　（用轻微的移民口音）从荣誉之城堪培拉。

叶甫根尼娅·彼得罗夫娜　在哪儿啊？

斯韦特兰娜　在澳大利亚，叶甫根尼娅·彼得罗夫娜！

鲍里斯　（伸手递给她一个缠着带子的小包）这是给您的！

叶甫根尼娅·彼得罗夫娜　这是什么？

鲍里斯　熏袋鼠肉。非常美味！

叶甫根尼娅·彼得罗夫娜　谢谢你，鲍连卡。自从我退休以后鸡肉都很难吃到。而这不上帝送来了袋鼠肉！要好好享受一下！

安娜　天哪，不可思议！利帕从澳大利亚来！连我都没去过那儿。你怎么去那儿了？

鲍里斯　刚开始我们去波兰找妈妈的姨母。后来去德国找别的亲戚，就是从那去澳大利亚找表叔。

安娜　有意思，利帕，为什么你的亲戚到处都是，而我只有亲戚在基姆雷和沃尔库塔？

鲍里斯　这是一个无礼的问题，女士。

安娜　那你在澳大利亚做什么呢？

鲍里斯　生活。挣钱，女士。

安娜　挣得多吗？或者这又是个无礼的问题？

鲍里斯　够我们花的，女士。我们有自己的餐厅。父亲和我还发行报纸。《俄籍澳大利亚人》。

叶甫根尼娅·彼得罗夫娜　大概，出门带保安吧？

鲍里斯　为什么带保安？澳大利亚犯罪率很低。但是如果需要的话，我们可以雇。您知道，报刊是十足的政治，有调查，有披露……

斯韦特兰娜　是啊，你在我们新闻系学习过。而你父亲在州报社工作过。好像,在共产主义教育部?

安娜 好样的,鲍里卡!你把生活坚持到底了!你怎么一直叫我"女士""女士"。我看起来很差劲吗?

鲍里斯 你看起来像女王一样!只是你现在鼻子不一样了。之前的更适合你。

安娜 (有些怨气,但还是嘻嘻哈哈地)这是一个无礼的回答,先生!米什,你在哪儿找来这个不懂礼貌的人?

米哈伊尔神父 我做完晨祷回来。穿着圣衣。还要圣化一辆六汽缸的双轮马车。我看到:在门口有一个外表看上去不像东正教徒的人在那儿来回转悠。我就问:"您找谁?"

鲍里斯 而我回答:"我有个朋友之前在这住……米什卡·佳布洛夫……您认识吗?"

米哈伊尔神父 "认识,"我说,"我就是米什卡·佳布洛夫。你是谁啊?"

鲍里斯 我惊呆了!我从来没见过佳布利克留着胡子穿着教袍的样子。我说:"我是鲍里卡·利波韦茨基啊!"

米哈伊尔神父 我仔细一看:利帕!只是留着胡子。我们拥抱了一下。我们很快一同去圣化了车。然后就来找您了!

鲍里斯 米沙的生意可好了!(演示着神父挥着长链手提香炉,然后数钱的样子)而双轮马车……最新的款式。我在我们堪培拉都没见过这样的!

米哈伊尔神父 这是俄罗斯,利帕……你要适应!

斯韦特兰娜 你多长时间没来我们这儿了?

鲍里斯 一辈子!十六年了……

安娜　我的老天，简直不可思议①！一夜之间好男人怎么都飞走了！

斯韦特兰娜　那万涅奇卡的生日你来过吗？我好像不记得……

鲍里斯　只来过一次。当他被运回来的时候……从那里……那时全班同学都来你们这儿了。

叶甫根尼娅·彼得罗夫娜　是啊，鲍连卡，起初所有人都来。我甚至还向邻居借了椅子。后来，越来越少，越来越少。生活……已经顾不上我们。有时候，没有任何人来，只有——斯韦托奇卡和费佳。他们从未错过任何一个生日。斯韦托奇卡在莫斯科上学的时候还专门过来。而今天，万涅奇卡一下子有这么多客人——都是同班同学！甚至连维佳·切尔梅托夫都说要来……

米哈伊尔神父　切尔梅特也会来？当然了，毕竟是四十岁。

斯韦特兰娜　还不如说是四十周年忌辰。永远的四十周年忌辰……

安娜　哎呀，圣父，不要说这个词了：四十岁。我才二十一岁。如果前一天快活一阵，顶多二十七岁。

米哈伊尔神父　"圣父"，我的女儿，这是天主教徒说的。而我们东正教，叫神——父。

安娜　米什，别逗了……你是哪门子的神父啊？你佳布利克，爬到学校的果园里去偷苹果，裤子挂在树枝上下不来。记得吗，全班同学怎么把你拉下来的？

米哈伊尔神父　甜蜜的童年……

---

① 原文 Мать честная：表示惊讶、懊丧、高兴等情感。Курица рябая：出自童话故事，是指一只会下金蛋的鸡，喻指具有超能力。

安娜 你怎么就成了神父了？

米哈伊尔神父 这是上帝的旨意……

安娜 （不耐烦地）知道了！切尔梅特在哪儿呢？我说，他的父称是什么？

斯韦特兰娜 不记得……

叶甫根尼娅·彼得罗夫娜 谢苗诺维奇。

安娜 你瞧，我这记性！

叶甫根尼娅·彼得罗夫娜 我不抱怨记性。家长委员会委托我去开导开导维佳的父亲，也就是谢苗·伊万诺维奇，希望他不要醉醺醺地去学校开会。胡闹，太可怕了！

鲍里斯 你们大家为什么都这么希望切尔梅特来呢？

安娜 澳大利亚人，你可知道他现在是谁吗？

鲍里斯 （嘲讽地）能是谁啊？

安娜 全州首富！

鲍里斯 （惊讶地）切尔梅特？！他可两次被学校开除过。

〔穿着旧式苏联奥运衫，洗干净澡的费佳出现了。

米哈伊尔神父 是啊……最后一名成了第一名。

鲍里斯 考试时他连乞乞科夫和恰茨基[①]都搞错。

费奥多尔 但是他从来不会搞混发行和发行银行！

鲍里斯 可以来点水吗？

安娜 还是喝伏特加吧。

费奥多尔 谁说了"伏特加"？！你们知道吗，这个词是物质上的？

---

① 乞乞科夫是果戈理《死魂灵》中的主人公，而恰茨基是格里鲍耶陀夫《智慧的痛苦》中的主人公。

（仔细瞧鲍里斯）等一等！利帕？天哪！你从哪儿来的？

安娜 从澳大利亚！

费奥多尔 可以养袋鼠！让我真诚地拥抱你！不要怕，我洗干净了，用了三种洗发膏呢！

鲍里斯 （不解地挣脱出来）这是谁？声音听着耳熟……

斯韦特兰娜 费佳·斯特罗奇科夫。

鲍里斯 费佳？！一点都不像他。

斯韦特兰娜 他生活不容易。

米哈伊尔神父 所有人生活都不容易。我教堂里管子都漏了。神父们老实，女人们守妇道，该来点伏特加了！做完礼拜之后腿脚酸痛，喝了酒就好一点。用的酒杯越来越大……

费奥多尔 我们用大点的酒杯吧，一次性把它们拿过来！

安娜 难道圣父……对不起……神父可以喝伏特加吗？

米哈伊尔神父 我们不能吸烟。但是喝了伏特加，臃肿的身体会精力充沛。

〔响起迫切的门铃声。所有人都警觉起来。

叶甫根尼娅·彼得罗夫娜 或许是维坚卡……终于来了！

斯韦特兰娜 （低声地）维坚卡？叶甫根尼娅·彼得罗夫娜，您刚刚还想发动警卫反对资本家呢？依我看，您出卖了原则。

叶甫根尼娅·彼得罗夫娜 啊呀，斯韦塔，如果只有一百美元退休金，还能有什么原则啊？！（急急忙忙去开门）

安娜 真的是他！有钱人连按门铃的方式都这么特别。（手指作扇形状）你们怎么不开门，是我啊——切尔梅特！

〔叶甫根尼娅·彼得罗夫娜去开门。跑进来的是斯韦特兰娜的女儿奥莉加。

奥莉加 啊呀,热妮娅婶婶,您好!

叶甫根尼娅·彼得罗夫娜 你好,奥莲卡!哎呀,都长成大姑娘了!你来了太好了!

奥莉加 我妈妈在哪儿呢?啊呀,她在这儿……(果断走向斯韦特兰娜)妈妈,什么蠢事?

〔费佳趁着大伙注意力转移到奥莉加身上的空儿,偷偷溜进会客室。

斯韦特兰娜 应该先跟大家打招呼的!

奥莉加 (不屑地点头问好)你们好,刚刚我没看到的人!

安娜 哎呀,你怎么变成这样了!我都不知道你像谁?

鲍里斯 女儿?你的?!完全不像你……

奥莉加 我确实谁都不像!我是个怪胎,也是家庭公敌。

斯韦特兰娜 奥莉加,说话过过脑子!

〔费佳端着酒杯从会客室向外瞄。

费奥多尔 赶在全班同学前面,我喝点开胃酒!哎呀,你们在那干吗呢?过来这边!鲍里,米什!伏特加要变凉了。

安娜 我们走吧!不要妨碍教育孩子!

〔所有人,除了斯韦特兰娜和奥莉加都离开去会客室了。

斯韦特兰娜 发生了什么,怪胎?

奥莉加 发生了什么!我回到家,没有人开门。把东西放在哪儿?还好先放邻居那了。我不明白,妈妈,您在干什么?像我爸的人在哪儿?

斯韦特兰娜 不许这么说他!

奥莉加　好吧，不说这个了。但是我户口还在这房子里呢！

斯韦特兰娜　你去你经纪人那儿的时候，钥匙不要随便乱扔！记住了！

奥莉加　不是经纪人，是摩托飞车族。好了，我要走了！所有人都想要喷泉。而之后……落空。

斯韦特兰娜　具体一点？

奥莉加　你想知道什么？

斯韦特兰娜　发生了什么？主语——谓语！说！

奥莉加　我没有错，他实际上是个贪婪的白痴，他让我恶心。

斯韦特兰娜　以前我和你父亲还让你恶心呢！

奥莉加　啊呀，只是不要医治我！你们现在也让我恶心，但是他更让我恶心。骑着摩托车的公羊。说真的，父亲在哪儿？你说过，出家门他哪儿都不能去——他没法出去。

斯韦特兰娜　家里现在危险了。他们又来按门铃了。还威胁。他走了，藏起来了。

奥莉加　藏哪儿去了？

斯韦特兰娜　不告诉你。你最好不知道。

奥莉加　不能向流氓借钱！说实话，像小孩一样！现在怎么办，书呆子？

斯韦特兰娜　不知道。或许，我能弄到点钱。你怎么猜到我在这儿？

奥莉加　当然了，我不是你理想中那样的女儿，但是需要的时候，我还是很机灵的。这样的日子你还能在哪儿？当然在尸人这了！您呀，老顽固，一定要将某个木乃伊奉若神明。

斯韦特兰娜 闭嘴！你懂什么？

奥莉加 我？比你认为的懂得要多。钥匙拿来！

［切尔梅托夫拿着一束精致的鲜花悄悄地走进来。他后面跟着两个保安。他把手指贴在嘴唇上（做出"嘘"的手势），然后挥手让警卫离开。没人注意到他站着，留心听母女俩交谈。

斯韦特兰娜 （递出钥匙）给你，拿着——走吧！

奥莉加 钱呢？

斯韦特兰娜 没有钱。你知道的！

奥莉加 你既没有母亲的温柔，也没有钱。我都站累了！要不，我留在这儿吧，啊？你们这儿，我感觉今天会很酷！

斯韦特兰娜 为什么？

奥莉加 楼下那儿在卸设备。

斯韦特兰娜 什么设备？

切尔梅托夫 马上您就知道了！

斯韦特兰娜 （惊恐地转身）切尔梅特！

切尔梅托夫 幸福的人们，都不锁门！这位年轻的女士需要多少钱呢？

奥莉加 中年绅士舍得给多少呢？

切尔梅托夫 （用目光打量着奥莉加，和母亲比较着）为了这么漂亮的姑娘多少都舍得！（伸手递给她钱）

斯韦特兰娜 维克托，别给她！奥莉加，不许拿！（看看他，之后又看看女儿）

奥莉加 马上！别做梦了！（抓住钱，冲母亲吐吐舌头，跑走了）

切尔梅托夫 （饶有兴致地打量着斯韦特兰娜）哎呀，你好啊，亲爱的斯韦特兰娜！我们多久没见了？你还是这么严肃！

斯韦特兰娜 你好……你不应该给她钱的。

切尔梅托夫 为什么？

斯韦特兰娜 没脑子。想什么是什么。不知道该拿她怎么办！我们那时候可不是这样的！

切尔梅托夫 我们那时候什么样？你记得吗？

斯韦特兰娜 记得……

切尔梅托夫 记得很清楚吗？

斯韦特兰娜 切尔梅特，或许，现在不是最合适的时候，但是我想……

切尔梅托夫 等等！我们还有机会！应该先跟大家打招呼！（大声地）这是在阿富汗服役的苏联士兵英雄伊万·科斯特罗米京的住处吗？！

〔听到他的叫喊所有人从"会客室"一涌而出。

叶甫根尼娅·彼得罗夫娜 维坚卡，我们等了你好久了！

〔拥抱他，他把花递给她。

啊呀，谢谢你，乖孩子！我马上，我们马上……（走进偏房）

切尔梅托夫 （看着法莉科娃，用手遮住自己，像是在躲避刺眼的光芒）女王，是你吗？

安娜 （惊慌地）是我。怎么了？我很难认出来吗？

切尔梅托夫 恰好相反。你一点都没变！

安娜 （走到他跟前）您，维克托·谢苗诺维奇，大概觉得四十岁的女人已经是老太婆了吧？四十岁的女人顶两个二十岁的！您知道吗？

切尔梅托夫 你怎么叫我"维克托·谢苗诺维奇"呢？像以前一样称呼！你好，女王！（拥抱她）

费奥多尔 你，法莉科娃，不只顶两个，而是顶三个二十岁的！

切尔梅托夫 啊呀，费佳！（跟他握手）生活怎么样？

费奥多尔 像在女神的阴道里……

切尔梅托夫 不错，我要记住。你怎么好久不出现？

费奥多尔 出现过。保安不放我见你。你的保安很不友善。

切尔梅托夫 （笑着）哎呀，没事——我会跟他们说的。（注意到佳布洛夫）啊呀，这还有神父！米哈伊尔神父，很高兴见到你！祝福不听话的孩子！

米哈伊尔神父 以圣父、圣子和圣灵的名义……（低声地）维佳，管子太不中用了。冬天过后教堂都融化了，教民们向监督司祭抱怨。要把我从教区撤职。维佳，你说过要帮我的！

安娜 （偷听后）我看啊，你们教堂纪律严明。像军队里一样！

切尔梅托夫 如果军队里的纪律跟教堂里一样，女王，我们就会生活在另一个国家了！米哈伊尔神父，不要忧伤了。星期一我给你转账。资本家说话算话！

米哈伊尔神父 上帝保佑你！

切尔梅托夫 我说，米什，我最好还是给大主教打个电话吧！他会给你一个正常的教区的。我刚好建好了一个新教堂。在市中心。怎么样？

米哈伊尔神父 不用了。每个人有自己的十字架。你怎么好久没有来做忏悔和参加圣餐礼了?

切尔梅托夫 会去的,会去的……(把神父撂在一旁,仔细打量着那位吃惊的旁观者利波韦茨基)

切尔梅托夫 利帕,难道是你!

鲍里斯 认出来了!

切尔梅托夫 你这是从哪儿来?

鲍里斯 从澳大利亚。

切尔梅托夫 不错的小岛。我在那儿有几个旅馆。你呢?

鲍里斯 连锁餐馆。报社控股公司"俄籍澳大利亚人"。还有一些不起眼儿的东西。

切尔梅托夫 报社控股公司?也就是说,你懂得形象包装!

鲍里斯 当然!在两个大陆上有丰富的工作经验!

切尔梅托夫 很好!我现在正需要有这种经验的可靠的自己人!我打算当市长。

鲍里斯 我只是飞回来休假的。你懂的:故乡,放松,怀旧……

切尔梅托夫 我们之后再谈谈。不会亏待你的!

费奥多尔 (醉醺醺地、郑重地说)注意了,先生们!近卫军"红星"勋章获得者中士伊万·阿列克谢耶维奇·科斯特罗米京!

〔所有人都停下来一动不动。叶甫根尼娅·彼得罗夫娜从卧室推出坐在轮椅上的万涅奇卡。他穿着带军功章的制服上衣,海魂衫,戴着蓝色的贝雷帽。鲍里斯赶紧拿出摄像机开始摄影。完全瘫痪的万涅奇卡乍看上去很冷漠。但是他脸上还是流露出某些情感。

叶甫根尼娅·彼得罗夫娜 (像对小孩子说话)万涅奇卡,这是你的朋友们，同班同学！他们来祝贺你四十岁生日。连维佳·切尔梅托夫也来了！（用头指儿子）你们瞧——他笑了！

斯韦特兰娜　您的错觉……

　　[长时间的沉默。所有人都望着伊万的脸。突然法莉科娃用愚蠢的声音唱起来"祝你生日快乐！"鲍里斯，接着拍摄，跟着她唱。但是其他所有人都奇怪地望着他们——他们尴尬地停止了。鲍里斯匆匆收起摄像机。

切尔梅托夫　啊呀，万卡，对不起，很久没来了！你知道的，各种各样的事情……你几乎没有变。只是瘦了。

斯韦特兰娜　头发也变白了。

安娜　有皱纹了。

鲍里斯　他老了。难道什么都做不了吗？

叶甫根尼娅·彼得罗夫娜　什么都做不了。什么样的医生没看过。在莫斯科住过院。有特异功能的人也看过。最后一点希望都寄托在他们身上。甚至带他去过德国。谢谢维坚卡！（亲吻他的肩膀）医生看了之后拒绝了。不可逆过程。医学无能为力。但是我却看到了国会大厦。

鲍里斯　他听得到或者感觉得到什么吗？

叶甫根尼娅·彼得罗夫娜　有些医生说他任何东西都听不到也感觉不到。另有些医生认为：他好像只能接受信息，而不能有任何表达。除非微笑和皱眉头……他有时候也哭。因为吵闹。尤其是新年放爆竹的时候。但是大多数医生都说：他丧失了知觉。只剩下一副躯体……

费奥多尔 哎呀，万尼亚，万尼亚……本来是个人，现在却变成了尸人。

斯韦特兰娜 你说什么？

费奥多尔 尸人。没有心灵的人。

米哈伊尔神父 不存在没有心灵的人。上帝赐予人心灵。心灵永生。

安娜 肉体永生就好了。

叶甫根尼娅·彼得罗夫娜 我还是会跟万涅奇卡讲话，告诉他我们院子里，城市里，俄罗斯，还有国际上发生的事情。知道吗，我有时候觉得：我讲给儿子的所有事情都直接传到上帝那儿了……

米哈伊尔神父 还能去哪儿？当然传到上帝那儿了。上帝是无所不知的。

叶甫根尼娅·彼得罗夫娜 不，我是说真的！我跟万涅奇卡讲过，我们省长是个大贪官。讲啊，讲啊……上帝听到了！我们省长被解职了！

斯韦特兰娜 调到莫斯科去当部长了。如果上帝无所不知，他怎么会允许这种事情发生？

米哈伊尔神父 不会允许的，只是原谅了。我们不要再说这些无足轻重的事了。想想我们为什么而来。

费奥多尔 就是啊！让我给你们读诗！

斯韦特兰娜 费佳，不用！我们已经听过了。

切尔梅托夫 我没听过。读吧！

费奥多尔 （摆出自己的姿势）

> 沿着坎大哈幽暗的山岗，
> 行驶着坦克和装甲车行，
> 你带着吉他和冲锋枪，
> 把光明和幸福带进村庄。
> 八月。你勇敢地参与决战。
> 英雄一样，倒在地上，
> 一团阿富汗起义军的致命弹……
> 扎进你的大脑和身上。

（说完最后一句，骄傲地看着斯韦特兰娜）

鲍里斯 他带来什么自由？你怎么了，费佳？这终究是，帝国的狂妄……

费奥多尔 利帕，别发火！

切尔梅托夫 不，同学们，事情不是这样的。他们中了埋伏——在峡谷中。石头爆炸把他炸到一边，摔伤了。过了五分钟之后，我们的直升机赶到救了他。听说……

费奥多尔 可惜。"一团致命弹"——多好的意象。是不是，斯韦塔？

斯韦特兰娜 好。

叶甫根尼娅·彼得罗夫娜 那就留着这句吧。死亡应该是美丽的。否则人为什么活着？上帝啊，如果那时万涅奇卡没有从休假中召回，或许，一切就会好好的……

米哈伊尔神父 我们无法评价上帝的安排。

费奥多尔 米什，我早就想问：上帝的安排和纵容有什么区别？

米哈伊尔神父 怎么跟你解释呢，我的孩子……完全不知道……

费奥多尔 尽量解释,神父!

米哈伊尔神父 例如,你是杰出的天才,会作诗,这是上帝的安排。而你喝酒喝到自己都惊讶——这是纵容。明白吗?

费奥多尔 明白了。但是,最好还是反过来。

叶甫根尼娅·彼得罗夫娜 好了,神学家们,去吃饭吧!

费奥多尔 (高兴地推着坐着轮椅的万涅奇卡)去吃饭喽!……

叶甫根尼娅·彼得罗夫娜 不要,费坚卡!他听到嘈杂声心情不好。还是让他一个人待在这儿吧。

〔所有人都去了"会客室"。只剩下万涅奇卡坐在圈椅上。听到佳布洛夫念诵祷文的声音,之后是碰杯声。节日酒宴的喧哗。来了两个保安。他们检查着什么,打量着各个角落。走到阳台上,顺便惊讶地看看万涅奇卡。然后离开公寓,用安保工作的职业手势交流着。受委屈的费佳进来,摇摇晃晃站不稳,注意到正在离开的保安,用手指威胁他们。其中一个保安冲他挥了挥拳头。

费奥多尔 (疲惫地坐在万涅奇卡脚边)万尼亚,你知道吗,他们说我已经不能再喝了!我!!

我喝四十维德罗[①]还能保持神智完全清醒。万尼亚,你觉得我的诗怎么样?(看着他的脸)

生气吗?我也不是很开心。但是,你要知道:连普希金都是应景写诗,而杰尔查文就是个喜欢见风使舵的人。你多好啊,坐在里面,而我们生活在外面!知道吗,这多讨厌?尤其是每天早上。对,顺便说一句,谢谢你的"奥运衫"。嗳

---

① 维德罗,俄国液量单位。四十维德罗约合490公升。

和！万尼亚，你不喝酒，这是对的。而且别喝！你想问，为什么我喝酒？我跟你说：我喝完第一杯之后脑袋里有多么好的隐喻，多么好的夸张！马雅可夫斯基都可以休息了。如果我喝完第一杯，嗯，最多第二杯的时候停下，我早就获得诺贝尔奖了。但我停不下来。停不了！而"一团致命弹"多好！说，好不好？！哎呀，你哪怕笑一笑！（盯着他的脸）谢谢！哎呀，万卡，万卡，你是我最爱的尸人！（亲吻他）我们去吃饭。跟你一起他们不会赶我走。你是我们的英雄！

〔响起门铃声。客人应声走出来。叶甫根尼娅·彼得罗夫娜去开门。费佳利用这个空儿把万涅奇卡推到饭桌那边。

叶甫根尼娅·彼得罗夫娜 这还能是谁啊？

〔军官和士兵在保安的陪同下走进来。

奥科波夫 我是少校奥科波夫。来自兵役委员会。我们的英雄在哪儿？

鲍里斯 怎么——想要带走重新训练？

切尔梅托夫 少校，什么事情？

奥科波夫 想祝贺功臣四十岁生日快乐，颁给他非商业基金会"祖国之子"的礼物。

叶甫根尼娅·彼得罗夫娜 我儿子不能……他……

奥科波夫 我明白。他累了。庆祝活动嘛。那么请转交给他！战士！

〔士兵希望转交系有乔治绶带的盒子。切尔梅特点头——保安们接过盒子。

叶甫根尼娅·彼得罗夫娜 这是什么？

［切尔梅特又点点头，保安们小心翼翼地打开盒子——是假体。

奥科波夫 这是医生建议的！右臂的假体。最新的模型。轻型框架。感应式控制系统。现代化的固定方式。荷兰进口的。祖国记得您的功绩！

叶甫根尼娅·彼得罗夫娜 我们不需要右臂的假体。

奥科波夫 等一等！难道您的儿子不是战争残疾人吗？

叶甫根尼娅·彼得罗夫娜 是残疾人。但是他的手臂是完好的……

奥科波夫 不可能！（看了一下文件）您的姓氏是？

叶甫根尼娅·彼得罗夫娜 科斯特罗米京·伊万。

奥科波夫 我错了。办公厅搞错了！谨此！战士！

［保安按照主人的意思归还无用的礼物。士兵把假体装进盒子里，四个人一起走了。客人们好一会儿沉默地站着。费佳一手拿着酒杯喝酒，一手推着面无表情的伊万走过来。

费奥多尔 来的是谁？

安娜 某个白痴！给万涅奇卡带来了假体。

鲍里斯 野蛮的国家！

费奥多尔 你，南方古猿，来我们野蛮国家做什么？待在自己文明的澳大利亚多好。

鲍里斯 怀念这里的野蛮。

斯韦特兰娜 好了，鲍里，搞错了——常有的事！不管怎么说没忘记！

鲍里斯 还不如忘了呢！

费奥多尔 我说，利帕，你怎么这么不喜欢我们俄罗斯？

鲍里斯 你喜欢吗?

费奥多尔 当然了!冬天的夜里在地下室醒来,感觉没有祖国活不了。啊呀,害怕!走,鲍里卡,为俄罗斯干杯!

叶甫根尼娅·彼得罗夫娜 费佳,你不能再喝了!

费奥多尔 (严肃地)为了祖国我什么时候都能喝!清楚吗?

叶甫根尼娅·彼得罗夫娜 再清楚不过了!(把坐在轮椅里的儿子从他手里夺过来,放在原来的位置)

〔所有人又走向饭桌。切尔梅托夫停下,拿出手机,拨号。阿尼亚、斯韦特兰娜也停下。女士们明显想跟寡头说话。

切尔梅托夫 (对着听筒)要我把你跟你那差劲的基金一起埋了吗?……你寄了什么,蠢货!?给谁?给我的同班同学,万卡·科斯特罗米京!

〔女士们尴尬地交换眼色。

给你一小时!别再惹我生气了!(收起手机,注意到女同学)我看啊,社会主义条件下蠢货少一些!

斯韦特兰娜 他们只是没钱——他们也没这么碍眼!

切尔梅托夫 可能吧。你们俩这样看着我干吗?

斯韦特兰娜 没有……没什么……

安娜 怎么,现在连看你都不行了?

〔斯韦特兰娜无可奈何地耸耸肩,留下他们两个。确切地说,当着面无表情的万涅奇卡的面。

切尔梅托夫 女王的生活怎么样?

安娜 还行。你呢?

切尔梅托夫 也还行。

安娜 听说,你离婚了?

切尔梅托夫 是啊,就是这样……

安娜 不再爱了?

切尔梅托夫 是啊,一点都不爱了。

安娜 我也离婚了。

切尔梅托夫 怎么回事?

安娜 背叛。不能原谅。你明白吗?

切尔梅托夫 明白。有孩子吗?

安娜 没有。

切尔梅托夫 我有一个男孩。沃洛季卡……

安娜 他跟你一起生活吗?

切尔梅托夫 不是,跟他母亲一起。法院判给她了。和他一星期见两次面。哎,没事。还有机会!选举之后再看看!

安娜 也就是说,你打算当市长?

切尔梅托夫 是啊,这样会安生一点。

安娜 你离婚的事情不影响吗?

切尔梅托夫 没什么可指责的。但是也没什么好影响。竞争者可能在这一点上做文章。

安娜 沃洛季卡多大了?

切尔梅托夫 十二岁。

安娜 多好的年纪!

切尔梅托夫 他酷爱马术运动。

安娜 太酷了!

切尔梅托夫 我专门给他建了一个小的赛马场。

安娜　太不可思议了！

切尔梅托夫　教练是从英国请来的。他之前教过哈里王子。

安娜　（从惊叹中缓过来）你记得吗，我们曾经在存衣室接吻？

切尔梅托夫　记得。但是之后你成了女王。冰雪女王……

安娜　是啊，太蠢了……我那时要是输了就好了！我之后常常想起你。

切尔梅托夫　真的吗？

安娜　你知道我带来的蛋糕上写的什么吗？

切尔梅托夫　什么？

安娜　"四十岁生活才刚刚开始。"

切尔梅托夫　据说，六十岁也是。

安娜　不，六十岁已经晚了。对于女人来说。

切尔梅托夫　所以你着急了？

安娜　我？着急？你凭什么这么说？

切尔梅托夫　过来！

安娜　去哪儿？

切尔梅托夫　去存衣室……（抱着她，长时间亲吻她的嘴唇，之后几乎是用力推开她）

安娜　太惊喜了……

切尔梅托夫　真正的惊喜在后面！（很快走进热闹的吃饭的房间）

安娜　（努力调整了一会儿呼吸）他到底也没学会接吻。太好了！（走到伊万跟前，轻轻地抚摸他的头，看着他的脸）万涅奇卡，别生气！就应该这样！你觉得，我能再次令他着迷吗？再有五年、十年——谁都不会再看我了。你是个纯洁的好男孩。即使你和斯韦塔有过点什么,这方面你还是一点都不懂。没来得及懂!而我懂。你看我的身材!(托住胸)有一点硅胶。那又怎么样?美貌需要付出努力。你还记得吗,当我成为选美冠军的时候多么幸福啊?在哪儿呢,见鬼的王冠?(从包里拿出来,戴在头上)这该死的王冠!起初是舞台、展示会、T台,之后是花天酒地的桑拿。万涅奇卡,这多么令人吃惊,不知不觉中女王竟能变成荡妇!我没结过婚。只是一个混蛋跟其他人相比带我带的时间久一些。而一个正经女人至少应该结一次婚。两次更好。切尔梅特,万涅奇卡,他是我的机会!说真的,我会像爱亲生儿子一样爱沃洛季卡。顺便说说,一位医生说过,我还能生育!你好像笑了。是的,我能生!有方法的。但是很贵!但是切尔梅特有钱,知道吗?(走向客人们)

〔响起手机铃声。切尔梅特走过来,紧跟在他后面的是拿着摄像机的鲍里斯和斯韦特兰娜。

切尔梅托夫 (对着手机)到了?好样的!你们准备好之后给我打电话!没有我的团队开始不了!

斯韦特兰娜 切尔梅特……

鲍里斯 (打断她)维克托,我想跟你讨论一下我们既定合作的条件……

〔斯韦特兰娜无奈地耸耸肩,转身走了。

切尔梅托夫 (用头指摄像机)条件?你们在澳大利亚没有自己的电视频道吗?

鲍里斯 (自尊地)没有,但是我和父亲正在考虑。

切尔梅托夫 （冷冷地）明白了。原来是这样。第一个条件永远不要打断一个女人！

鲍里斯 什么？你知道……用这种语气……

切尔梅托夫 第二个条件谁付钱——谁来决定说话的语气。明白吗？

鲍里斯 不……我还不习惯……

切尔梅托夫 第三个条件追上她，把她带到这里！（亲切地）利帕奇卡，作为朋友，我请求你！

鲍里斯 好吧，如果你是请求！（自尊心动摇之后）那如果她不来呢？

切尔梅托夫 那么我们就不讨论我们既定合作的条件。

鲍里斯 （强颜欢笑）好的，我试试，老板……（走了）

切尔梅托夫 （走几步，看看万涅奇卡，和照片比较着）是啊，万涅奇卡，你不在的时候，我们都变了……你知道，我们变成什么样了。我有时候想，人们变老和死亡只是因为给自己积攒了这些无用的生活垃圾。你，确实，也变老了，但是这或许是由于叶甫根尼娅·彼得罗夫娜什么都跟你讲。不应该啊！如果她不跟你讲，你还会很年轻……

[鲍里斯走过来。他拉着斯韦特兰娜的手。

鲍里斯 我做到了！

斯韦特兰娜 你放开我！

切尔梅托夫 走吧！我对你满意了。

[鲍里斯走开了。

斯韦特兰娜 您说吧，维克托·谢苗诺维奇！

切尔梅托夫 是您说，斯韦特兰娜·尼古拉耶夫娜！您不是有事要求我吗?

斯韦特兰娜　你怎么知道我想求你?

切尔梅托夫　有求于人的人的眼睛像饿狼一样。而且,已经很久没有任何人给予我任何东西了,所有人都只是求我。好吧,说吧!

斯韦特兰娜　你简直是心理学家!

切尔梅托夫　工作性质而已。跟钱打交道。哎呀,勇敢一点!

斯韦特兰娜　切尔梅特……帮帮我!你明白吗,我们……我……陷入困难的处境了……

切尔梅托夫　陷入?懂了。发生了什么事?

斯韦特兰娜　帕维尔想做生意,借了高利贷……

切尔梅托夫　做生意?做爱还差不多。做生意就像上战场。就像去阿富汗打仗!他借了多少?

斯韦特兰娜　很多。现在单凭利息他们就想夺走我们的房子。

切尔梅托夫　到期不还计时提高利息?

斯韦特兰娜　是的……

切尔梅托夫　他向谁借的?

斯韦特兰娜　莫奇拉耶夫。

切尔梅托夫　莫奇拉耶夫?!你家帕维尔是蠢货吗?你怎么嫁给他了!

斯韦特兰娜　现在能说什么……

切尔梅托夫　女儿长得不错!

斯韦特兰娜　帮帮我!如果他们要夺去房子,我不知道该怎么办……

切尔梅托夫 和费坚卡一起流浪——这就是你要做的!

斯韦特兰娜 我会还的。慢慢还。我被叫去中学教书。那里待遇不错……

切尔梅托夫 别逗了!你会还……

斯韦特兰娜 切尔梅特,但是要知道我们……我们之间……我们毕竟是同班同学……你哪怕还存有一丝美好?

切尔梅托夫 当然有了钱。而钱呢,即便是我的同班女同学我也不会给。

斯韦特兰娜 那我还向你低三下四做什么?

切尔梅托夫 如果你肯这样……(做出一副解皮带的样子)

斯韦特兰娜 (一时说不出话)你干什么——切尔梅特?你开玩笑呢?一点都不好笑……

切尔梅托夫 这不是玩笑。这样我就给你钱。

斯韦特兰娜 切尔梅特,我不相信你……

切尔梅托夫 不相信什么?会给你钱?

斯韦特兰娜 不相信你会让我做这种事情!

切尔梅托夫 最好还是相信吧!这样你和你的女儿会有住的地方。

斯韦特兰娜 你怎么说得出口?在他面前……(用头指一动不动的伊万)

切尔梅托夫 我给你解释还是你自己猜?

斯韦特兰娜 (痛苦地)切尔梅特,我四十岁了……你还缺年轻姑娘吗?

切尔梅托夫 或许,我就是想看看我的女同学四十岁时光着身子的样子呢?这些年有什么长进?

斯韦特兰娜 之后你自己会感到羞耻的!

切尔梅托夫 是啊!是啊!或许我就是想体验这种被忘却的、甜蜜的、童年的羞耻感呢?帮帮我,斯韦塔!我帮你还债……

斯韦特兰娜 天哪,维佳,你的钱让你发疯了!

切尔梅托夫 是你疯了才会向莫奇拉耶夫借钱。当心我反悔!

斯韦特兰娜 (动摇了)好,明天。最好在旅馆,在城外……

切尔梅托夫 不,高才生,就今天。就在这儿!

斯韦特兰娜 你疯了吧!

切尔梅托夫 我很正常。而且不只在这儿,还要当着你的万涅奇卡的面!

斯韦特兰娜 不行。

切尔梅托夫 为什么?他又不懂。他是尸人。靠仪器维持生命的肉体。

斯韦特兰娜 不行。不行。不行。

切尔梅托夫 你知道莫奇拉耶夫怎么逼债吗?你的帕维尔躲起来也没用。他们会带走你女儿——你自己会交出所有东西……

斯韦特兰娜 (害怕)天哪,我怎么那么蠢!我做了什么啊!(奔向电话,拨号,慌慌张张,神经紧张)

切尔梅托夫 (走到万涅奇卡跟前,扶正了他头上的空降兵贝雷帽)你看,万卡,女人多么爱孩子!你不懂。哎呀,不要皱眉了!

斯韦特兰娜 喂!奥莲卡……谢天谢地!你刚才怎么不接电话?洗什么头?为什么!赶快收拾东西,同你经纪人那儿去!……啊,对——摩托飞车族!知道,贪婪的白痴。你说你原谅他了……（没有耐心地听着，突然大叫起来）头湿着怎么了！

切尔梅托夫 他们会中途截住的。

斯韦特兰娜 不，待在家里，不要给任何人开门。我很快回去……（扔下听筒，跑向门口）

切尔梅托夫 没用的。他们会扮成警察的样子进去。拿着假传票。带走你们俩……

斯韦特兰娜 那我该做什么？什么！！

切尔梅托夫 我好像跟你解释过了——做什么！

斯韦特兰娜 好的！我同意……帮帮我！

切尔梅托夫 哎呀，这就对了，老同学！我派自己人去你家。他们不会让任何人接近。

斯韦特兰娜 谢谢……

切尔梅托夫 暂时不用谢。

斯韦特兰娜 （突然想起来）地址……记下地址！

切尔梅托夫 放松！我记得地址。忘记所有事情的人是你。

斯韦特兰娜 忘记了……我直接现在脱衣服？

切尔梅托夫 别把我当蠢货！我或许是畜生，但不是傻瓜。我跟你说的时候，你再脱。现在去同学们那边，微笑，微笑！喝点酒——会简单一些。或许，你之后什么都想不起来……

斯韦特兰娜 我觉得，应该喝酒的是你！而且尽可能多喝点……（走了）

切尔梅托夫 （拿出电话，拨号）安瓦尔，那边怎么样，一切正常吗？这点小事要多久？……再加十分钟。不，十五分钟！（向万涅奇卡使眼色）什么叫——如果拒绝？双倍酬金！准备好给我打电话！还有把这个利波韦茨基·鲍里斯给我调查一下……父称我不记得。住在澳大利亚，堪培拉……我有点不喜欢他。工作吧！（收好电话，拿起放在照片下面的吉他，拨弄琴弦，给万涅奇卡调弦）你听到了，你心爱的斯韦托奇卡同意了一切！万尼亚，在你面前她准备……当然了，她是母亲，情有可原。但是，万尼亚，这是个什么样的世界啊！如果通过你所有事情直接传到上帝那儿，让他知道，这儿是怎样的污水坑，他按照自己的样子生了多少坏家伙。你有没有想过，如果你健健康康地回来，还是个好好的人吗？我看到，这些纯洁的人是怎样变坏的。非常快！做个尸人挺好的，安心，高尚。人会变成坏家伙，但是尸人永远不会。知道吗，万卡，我有时甚至嫉妒你。真的！（敲打几下琴弦，大声地，敲断了）

〔万涅奇卡哭丧着脸。听到吉他声从"会客室"走出来的有鲍里斯、佳布洛夫、叶甫根尼娅·彼得罗夫娜、费佳。安娜拉着斯韦特兰娜的手。

安娜　哎呀，你怎么了？走！切尔梅特，唱吧！

叶甫根尼娅·彼得罗夫娜　唱万涅奇卡最喜欢的……

切尔梅托夫　怎么唱，斯韦托奇卡？

斯韦塔奇卡　按照你知道的……

切尔梅托夫　（唱着）

　　　　野外战斗轰隆作响，
　　　　士兵们走向最后的战场，
　　　　他们带着年轻长官

头破血流……①

〔所有人跟着唱。鲍里斯用摄像机录下他们唱歌。

（唱完后，拥抱斯韦特兰娜和安娜）姑娘们，小伙子们，你们要是知道我有多爱你们大家就好了！万卡，听到了吗？你们所有人我都爱——！

---

① 作者没有坚持，一定要演奏这首歌，这种情况下根据男演员的直觉来决定。——原注

第二幕

　　还是那个房间。大家坐在一动不动的伊万旁边。切尔梅托夫拨弄着吉他弦。

安娜　切尔梅特,你说的惊喜在哪儿呢?

切尔梅托夫　等一等!我也很想看到,我也在等。斯韦托奇卡也在等!(伴着吉他哼唱)"而我如此等待,期望和相信,钟声再一次响起,你会走进敞开的门……"

　　〔斯韦特兰娜转过身去。

叶甫根尼娅·彼得罗夫娜　万涅奇卡吉他也弹得很好……

切尔梅托夫　热尼娅婶婶,我还是跟他学的呢。我想我难道比他差吗!在我的请求下,他教了我和弦。

安娜　当然,如果一个小伙子会弹吉他,所有的姑娘都会跟着他的!(唱着)"这个会弹吉他的小伙子是谁呀,是谁呀,是谁呀……"

鲍里斯　如果是个有钱的小伙子呢?

安娜　你更清楚。你现在可是澳洲大陆上第一小伙儿!

鲍里斯　澳大利亚哪儿能跟俄罗斯比!真正的钱现在在这里!是不是,切尔梅特?

切尔梅特 这因人而异……

斯韦特兰娜 鲍里卡,你那时为什么离我们而去?

鲍里斯 据说有大屠杀——我们就离开了。

安娜 大屠杀?跟你有什么关系?

鲍里斯 什么关系?您知道,女士,我是犹太人。

斯韦特兰娜 鲍里,我们哪有什么大屠杀?!你说什么呢?

鲍里斯 怎么,一次都没有过?

斯韦特兰娜 一次都没有。

鲍里斯 奇怪,电视上说有。

费奥多尔 电视,利帕——是通向集体失德的窗口。

安娜 你自己想出来的?

费奥多尔 不,从你那抄来的!

斯韦特兰娜 知道吗,同学们,我有一次打开班级日志偶然翻到某一页。上面写着我们所有人的民族。我一看,对着利波韦茨基的名字写着"犹太人"。我惊呆了!真的!那时候我们完全没想过,谁是俄罗斯人,谁不是俄罗斯人。只是同班同学。多好啊!

米哈伊尔神父 基督不分希腊人、犹太人……

费奥多尔 我们流浪汉之家里也有共产国际。真的,不知道为什么是高加索人占着中心垃圾场。切尔梅特,把垃圾场从他们那买过来,怎么样?

切尔梅托夫 我考虑一下。那为什么利帕,你最终还是离开了?

费奥多尔 我知道因为他不想去军队服役!

鲍里斯 不是。我先服完兵役,然后离开的。而你,斯特罗乔克,没有服兵役。

费奥多尔 我服不了。我是病人。

安娜 我前任也逃过了兵役。病人!自己像钢筋铁骨一样!

叶甫根尼娅·彼得罗夫娜 阿涅奇卡,不要这样!你们干吗一直缠着鲍连卡问?走就走了……命运就是这样……

鲍里斯 不知道,或许,也是命……你们明白吗,那时候觉得,这里已经不会有好事情了。到头了!因为一切都毁了。父亲被报社解雇了。而在国外可以开始全新的生活。不求人,不走后门——你有多少本事就能挣多少钱。

切尔梅托夫 大部分人挣的比预料的要少得多。

费奥多尔 明白了,利帕,你是挣美元去了!

米哈伊尔神父 福音书里说道:"你的心在哪儿,你的财富就在哪儿……"

切尔梅托夫 我看,你的监督司祭开着新的"梅赛德斯"横冲直撞!

米哈伊尔神父 但是大主教开"伏尔加"。认了……

费奥多尔 诗人不需要钱,这很好。只需要头顶上的天空!

安娜 还有头底下火车站的长椅……

费奥多尔 赫列布尼科夫是乞丐,而魏尔伦是酒鬼。斯韦塔,告诉他们!

斯韦特兰娜 不是所有的乞丐都是赫列布尼科夫,也不是所有的酒鬼都是魏尔伦。

费奥多尔 连你也反对我!你怎么了?你怎么变成这样了!哎呀,还是朋友呢!

叶甫根尼娅·彼得罗夫娜　费佳，别伤心！给我们读读诗！

费奥多尔　（胡乱地）"沿着坎大哈幽暗的山岗……"

叶甫根尼娅·彼得罗夫娜　不，不是这首。别的……

费奥多尔　哪首？

斯韦特兰娜　关于邻家女孩的。

费奥多尔　啊！你们还记得！知道吗，我成为诗人还多亏了万涅奇卡！

安娜　你变成流浪汉多亏了谁呢？

费奥多尔　蠢女人你，阿尼卡！什么都不懂。你呀，可能现在脑袋里也是硅胶。

安娜　什么硅胶？你说什么，自以为是的人！

切尔梅托夫　闭嘴，女王！你说，费佳！

费奥多尔　九年级的时候，记得吗？我已经写了很多诗，一整本，但是不敢给人看。就像在所有人面前脱光衣服一样……

〔斯韦特兰娜颤抖了一下，看着切尔梅特。

安娜　你想想！如果身材好的话……

斯韦特兰娜　如果不好呢？

切尔梅托夫　姑娘们，之后再说身材。晚些时候……（看着斯韦特兰娜，她低下头）不要打断诗人！

费奥多尔　有一天万涅奇卡注意到，上课时我在本子上写诗，就请求拿去读读。两天后还给我了。没说什么。我立刻明白了他不喜欢。之后学校里举办庆祝三八节的音乐会……斯韦塔，现在中学还像我们那时一样有音乐会，有业余艺术活动吗？

斯韦特兰娜　（从自己的思绪中清醒过来）什么？啊……有，但是少……

叶甫根尼娅·彼得罗夫娜 为什么?

斯韦特兰娜 因为我们现在培养的是自由公民。不能强迫——要不然可能会无意中培养出奴隶。而如果不强迫——还有什么业余艺术活动?

鲍里斯 对,应该从小时候开始避免培养奴隶!不能硬逼着走向幸福……

费奥多尔 利帕,我印象中,你这二十年来都是开着电视在冰箱里躺着!

斯韦特兰娜 鲍连卡,我不知道,你们澳大利亚怎么样,在我们俄罗斯,如果不强迫——什么也干不成。不好的东西自己往人身上黏,而好东西需要用粗糙的线缝在身上……

切尔梅托夫 粗糙的?

斯韦特兰娜 粗糙的!而如果我们把自己压迫成奴隶,那也是有良心的奴隶。

[他们沉默地彼此互望了一会儿。

叶甫根尼娅·彼得罗夫娜 费坚卡,后来怎么了?

费奥多尔 后来?哦,万涅奇卡走上台开始读诗。读我的诗。我坐在大厅里感觉我马上要死了,因为诗歌太糟糕了!突然所有人开始鼓掌。而万涅奇卡让我上台。然后……

安娜 然后所有人都知道了,我们学校有自己的天才!

费奥多尔 一周后这些诗被刊登在州报上……

鲍里斯 是我求的父亲。你也可以跟我说"谢谢"!

费奥多尔 谢谢,利帕!

鲍里斯　不客气,斯特罗乔克!

叶甫根尼娅·彼得罗夫娜　费坚卡,给我们读读这些诗!

费奥多尔　这些?我甚至都不知道……都是少年时的……

切尔梅托夫　来吧,来吧!我们今晚是忆苦思甜。

费奥多尔　嗯,好吧……马上……(闭上眼睛,摆出自己的姿势)

　　　　　　顺口溜,打架,伤痕,大麻。
　　　　　　临近的院子里,男孩的战争。
　　　　　　而那时院子里有个美若天仙的姑娘!
　　　　　　顺口溜,打架,大麻,黑眼圈儿。
　　　　　　男孩的战争在隔壁家的小院。
　　　　　　那个小院里有位美丽的姑娘,
　　　　　　彼时彼刻正独自一个人儿!
　　　　　　我活着,课本都没打开,
　　　　　　我失去了希望和安宁。
　　　　　　院子之间隔着一条马路。
　　　　　　我沿着马路徘徊,但脚走不远。
　　　　　　暴风雪代替了夏日的灰尘,
　　　　　　洒泪的战斗正在上演……
　　　　　　我们院子里有些姑娘。
　　　　　　当然,不是那些,而是自己的。
　　　　　　手里有山雀,而爱情
　　　　　　渐渐地消亡。大概临近二月的时候。
　　　　　　美丽的姑娘也消失不见。
　　　　　　看得出来,房屋献给了仙鹤。

>　　说来可笑，隔路而居。
>
>　　我很胆小，而她却骄傲……
>
>（忘词了，擦擦前额）
>
>　　我很胆小……胆小……

鲍里斯　这句我们已经听过了。

斯韦特兰娜　别打扰他！

费奥多尔　见鬼……忘了……自己的诗。这样的事情在我身上还没发生过！

斯韦特兰娜　要提醒吗？

费奥多尔　不！我自己想。只是需要再喝点……

叶甫根尼娅·彼得罗夫娜　不行，费坚卡！

费奥多尔　哎呀，您懂什么！（跑进"会客室"）

叶甫根尼娅·彼得罗夫娜　应该治治费佳。他会死的！

切尔梅托夫　没用。我两次把他送进医院。他都跑了。现在不能强行治疗。自由，明白吗！

叶甫根尼娅·彼得罗夫娜　应该把他送到谢尔普霍夫去。

鲍里斯　谢尔普霍夫有什么？

米哈伊尔神父　那里有神奇的圣像"喝不醉的酒杯"。

鲍里斯　然后呢？

叶甫根尼娅·彼得罗夫娜　会起作用。我们邻居这样治好了女婿。过去疯狂地喝酒。把老婆，邻居家女儿，往死里打。邻居把他带过去，让他靠近圣像——就像变了个人似的。真的，现在她后悔了。

安娜　为什么？

叶甫根尼娅·彼得罗夫娜　女婿喝醉的时候打老婆，而清醒的时候就立刻抛弃了老婆。但是不管怎么样也是奇迹！

鲍里斯　我不相信奇迹……

米哈伊尔神父　只是你从来没有遇到过真正的奇迹。

鲍里斯　遇到过！回到祖国，跟我一起偷看姑娘的同班同学佳布利克竟然成了神父！难道不是奇迹吗？

米哈伊尔神父　奇迹是万涅奇卡十年级的时候给我读《圣经》。上帝通过万涅奇卡在召唤我……

鲍里斯　他哪儿来的《圣经》？那时候很难弄到的。我父亲，作为意识形态战线的战士，在州党委时发过一本，希望了解有关"毒品"的第一手资料。

叶甫根尼娅·彼得罗夫娜　我祖父留下的。他在革命前是教会长老。但是我隐瞒了，把《圣经》藏了起来。但是万涅奇卡跟我说把这样的书藏起来不让别人看是不对的！他是个非常正直的男孩。

斯韦特兰娜　切尔梅特，你记得吗，六年级的时候你打伤了鲍里卡的眼睛？

切尔梅托夫　当然不记得！我打伤过很多人……

鲍里斯　（开心地）我记得！只是在七年级。在代数测验时我给维佳……维克托提示的答案不对。

切尔梅托夫　啊，想起来了！故意的，坏蛋，不说实话！

鲍里斯　哎呀，又来了！当然不是故意的！

切尔梅托夫　那为什么那时候我得了两分，而你是三分？

斯韦特兰娜　因为鲍里卡的爸爸有点不正派，马上给格斯塔波夫娜打了电话!

叶甫根尼娅·彼得罗夫娜 他给谁打电话?

安娜 加林娜·奥斯塔波夫娜。女校长。她怕他像怕火一样。

叶甫根尼娅·彼得罗夫娜 啊……好女人。她怎么样,还在世吗?

米哈伊尔神父 去世了。在我们教堂里举行的安魂祈祷。躺在担架上,像个中学生一样。(起身)我去和费佳谈谈。或许,他会去谢尔普霍夫?

切尔梅托夫 告诉他,我给他出路费!

〔佳布洛夫走去"会客室"。

鲍里斯 格斯塔波夫娜一看到我眼睛下面的青伤,立马开始尖声尖气地说话,开始了解情况:是谁,在哪儿,什么时候?我没说,没出卖切尔梅特!

安娜 好了,少先队员英雄!要不然他会打死你!对吧,维佳?

切尔梅托夫 这是真的!任何人的背叛都不原谅!

斯韦特兰娜 那时候格斯塔波夫娜召集我们全班一再追问。没人承认。大家都看着你,切尔梅特。而你不说话,害怕父亲被叫到学校来。

切尔梅托夫 是啊,父亲下手重啊!

斯韦特兰娜 而格斯塔波夫娜神经不正常——害怕鲍里卡的爸爸……

叶甫根尼娅·彼得罗夫娜 鲍连卡,你爸爸怎么样?身体还好吗?

鲍里斯 好!满腔热情的老头!现在为土著的权力而斗争……

叶甫根尼娅·彼得罗夫娜 他不想念俄罗斯吗?

鲍里斯 想念。每天听苏联歌曲。有时甚至还哭……

安娜 等等,斯韦塔,那件事最后怎么着了?

斯韦特兰娜 是这样的格斯塔波夫娜说,如果我们不供出犯错的人,五月节的时候我们就不去湖边远足了。我们为之准备了一整个冬天。就在那个时候万涅奇卡站出来说,他们练习拳式的时候,他打伤了利波韦茨基的眼睛。格斯塔波夫娜当然不相信,但是鲍里卡证实了。

鲍里斯 是真的!我马上证实了。跟父亲也是那么说的。

斯韦特兰娜 (对切尔梅托夫说)而万涅奇卡之后当面说你是懦夫……

切尔梅托夫 然后我们在车库后面打了一架。切切实实地。

叶甫根尼娅·彼得罗夫娜 天哪,过了这么多年我都记得!那时候万尼亚回家——身上没有一处好地方。他嘴唇甚至都缝上了……

切尔梅托夫 我也吃了不少苦头,万卡是个硬汉子!把我牙齿都打掉了。之后父亲给我补了假牙。(围着一动不动的伊万走了一圈)谢谢你,万涅奇卡!谢谢!你们看,他好像笑了!

斯韦特兰娜 为什么——要谢他?

切尔梅托夫 当然要谢!如果我没有去阿富汗打仗,今天会是什么样的人呢?什么都不是。在那儿学会了好多交朋友,憎恨,还有坚持到底!

斯韦特兰娜 还有杀人。

切尔梅托夫 还有杀人。至今为止每天夜里我把对手的尿和肠子塞入跟我同期入伍的战友谢尔盖·雷宾的肚子里。谢谢,万涅奇卡!你是第一个请求去阿富汗打仗的。怎么能落后于你呢?(看着斯韦特兰娜)无论如何都不能!刚开始我被兵役委员会拒绝了。原来,把脑袋放到子弹底下,还需要有好的评价！我拿到了，谢谢格斯塔波夫娜！送人去死像是奖励一样！苏联当局真会糊弄人……

叶甫根尼娅·彼得罗夫娜　维坚卡，你不要骂苏联当局——是她教会你成长！

斯韦特兰娜　还赠送给你铸铁厂。

切尔梅托夫　不是赠送，而是跟我算清账！

（撩起衬衣，露出伤疤）用这个换来的！

安娜　哎呀！（抚摸伤疤）可怜的切尔梅特……

斯韦特兰娜　她怎么不跟万涅奇卡用工厂算清账呢？而只是用这个？（指向万涅奇卡）应该和英雄分享！

叶甫根尼娅·彼得罗夫娜　这就是你不对了，斯韦托奇卡！维坚卡早就给万涅奇卡开了账户，每个月汇钱……

斯韦特兰娜　多吗？

叶甫根尼娅·彼得罗夫娜　够我们花。

斯韦特兰娜　您从来没有告诉过我这件事！

叶甫根尼娅·彼得罗夫娜　不让说……

安娜　谁会在我的名下开个账户？

切尔梅托夫　女王！说什么呢！

安娜　知道吗，我成为选美冠军也多亏了万涅奇卡。他不知道在哪儿看到州选美比赛的消息，劝我去参加。我自己无论如何也下不了决心。我觉得，我鼻子太长。我甚至每天早上在镜子前哭。你们想象一下？而万涅奇卡拿来杂志给我看摄影模特的鼻子多么不好看。然后我才下定决心……

鲍里斯　不，你成为选美冠军……多亏了我！

安娜　怎么回事?

鲍里斯　是这样的。我为你求了父亲。他是评委组的代表。

安娜　是吗?我都不知道。我以为……他后来在后台拥抱我。我差点没挣脱。

切尔梅托夫　想得对!你是最漂亮的!评委只是做了正确的评价。有趣的是原来,我们所有人都要感谢万涅奇卡。只有斯韦托奇卡一个人不说话,忍着,什么都不说……

鲍里斯　我也还没讲,感谢万涅奇卡什么。要知道他教会我……

切尔梅托夫　(鄙夷地)你最好去看看,别让费佳和神父喝醉了跑到垃圾堆里去!

鲍里斯　(慌张地)好,当然,我去……(沮丧地走向另一个房间)

安娜　切尔梅特,他在你面前简直是顺从,我们骄傲的澳大利亚人!

切尔梅托夫　钱可以让任何人听话!是吧,斯韦塔?来,说吧,你感谢万涅奇卡什么!谁说谎——谁会死!

斯韦特兰娜　我非常愧对万涅奇卡。非常……(哽咽着)

〔鲍里斯和佳布洛夫走过来,挽着费佳的手臂。

叶甫根尼娅·彼得罗夫娜　(拥抱斯韦特兰娜)哎呀,好了,好了……过去的就过去了。生活就是生活。(假装快乐)你看,万涅奇卡,你的同班同学多好!他们没有忘记,还记得你的好!

费奥多尔　(艰难地转动舌头)叶甫根尼娅·彼得罗夫娜,我们是什么同班同学?同班同学——是指同一个班的人。富人……

穷人……乞丐……我们早就是不同阶级的人了!

［响起电话声。

切尔梅托夫 （拿起听筒,听着,看着鲍里斯）我也是这么想的。不重要……一分钟后开始!

安娜 什么,开始什么?

切尔梅托夫 什么什么?惊喜!庆祝万涅奇卡四十岁生日的焰火!

费奥多尔 焰火——为了纪念上帝圣礼成年仪式的火的残留……

切尔梅托夫 再也不给你倒残留的了!

叶甫根尼娅·彼得罗夫娜 维坚卡,但是焰火很贵吧!

鲍里斯 （准备着摄像机）在澳大利亚贵得吓人。

切尔梅托夫 心灵渴求的时候,什么都不贵!记住这句话,澳大利亚人,如果想为我工作的话!后面是音乐会!

安娜 什么音乐会?

切尔梅托夫 你会认出来的,我的小兔子!

安娜 谁,谁?说!

［切尔梅托夫装成著名男歌手或女歌手的样子。

（非常震惊）本人吗?不可能!在我们院子里?我不相信!大概是长得一样的人?!

切尔梅托夫 长得一样的人?不……我这都是货真价实的!

安娜 （嬉笑地）我这也是!

费奥多尔 撒谎!

切尔梅托夫 查验一下!

费奥多尔 你高兴什么,白痴女王?嗓音不好的傻瓜伴着乱七八糟的唱片大声吼……"我的猫咪,我是你的小尾巴!"

安娜　那你别去！

费奥多尔　不！我要去，我会一边听一边鄙视！

〔窗外噼啪一声腾空而起串串焰火。

切尔梅托夫　开始了！所有人到院子里去！

〔所有人都冲向门口。切尔梅托夫抓住斯韦特兰娜的手不让她走。剩下他们两个人，如果不算万涅奇卡的话。他的脸可怕地扭曲着。他们站了一会儿，沉默地看着窗外的焰火。切尔梅托夫想转过轮椅，让伊万看得到串串火花。

斯韦特兰娜　不要！他害怕这个……（用手捂住伊万的耳朵）

〔他平静下来。

切尔梅托夫　那你呢？

斯韦特兰娜　我一直觉得，你会马上笑起来然后跟我说，这只不过是个残忍的捉弄。

切尔梅托夫　你为什么回忆起那次打架？

斯韦特兰娜　不知道为什么想要……

切尔梅托夫　要知道那时我是为了你跟万卡打架的。为了不让你觉得，我是个懦夫。

斯韦特兰娜　你不是懦夫吗？

切尔梅托夫　不，我不是懦夫。脱衣服！

斯韦特兰娜　也就是说，这不是捉弄。那就锁上门！

〔切尔梅托夫锁上门。她开始解开衬衫。伊万的脸再一次可怕地扭曲着。

斯韦特兰娜　关上阳台的门！你看，他很难受！

切尔梅托夫　他马上会好的！（关上阳台的门，房间里变得更加安静）为什么你甚至都不问，我为什么要这样？

斯韦特兰娜 你已经解释过了，想看看自己光着身子的四十岁的女同学。

切尔梅托夫 是啊，我想！

斯韦特兰娜 切尔梅特，你的妻子跟这个……古科夫斯基睡并不是我的错。

切尔梅托夫 是你的错。脱衣服！

斯韦特兰娜 好吧，那你看吧……（继续脱衣服）

切尔梅托夫 （打量着）你身材还很不错啊！（把万涅奇卡转过来）万涅奇卡，你看，我们的斯韦托奇卡保养得多好！笑一笑！

斯韦特兰娜 我很荣幸没让你失望。你还想要什么？

切尔梅托夫 所有的！

斯韦特兰娜 好，我们去卧室！

切尔梅托夫 不，就在这里！当着他的面！

斯韦特兰娜 好，当着他的面……（又把伊万的脸面朝窗户）

切尔梅托夫 不，就让他看到！（旋转圈椅）

斯韦特兰娜 切尔梅特，你是性变态吗？！

切尔梅托夫 为什么呢？或许，我想给万涅奇卡一次机会！

斯韦特兰娜 什么机会？

切尔梅托夫 最后的机会！我不久前在电视上看到：妻子把情夫带回家，她丈夫在事故之后也是这么没用。你猜怎么着？看到情敌，他一下子醒了，跳起来了……之后，当真是又失去知觉了。太伤心了。或许，万涅奇卡也……如果他看到……啊?

斯韦特兰娜　你是畜生!

切尔梅托夫　为什么?(走到她跟前,抱着她,亲她的脖子)难道你不想治好万涅奇卡吗?

斯韦特兰娜　他们马上就回来了……

切尔梅托夫　不,不会回来的。焰火还没结束。之后会有明星音乐会。所有邻居都会打开窗户,跑到外面,不相信自己的幸运!钱,当然,是可怕的东西,但是用它们可以买到幸福……对于别人来说。记得吗,我们在院子里伴着吉他大声唱歌?(唱着)

　　　　明天的幸福鸟,

　　　　忽闪着翅膀飞过。

　　　　选择我,选择我,

　　　　明天的幸福鸟!

斯韦特兰娜　有人从阳台上往你身上泼水?不让你打搅他们睡觉。

切尔梅托夫　可是却泼到了可怜的斯韦托奇卡身上。你穿着白花花的短上衣,瘦瘦的。上衣一下子变成透明的,像玻璃一样。我看到,我们的高才生有一副好身材。活生生的。有女人味的。美丽的。你感到不好意思,脸红了,像五一节的小气球一样,然后跑回家换衣服。你的胸部从那时起几乎没有变。(抚摸她)

斯韦特兰娜　一切都变了。(用头指万涅奇卡)顺便说一句,他那时转过身去了。

切尔梅托夫　哎呀,万涅奇卡,你现在怎么不转身了?

斯韦特兰娜 而你一直看,一直看,一直看……我想憎恨你。但是感觉到的确是别的东西。

切尔梅托夫 你感觉到什么?(又一次抱着她亲她)

斯韦特兰娜 解释不清楚。但这正好解释了我们之后所发生的事情。

切尔梅托夫 (亲她的脖子)你聪明!你严肃。你纯洁。我梦想的就是这样的女人。如果你没有背叛我,我不会变成今天的样子。你觉得,万涅奇卡现在看得到我们在做什么吗?啊?!

斯韦特兰娜 切尔梅特,你想报复谁——他还是我?

切尔梅托夫 为什么报复万涅奇卡?他是个圣洁的尸人。以后都会是这样的。或者不是?等等,他好像动了?难道清醒了?(走近一些,观察着)没有,是幻觉……

斯韦特兰娜 也就是说,你在报复我?

切尔梅托夫 是啊,就是你!你很清楚为什么!来吧,继续——你暂时脱掉的衣服,只是你的帕维尔所占有的一半。

斯韦特兰娜 切尔梅特,不要!你实际上不是这样的!

切尔梅托夫 噢,你还记得,我实际上什么样?

斯韦特兰娜 记得……

切尔梅托夫 也就是说,你记得?好,万卡,看着接下来的事情!

(把她推倒在地板上)

斯韦特兰娜 放开我!(挣脱开来,急忙站起来,躲到面无表情的伊万所坐的轮椅后面)

切尔梅托夫 他马上会站起来救你!(晃动伊万)你起来啊!不,他不会救你。或许,斯韦塔,他不是很爱你?只是回来休假,休息一下。有时候就是这么可笑……

斯韦特兰娜 你可笑什么?

切尔梅托夫 当你进入一个旅馆,马上有人打电话问:"年轻人,想不想和姑娘一起休息啊?"难道和女人在一起能休息?跟真正的女人在一起要工作,苦干!干到筋疲力尽,心脏上磨出水泡!斯韦塔,让我们换个方式……你和万涅奇卡试试!叨扰一下大英雄!万一他刚好这辈子还没过瘾呢?我单独付钱。啊?

[斯韦特兰娜走到他跟前,打他耳光。

哎哟,好疼啊!

斯韦特兰娜 我不需要你的钱!我太蠢了!

切尔梅托夫 想想女儿!

斯韦特兰娜 我为她想过了!(抓起自己的衣服,跑出公寓)

切尔梅托夫 去哪儿?你会自己回来的!

[透过开着的门传入流行歌曲的声音。伊万的脸由于嘈杂声而扭曲。

(紧张地在房间里走来走去,然后愤怒地转身对着伊万)满意了?你总是第一。但是第一个跟她在一起的人是我。是我!为什么你没有早一个月被射死?为什么你要回来休假?你不说话,窝囊英雄?你就闭嘴吧!我会找到她。把她带回来!明白吗?你会看到的!会看到一切!(仿佛突然想起,掏出手机,拨号)安瓦尔,马上召集一些人去波戈热娃的住处……对,去那儿……那儿有个小姑娘。奥莉加。把她带到这儿来,但是不要让她下车。去吧!(收起手机)就是这样,

万涅奇卡！（飞快地走出公寓）

　　[伊万坐着一动不动。只有彩色音乐发出的亮点在他哭泣般的脸上飞舞。米哈伊尔神父走进来，半掩上门——音乐声变小一点。

米哈伊尔神父 （走到万涅奇卡跟前，在自己身上画十字，坐在他旁边）我不能看这丢人的东西……喜欢！但是不应该喜欢！罪孽！知道吗，万涅奇卡，我有罪。但还是比较轻的罪。我正着迷地看着年轻的女教民，一个追求理想的女教民走到我跟前，她说，米哈伊尔神父，请你解释一下，救世主在寓言里说的五个有智慧的新娘和一个新郎在婚宴时关上门待在屋子里指的是什么？我说，这是一种讽喻！而追求理想的女教民没有罢休喻指什么呢？谁知道呢？在行按手礼之前我作为自考生参加了考试。我一直想看看注解，但是没有空：每天做礼拜，修缮教堂。维修钱是向切尔梅特要的。也给自己留了一些。怎么办呢，万涅奇卡？母亲生气了，她说，孩子们上学都没衣服穿。你要是有孩子，你就会理解我！万涅奇卡，要知道是有一些没做过坏事的人，像天使一样。不久前我在教堂里捡到一个小纸团。显然，有个女教民记下自己的罪过来忏悔。在数字"一"下面写道她生小猫的气。在数字"二"下面——什么都没有。空的！明白吗？她生小猫的气——就这些！就这些，万涅奇卡！你多好：没有诱惑——也没有罪过……

　　[泪痕满面的斯韦特兰娜回来了。她已经穿好衣服。

斯韦特兰娜　切尔梅特在哪儿？

米哈伊尔神父　不知道。大概在听音乐会。你今天怎么了，亲爱的？坐下来！平静一下！说说吧……

斯韦特兰娜　米哈伊尔神父……米什卡，我不知道，我该怎么做……

米哈伊尔神父　发生了什么事？切尔梅特想让你做什么？

斯韦特兰娜　这事我甚至连你也不能告诉。

米哈伊尔神父　不能说——就不说。那你需要从切尔梅特那得到什么，可以说吗？

斯韦特兰娜　帕维尔借了钱。很大一笔。高利贷。他想做生意……

米哈伊尔神父　啊，《申命记》中有记载："你借给你弟兄的，或是钱财，或是粮食……都不可取利。借给外邦人可以取利，只是借给你弟兄不可取利。"[1]

斯韦特兰娜　也就是说，我们对于他们来说是外国人。而帕维尔走了，躲起来了。现在我需要还债。但是没有钱。

米哈伊尔神父　这个帕维尔怎么能躲起来——躲着妻子跟女儿？

斯韦特兰娜　米什，知道吗……奥莉加不是他的女儿。

米哈伊尔神父　（惊讶地吹口哨，在自己身上画十字）那是谁的？

斯韦特兰娜　不重要……现在不重要。

米哈伊尔神父　这怎么不重要！哎呀，你呀，高才生，跟人睡！表面正经，恕我直言……你怎么，和五个新郎在婚宴时关上门待在屋子里了？

斯韦特兰娜　什么新郎？不懂！

米哈伊尔神父　好吧，这是讽喻。帕维尔知道吗？

---

[1] 《旧约·申命记》，23：19，20。

斯韦特兰娜 当然知道。我嫁给他的时候已经怀孕了。在莫斯科我们在一个年级学习。他爱上了我。但是我立刻就告诉他:我男朋友在阿富汗打仗——我要等他。而帕维尔还是期望……

米哈伊尔神父 斯韦塔,事情都过去了。七年级时我也很喜欢你。但是我连想都没想过。要知道所有人都知道,你和万涅奇卡……

斯韦特兰娜 为什么所有人都知道?

米哈伊尔神父 怎么知道,你们从一年级……

斯韦特兰娜 明白了!两个老师心目中的好学生找到了彼此。知道吗,米什,是什么能让男人和女人坚而不摧地在一起?不,不是上床,不是习惯,甚至不是孩子。而是周围所有人都坚信,这两个人就是为彼此而生。

米哈伊尔神父 难道你们不是为彼此而生吗?

斯韦特兰娜 谁现在还会说呢?这需要一起生活很多年。而我这些年与之一起生活的完全是这么个男人,他……

米哈伊尔神父 等等,或许,一切还能有个圆满的结局!

斯韦特兰娜 不,圆满不了了。知道吗,当我帮叶甫根尼娅·彼得罗夫娜给万涅奇卡洗澡的时候,我盯着他……我一想到正是这个身体,我和他……正如你们说的,"成为一体"……我就觉得既可怕又可笑。

米哈伊尔神父 "妻子与丈夫连合,二人成为一体……"① 你们是在

---

① 《新约·马太福音》,19:5。原文为:"因此,人要离开父母,与妻子连合,二人成为一体。"

他去军队之前开始的还是他回来休假的时候?

斯韦特兰娜　休假时。我回家过假期……

米哈伊尔神父　（用手指威胁科斯特罗米京）啊呀，多么淘气的孩子！你看，斯韦塔，他好像笑了！……

斯韦特兰娜　你的错觉。

米哈伊尔神父　也就是说……上帝保佑你，天哪！你为什么瞒了叶甫根尼娅·彼得罗夫娜那么多年？她该觉得有多幸福啊！孙女。科斯特罗米京家族的延续！

斯韦特兰娜　不，米什，事情糟糕得多……罪恶得多！

米哈伊尔神父　不明白……为什么？说说原因！

斯韦特兰娜　因为大家先是送切尔梅特去阿富汗打仗。记得吗？

米哈伊尔神父　噢，我那时候喝醉了。恕我直言！他父亲，谢苗·伊万诺维奇一直给我倒酒。那时候是个硬汉！喝酒像呼吸一样。

斯韦特兰娜　我也喝醉了。切尔梅特去送我回家。而我父母回别墅了。万卡，原谅我，亲爱的！（走到他跟前，亲吻他变白的脸）我钦佩你，我相信，我们会在一起，但是跟你在一起我没有意乱情迷。而跟他在一起却开始神魂颠倒！我拿自己无计可施。无能为力！这种力量比我强大……

米哈伊尔神父　你呀！就应该……万涅奇卡，希望，他不知道这件事吧？

斯韦特兰娜　知道了……

米哈伊尔神父　难道是切尔梅特这个混蛋乱说？

斯韦特兰娜　不，是我自己告诉万涅奇卡的……

米哈伊尔神父　为什么？怎么可以这么做！

斯韦特兰娜　（冷笑着）谁撒谎——谁会死。切尔梅特离开一周后万涅奇卡回来了。叶甫根尼娅·彼得罗夫娜故意去女友那儿，希望我们两个能独处。我本来不想的……但是他当时那么冲动，迫不及待。甚至是粗鲁。他变了许多。一直在讲述战争，讲述被杀死的战友……我留下了。我想，如果他爱我，就会原谅我。但是他没有原谅我。之后我哭了一夜，他一直沉默不语。第二天他就走了。他说，部队紧急召唤。假如他能按照规定待满整个假期……你明白吗，米沙？

米哈伊尔神父　现在明白了。

斯韦特兰娜　是我有错，让他……

米哈伊尔神父　别怪自己！带着这么沉重的心理负担你怎么生活？你要是来忏悔，会轻松一些……

斯韦特兰娜　羞愧啊！

米哈伊尔神父　羞愧？杀人犯都到我这儿来。讲的都是这类事！

斯韦特兰娜　我就是杀人犯！万涅奇卡走了。杳无音讯。而切尔梅特每天写信。我读都没读就撕了。只写信给他，让他忘记一切。突然兵役委员会打来电话，说万涅奇卡受了重伤。我和叶甫根尼娅·彼得罗夫娜一起飞到铁尔梅兹，到军医院。我见到了他……这样的……我很不舒服，呕吐起来……总之，我知道，我怀孕了。起初我想打掉孩子。后来我想万一这是万涅奇卡的呢？

米哈伊尔神父　啊呀，斯韦塔，你太让我吃惊了！我跟人做忏悔时听到各种各样的事情。什么事情没在人们身上发生过。而且你知道吗，我早就发现不知道为什么卷入这种事情的常常是像你一样的高才生。这简直是一个女人之谜！

斯韦特兰娜 哪有什么谜。不配做高才生。

米哈伊尔神父 等等，那切尔梅特呢？万一这是他的女儿？……你本来可以……

斯韦特兰娜 我不可以！所有事情发生之后还提什么切尔梅特？你们会对我指指点点的！

米哈伊尔神父 是啊，情况……

斯韦特兰娜 而这边帕维尔又……求我嫁给他，发誓会成为最好的父亲。他告诉自己父母，孩子是他的。

米哈伊尔神父 高尚的行为！

斯韦特兰娜 后来他不小心说漏嘴了。他父母感到受辱，不给我们房子住。我们毕业后搬到我父母这里来了。这里没有任何人猜到什么。我跟丈夫和女儿一起从莫斯科回来……

米哈伊尔神父 只是叶甫根尼娅·彼得罗夫娜非常生你的气……

斯韦特兰娜 她原谅我了。帕维尔起初甚至很开心，说俄罗斯靠外省而存在。知道吗，米什，有这样的人，他们不能做出高尚的行为。他们会因此而毁灭。他就是这样。他不爱我了。当然，不是立刻……到底也不爱奥莉加。要知道我是他忠贞不渝的妻子。甚至过度忠贞……

米哈伊尔神父 帕维尔的《使徒福音》中说到每个男人有自己的妻子，每个女人有自己的丈夫，这样魔鬼才不会因你的放纵而诱惑你……

斯韦特兰娜 米什，你记得我们的"历史学家"吗？

米哈伊尔神父 拉布克林？当然记得！

斯韦特兰娜 你记不记得，我们为什么给他起这个外号？

米哈伊尔神父 他啊，动不动就引用列宁的话，还经常引用《我们如何改造拉布克林》这篇文章？

斯韦特兰娜 你现在让我想起了我们的拉布克林。

米哈伊尔神父 你也会说的，亲爱的！不是吗？

斯韦特兰娜 对不起，好像是的。

米哈伊尔神父 我想想。拉布克林在九三年的时候死了。死于伤心。

斯韦特兰娜 你怎么知道？

米哈伊尔神父 在我们教堂为他举行的安魂祈祷。那时我已经是诵经士了。亲戚们说他在电视上看到最高苏维埃的枪决——心脏没承受住……

斯韦特兰娜 米沙，但我承受住了。我和帕维尔一起生活了将近二十年。两个人在一起生活不幸福的人不知道为什么最害怕孤单。但是，你觉得，帕维尔是不能宽恕我有别人的孩子吗？不是的！你知道吗，帕维尔真正不能原谅我的是什么？

米哈伊尔神父 什么？

斯韦特兰娜 我从莫斯科把他带到这儿。如果他留在莫斯科——他说——他将会有完全另外一种生活。

米哈伊尔神父 另外一种？我表示怀疑。圣阿法纳西有……嗯……不重要……斯韦塔，或许，你应该做亲子鉴定？

斯韦特兰娜 是呀，好让整个城市随后说三道四，十三中学的教导主任波戈热娃要澄清她二十年前怀的谁的孩子。

米哈伊尔神父 当然了，因为需要让切尔梅特和万涅奇卡参加。

你瞒不住的。事情是……说到底，斯韦塔，难道你自己感觉不出来，奥莉加是谁的女儿吗？要知道女人有某种直觉！

斯韦特兰娜　直觉？神父，你先看看奥莉加，然后看看万涅奇卡和切尔梅托夫。看看你的全部直觉！

〔切尔梅托夫在警卫的跟随下跑进来。一瞬间听到当前的歌声。

切尔梅托夫　（点头命令警卫关上门；对斯韦特兰娜说）哎呀，你刚刚在哪儿？（对警卫说）大家——解除警报！

〔警卫们交换眼色，用手势互相示意，老板有点不对劲，纷纷离开了。

米哈伊尔神父　（仔细地看着他）我们，这些罪人，应该在哪儿？

切尔梅托夫　你怎么这么看着我？

米哈伊尔神父　我在欣赏。

切尔梅托夫　你们在这儿干什么？

米哈伊尔神父　生小猫的气。

切尔梅托夫　见鬼，哪儿有什么小猫？

米哈伊尔神父　这是一种讽喻……

切尔梅托夫　没空管什么讽喻！（对斯韦特兰娜说）顺便说一句，所有人都在找你！我已经解雇了保安头子。

斯韦特兰娜　为什么？

切尔梅托夫　因为没有注意到你从楼道出去了！

斯韦特兰娜　我没有出楼道。我去楼上，哭了一会儿，回来了……

切尔梅托夫　为什么回来？

斯韦特兰娜　你自己知道，为什么！

切尔梅托夫 米什,你去听一会儿音乐会!

斯韦特兰娜 米哈伊尔神父,求你了,不要走!

米哈伊尔神父 维佳,"不要在内心种下罪恶,不要生发违法的迷雾"!

切尔梅托夫 哪还有什么迷雾?你戏弄我做什么?!佳布洛夫,你还打算修缮教堂吗?

米哈伊尔神父 上帝开恩,或许,管子还能坚持一个冬天。

切尔梅托夫 我马上给监督司祭打电话,告诉他,已经给了你两次维修的钱。钱在哪儿,神父?

米哈伊尔神父 要知道建筑材料价钱涨了两倍。

切尔梅托夫 (拿出电话)你说,涨了两倍?

米哈伊尔神父 (挑衅地)打吧,打吧,维克托·谢苗诺维奇!之后咱们一起后悔。

斯韦特兰娜 (疲惫地)好了,米什,你走吧!我们都是成年人——会处理好的。

米哈伊尔神父 你处理的时候,不要想自己,想想自己的女儿吧!她现在是主要的……

〔米哈伊尔神父画十字祝福斯韦特兰娜然后走了。又传来音乐会的响声。

切尔梅托夫 怎么,你全都跟他说了?

斯韦特兰娜 只是忏悔了。

切尔梅托夫 为什么?

斯韦特兰娜 我感到羞愧!我没说。不要怕!我自己羞愧到恶心。来吧,老同学,我们继续忆苦思甜吧!(开始脱衣服)

切尔梅托夫　等等！不需要！

斯韦特兰娜　为什么不需要？需要，切尔梅特？我非常需要钱。

切尔梅托夫　不要再想这件事！

斯韦特兰娜　（继续脱衣服）那么，或许哪怕能唤醒万涅奇卡。你看，他怎么样？

切尔梅托夫　你不想唤醒我吗？

斯韦特兰娜　你？还可能吗？

切尔梅托夫　可能！你知道，当你写信说"发生的一切都是错误。我爱万涅奇卡"，我是什么感觉吗。你知道吗？还好军队的教学分队没有发给我们执行警卫任务的武器，否则我会比万涅奇卡早运回来。而且不是尸人，而是棺材里的尸体。我没你不行！根本不行，你明白吗？

斯韦特兰娜　你没有女王也不行！在存衣室……

切尔梅托夫　这关女王什么事？关存衣室什么事？！我需要的是你。你！我在阿富汗活下来也是为了回来看看你的眼睛！

斯韦特兰娜　所以，当你回来后，向阿尼卡求婚！

切尔梅托夫　那向谁求婚？你吗？你在莫斯科，跟丈夫和孩子在一起。阿尼卡对于我来说永远都是……一具假体。就像这个少校带来的一样。我还剩下什么？你从一开始就是为万涅奇卡而生。哎哟，天造地设的一对！哎呀，他们是为彼此而生！我习惯了。认了。然后突然你给了我希望！多大的希望啊！为什么？告诉我，为什么？！

斯韦特兰娜　我只是喝醉了……

切尔梅托夫　喝醉了？胡说！你希望这样！早就希望了。我马上就明白了。我们，我和你才是为彼此而生！为什么你不等到我回来？为什么？我会好好对你。永远不会像帕什卡这样对你！

斯韦特兰娜 他怎么对我了？

切尔梅托夫 怎么？你知不知道，为什么帕维尔借了那么多钱？

斯韦特兰娜 他想挣钱。打算做生意。我解释过了。我们过得这么寒酸，他很惭愧。

切尔梅托夫 真的吗？在谁面前惭愧？

斯韦特兰娜 在我面前，在女儿面前……

切尔梅托夫 我可怜的老同学！帕维尔现在没有也从来没有做过任何生意。但是他有第二个家。在莫斯科。年轻的女朋友和孩子。一丁点大的孩子。他是为了他们借钱！痛心吗？

斯韦特兰娜 （像是受了打击而遮住自己）不，不是很痛心……

切尔梅托夫 而他把自己的债务登记在你的名下！

斯韦特兰娜 你怎么知道的？

切尔梅托夫 我就是知道……你想什么呢，高才生？

斯韦特兰娜 （惊慌失措）很多人都这么做。登记到妻子名下……

切尔梅托夫 对。很多人。我也登记到前妻名下一些财产。所以她现在生活一切正常。财产，而不是债务。这区别，希望你能明白？

斯韦特兰娜 我明白……

切尔梅托夫 公寓也在你名下。是吗？

斯韦特兰娜 是的。是我父母的……

切尔梅托夫 现在你明白了吧，他简直把你和女儿交给了土匪？

斯韦特兰娜　人渣……
切尔梅托夫　我知道他在哪儿。
斯韦特兰娜　从哪儿知道的?
切尔梅托夫　我就是知道。想把他带到这儿吗?我让他跪在你面前给你舔鞋。
斯韦特兰娜　你还是让古科夫斯基……
切尔梅托夫　我没有炸死他!没有炸!有人暗算我。
斯韦特兰娜　我相信你,切尔梅特!你是善良的。
切尔梅托夫　怎么样,把帕什卡带来?(拿出电话)
斯韦特兰娜　你还是把奥莉加带来吧!
切尔梅托夫　为什么?
斯韦特兰娜　你会知道的。你今天会知道很多有趣的事情!

　　　［手机铃声响起。

切尔梅托夫　(对着听筒说)什么?让她再唱会儿。要多少付多少!
斯韦特兰娜　你不会破产吗?
切尔梅托夫　我?不会。我钱很多。顺便说一下,你的债我已经还了。什么都不要担心。
斯韦特兰娜　谢谢,切尔梅特,你是真正的朋友!请给我电话。
　　(拨号,等着回应,开始慌张)
　　　奇怪,真奇怪!我跟她说过,哪儿都不要去……发生了什么?你说过派自己人去的!
切尔梅托夫　别害怕,一切正常——她已经被带过来了。
斯韦特兰娜　你安排了!

切尔梅托夫 是啊,斯韦托奇卡,是啊!我们要是这样生活就好了:你还没来得及请求,而我已经满足了你的愿望。想象一下?这仅仅是个开始!当金钱加上权力,可以翻转地球!

斯韦特兰娜 您已经翻转了。和我们在一起。现在我们所有人都低你一等。你到底是从哪儿知道,债务在我名下?

切尔梅托夫 我解释过了。

斯韦特兰娜 不,你没有解释!

切尔梅托夫 我会说的,但是你不是也想告诉我些有趣的事情吗?

斯韦特兰娜 你先说。但是记住谁撒谎——谁会死!

切尔梅托夫 如果一切这么严肃!好吧……莫奇拉耶夫是我的人。我从一开始就知道所有事情。

斯韦特兰娜 你……之前知道?也就是说,所有这些……都是你安排的!

切尔梅托夫 是的,我非常想惩罚你。

斯韦特兰娜 为什么?因为那天晚上?因为我的不幸?

切尔梅托夫 因为你背叛了我!

斯韦特兰娜 我背叛了自己。还造成了万涅奇卡的不幸……知道吗,切尔梅特,是你炸死了古科夫斯基。只要你一拥有权力,你和你的前妻什么都会做出来……

切尔梅托夫 别胡说!我本会用另外一种方式惩罚他。不是这么兴师动众的。

斯韦特兰娜 为什么?就像我女儿说的,你喜欢煽风点火!好吧,她到底在哪儿?(敞开阳台的门,向院子里看。一首流行歌曲结束。院子里响起雷鸣般的掌声)

歌手的声音　谢谢，朋友们！我多么喜欢你们这个俄罗斯大河边美丽的城市啊！现在我想邀请一个人上台，他做了一件几乎不可能的事情——送给你们我的音乐会。他就是市长候选人，你们的老乡，可以说是你们同一个院子里的人……让我们欢迎：维克托·切尔梅托夫！

〔掌声。尖叫声。

斯韦特兰娜　（从阳台回来）切尔梅特，你是天才！一切全都在一起：有甜蜜的复仇，有同学见面会，有选举……我真为你骄傲！

切尔梅托夫　不，你要知道，我没刻意……结果成了这样！

斯韦特兰娜　好结果！去吧——选民等着你呢！

切尔梅托夫　我很快回来。跟他们说一些废话就回来。你把衣服穿上！你的女儿马上来……

斯韦特兰娜　你的女儿。

歌手的声音　维克托·谢苗诺维奇，我们在等您！

切尔梅托夫　什么？你说什么？

斯韦特兰娜　奥莉加——是你的女儿。

切尔梅托夫　不！不可能！

斯韦特兰娜　你以为呢？糟蹋了高才生——没有留下任何痕迹！

切尔梅托夫　帕维尔呢？

斯韦特兰娜　没时间了……

切尔梅托夫　这样……等等！现在我明白了，他为什么离开你。现在所有事情都说得通了……我有女儿！（抓住她的肩膀）你知道吗，今天当我看到她时，我内心不明地颤动了一下！

歌手的声音 您在哪儿，维克托·谢苗诺维奇？让我们齐声喊切尔-梅特！切尔-梅特！

　　[窗外的人群跟着喊。手机铃声响起。

切尔梅托夫 （对着听筒）马上。就来了！暂时先让阿尼卡·法莉科娃上去……哪位-哪位！选美冠军。全州冠军。（转过身，小声地）带来了吗？带到这来。客气点。

斯韦特兰娜 你看，所有人都有用。连女王也是。而你说过——假体。还让费佳读诗！

切尔梅托夫 那么，你为什么急着嫁人！但为什么不立刻告诉我？这样一切就会不一样了！斯韦塔！为什么？

斯韦特兰娜 我在他面前羞愧！（用头指万涅奇卡）

　　[切尔梅托夫抱着她，把她紧紧地抱在自己身边。拥抱持续了很久，都像是你情我愿。

歌手的声音 现在上台的是维克托·谢苗诺维奇的朋友和志同道合者——安娜·法莉科娃。选美冠军！让我们欢迎！

斯韦特兰娜 （挣脱出怀抱）去吧，候选人！女王撑不了多久……

　　[掌声。尖叫声。

法莉科娃的声音 为维克托·切尔梅托夫投票吧！他知道应该如何生活！万岁！

切尔梅托夫 我马上……我很快……（走了，马上又回来，俯身对着万涅奇卡）是我的女儿。明白吗？我的！（跑出去）

斯韦特兰娜 我之前应该告诉他的，万涅奇卡！对不起！你怎么这么看着我？是啊，我是个坏女人……非常坏的女人。但是你知道吗，我们这些年是怎么过的？好不容易把奥莉加抚养大。希望她有不一样的生活。我知道,你沉默什么。肮脏的金钱带不来幸福!万涅奇卡,带得来,原来带得来!不知道为什么正是用肮脏的金钱能买到幸福。如果不是给自己,那就一定是给孩子。而干净的金钱,我亲爱的英雄,只能买到知识分子的贫穷。重要的是,万涅奇卡,在该死的这些年里我明白了……你在笑吗?为什么?

〔奥莉加在保安的陪同下走进来。三个人默默地看着半裸的斯韦特兰娜——保安们很好奇,女儿很惊讶。

奥莉加　妈妈!你们这在集体健身吗?

斯韦特兰娜　是什么?!这是怎么……(迅速盖上衣服)

〔保安们不情愿地走了。

奥莉加　我不明白,发生了什么?院子里那么多人!(注意到万涅奇卡,围着他走了一圈,看来看去,在他面前打响指)真是你呀!(看着照片)这就是你的阿富汗战士?他这样打盹儿已经多久了?

斯韦特兰娜　(穿衣服)是啊,这是我们的万涅奇卡……

奥莉加　他年轻时还不错!(失去对他的兴趣)顺便问一下,那些把我带来的警卫是什么人?当然,他们的小汽车很酷,但是面无表情。我等了一路——马上会有人说:"这是绑架!"我还以为:要把我卖给人家做老婆——我要放松放松!

斯韦特兰娜　等等!奥莲卡,严肃点,就是现在!非常重要!

〔窗外听得到被话筒扩大的切尔梅托夫的声音。

切尔梅托夫　亲爱的老乡们!我在这个院子里长大,因此我非常开心,今天这里聚集这么多人,你们从小就认识我,跟我一起长大，开始劳动生活……

奥莉加 啊，你们这儿在开群众大会呢！谁在收买人心？

［斯韦特兰娜关上阳台的门。切尔梅托夫的声音现在勉强能听到。

斯韦特兰娜 奥莉娅，女儿，你听着！我很对不起你……

奥莉加 你怎么了？！这只是一些新歌关于主要的……

斯韦特兰娜 别打断！求你……那时候的我跟你现在一样大。我简直是头脑不清，惊慌失措……

奥莉加 妈妈，我一时有点糊涂。重新说！想象成你在辅导学习落后的低能儿。主语——谓语。好了，开始吧！

斯韦特兰娜 奥莉娅，你的父亲——不是你的父亲……

奥莉加 有趣的主语！可以不昏倒吗？我知道这件事。

斯韦特兰娜 你？从哪儿？

奥莉加 从那儿！还是你觉得，在我课桌后面听不清楚？好了，主语搞清楚了。现在——谓语。究竟谁是生我的人？

［鲍里斯拿着摄像机进来。

斯韦特兰娜 你干什么？

鲍里斯 切尔梅特说，让我跟你待一会儿。

斯韦特兰娜 你现在是他的跑腿的吗？

鲍里斯 （展示摄像机）我现在是他的新闻发言人。

斯韦特兰娜 利帕，你走吧，我需要和女儿谈谈！

鲍里斯 你说，我不听。（捂住耳朵）

奥莉加 利帕[①]？叔叔的名字好奇怪！

---

① 俄语"利帕"（липа）有"假证""赝品"的意思。

斯韦特兰娜 这不是名字。这是特征……（拉着奥莉加的手走进"会客室"，关上身后的门）

鲍里斯 （留心听，然后走到一动不动的伊万跟前）万尼亚，你看，你的高才生生气了。不该啊。俄罗斯所有人都是这么爱生气！这是因为没有移居过国外。那里没人可抱屈，只能向自己诉苦。我们的餐厅破产了，我也没抱屈。嗯，不是餐厅……小吃店……名字叫"红菜汤和眼泪"。这还是已故的妈妈想出来的。大概是因为不想离开俄罗斯吧。报纸我和父亲确实在发行。一月一次。一百份。送给常客。没什么作用。我的妻子奥克萨纳——你记得吧，她跟我们一所学校，年级比我们低——现在在邮局工作。我们有两个儿子。大儿子，马克，还是在这里出生的。而且你知道吗，他的微笑是绝对俄罗斯式的。是的，俄罗斯式的！你惊讶什么！而小儿子，沃洛季卡，完全是澳大利亚式的。就是这样的！（展示）但是马克不想回俄罗斯！而我跟妻子想。爸爸也很想。他担心，少了他你们俄罗斯达不到民主政治……

　　［叶甫根尼娅·彼得罗夫娜、米哈伊尔神父、拿着花的法莉科娃，费佳喧闹地走进来。前面是拿着一大束花的切尔梅托夫。

叶甫根尼娅·彼得罗夫娜 多么好的音乐会！谢谢，维坚卡！

费奥多尔 我的小蜜蜂，我是你的雄峰！呸！

安娜 （在切尔梅特身上吊着）维佳，我跟你在舞台上好看吗？后来所有人都感兴趣，问我是你的谁？

切尔梅托夫 已经跟他们说清楚了：志同道合者。

安娜 我戴着王冠看起来怎么样?(把王冠戴到头上)

费奥多尔 像戴安娜王妃。遇难之后……

安娜 我杀了你,倒霉的蹩脚诗人!

鲍里斯 (用摄像机拍他们)怎么样,老板?劲爆的选举前奏同班同学——钢铁大王和选美冠军——二十年后找到了彼此!我们做个电视短片……

切尔梅托夫 斯韦特兰娜在哪儿?

鲍里斯 在那儿……

切尔梅托夫 把她叫过来!快点!

〔鲍里斯执行指示。斯韦特兰娜和奥莉加走进来。米哈伊尔神父把目光从奥莉加身上转向万涅奇卡和切尔梅托夫。

叶甫根尼娅·彼得罗夫娜 姑娘们,你们怎么了?

斯韦特兰娜 (看着切尔梅托夫的眼睛)一切都好!一切都好……

叶甫根尼娅·彼得罗夫娜 奥莲卡!发生了什么?

奥莉加 没什么。《圣巴巴拉》的第四百二十五集。(目不转睛地看着切尔梅托夫)

叶甫根尼娅·彼得罗夫娜 (觉察到她的目光)维坚卡,发生了什么?你至少解释一下!

切尔梅托夫 (开心地)是有点事!有点状况!现在斯韦特兰娜会向你们解释一切的。说吧!(愉快地)谁撒谎——谁会死!

〔所有人都莫名其妙地看着斯韦特兰娜。她沉默着。

奥莉加 妈妈,别磨蹭了!说吧!主语……谓语……

斯韦特兰娜 (艰难地)这件事我早就应该说出来。我隐瞒了。我本来以为,这样对大家会好一些。我错了……但是现在我明白了，我想让所有人知道……我的丈夫……前任……帕维尔……不是奥莉加的父亲……

费奥多尔 怎么会这样，我们纯洁的斯韦特兰娜？

安娜 （做出惯有的手势）切！我就知道！

叶甫根尼娅·彼得罗夫娜 （坐到凳子上）那谁是她父亲？

斯韦特兰娜 奥莉娅……我的奥莉娅——是万涅奇卡的女儿。我的最爱、唯一，万涅奇卡的！

奥莉加 （尖叫）妈妈，你怎么，脑袋不对劲吗？

斯韦特兰娜 闭嘴！（哭着跪在伊万面前，伊万脸上挂着恐惧）原谅我，万涅奇卡……原谅我！你知道吗，这样活着多么艰难！但是现在都结束了，结束了……（哭着）

叶甫根尼娅·彼得罗夫娜 天哪！他听到了！米申卡，他听到了！

（亲吻米哈伊尔神父的双手）

米哈伊尔神父 （吃惊地看着斯韦特兰娜）这是上帝给您的奇迹！

切尔梅托夫 这不是奇迹，而是胡说八道！

斯韦特兰娜 这是真的！

切尔梅托夫 但你自己……

斯韦特兰娜 我骗了你。为了钱……

鲍里斯 叶甫根尼娅·彼得罗夫娜，要做亲子鉴定！在我们澳大利亚……

叶甫根尼娅·彼得罗夫娜 鲍连卡，做什么亲子鉴定？没有亲子鉴定我就高兴得不得了了！孙女啊，孙女啊……（拥抱、亲吻惊慌失措的奥莉加，奥莉加回头一会儿看着母亲，一会儿看着切尔梅托夫）

切尔梅托夫　是啊,立马要做亲子鉴定!我马上给卫生局局长打电话!(掏出电话)奥莉加不是他的女儿!

叶甫根尼娅·彼得罗夫娜　还能是谁的,维坚卡?

米哈伊尔神父　切尔梅特,不需要打电话!我早就已经知道了这件事。

切尔梅托夫　你?那你为什么不说?

米哈伊尔神父　忏悔的秘密。听说过吗?万涅奇卡,你看,这是你的女儿!奥莲卡,到你父亲跟前去!

安娜　简直是一个模子刻出来的!

　　〔奥莉加慢吞吞地、没有把握地看着切尔梅特,走到一动不动的伊万跟前。

叶甫根尼娅·彼得罗夫娜　孙女,亲吻爸爸!

　　〔奥莉加摇摇头,慢慢地后退。

费奥多尔　万卡,醒醒吧,你有女儿!你明白吗,女儿!马上,啊哈!你瞧……

　　　　你勇敢地走向最后的战斗……哎
　　　　无力战胜命运。
　　　　但在远处……哎……爱人的身体
　　　　已经怀了女儿!

　　怎么样?

奥莉加　充满激情……

斯韦特兰娜　"身体怀胎……"——不好……

费奥多尔　你呀!立马看出来了——不愧是老师!倒酒!幸福需要喝酒庆祝。

鲍里斯 （用摄像机拍下）多好的报道体裁！一动不动的英雄二十年后找到了自己的女儿。老板，你送给他们件礼物庆祝这件事。比如，新轮椅……啊？做个电视短片！

切尔梅托夫 滚出去，蠢货！你被解雇了！

鲍里斯 （绝望地）为什么？

　　〔门铃响起。叶甫根尼娅·彼得罗夫娜打开门。少校奥科波夫和士兵在两个保安的陪同下走进来。

奥科波夫 我错了。一切都搞清楚了。现在按照规矩……战士！

　　〔士兵小心翼翼地把比之前大两倍的漂亮盒子递给保安。保安异常小心地打开，从里面拿出假腿。

切尔梅托夫 （威胁地）这是什么？

奥科波夫 医生建议的！右腿的假体。最新型。钛制框架。感应式控制系统。现代化加固方式。荷兰进口的。请签收！（把发货单递给叶甫根尼娅·彼得罗夫娜，拿着假体走向万涅奇卡）英雄，试试！为什么不说话，战士？

奥莉加 （碰一下假体）哥特式！

叶甫根尼娅·彼得罗夫娜 （挥着纸）你们干吗——戏弄人吗？

鲍里斯 （用摄像机拍下）野蛮的国家！

　　〔万涅奇卡一动不动。奥科波夫恍惚意识到自己的再次失误，提心吊胆地环顾后退。

切尔梅托夫 （像狼一样号叫）我马上给你签收！（对保安说）把假体拿来！

奥科波夫 仪器是公家的……

安娜 不要给他假腿！群众大会后他受刺激了！

〔一个保安想要执行主子的命令。另一个保安,指给他看领导冲动的状态,暗中阻碍。

切尔梅托夫 解—雇你们!(从保安手里夺过假体)

费奥多尔 现在才是真正的焰火!

米哈伊尔神父 维佳,不要"引发失德的迷雾"!

切尔梅托夫 已经发作了。我要杀了你!(扑向奥科波夫)

〔士兵吓得倒在地上,用盒子挡住自己。切尔梅托夫用假体殴打少校。

奥科波夫 (用手护住自己)别打了!荷兰进口的!钛制框架……

斯韦特兰娜 (对保安说)你们站着干什么!他会把人打残废的!

叶甫根尼娅·彼得罗夫娜 保安!把剥削者捆起来!

〔保安们交换暗号,扑向主人。开始殴打。

切尔梅托夫 啊……反了!

安娜 维佳,不要!求你了!我们还在选举……支持率……利帕,关掉摄像机,混蛋!哎呀,你站着干什么?帮帮忙!

鲍里斯 (继续拍摄)我被解雇了,女王!

〔切尔梅托夫和奥科波夫以及保安们厮打在一起。安娜从利波韦茨基手里夺过相机,扑上去帮助市长候选人。费佳也试图干预,但是马上就带着被打破的鼻子跳到一边。

奥莉加 生活真精彩!

费奥多尔 (要死了)跟我们流浪汉之家一样……

斯韦特兰娜 切尔梅特!天哪,为什么?米沙,制止他!他在干什么?!

米哈伊尔神父 (双手一摊)生小猫的气……

〔打架时所有人都忘了万涅奇卡。打架的叫骂声和轰隆声让他的脸上交替出现无声的不解、绝望和恐惧的表情。突然他开始哈哈大笑。声音越来越大,越来越大。他的身体在轮椅里颤抖。所有人听到奇怪的声音后都停止厮打,转身看着伊万,像石头一样呆住了。而他还在哈哈大笑。

——幕落

耳 塞

奥尔扎斯·扎纳伊达洛夫 著
姜训禄 译

作者简介

奥尔扎斯·叶尔杰诺维奇·扎纳伊达洛夫（Олжас Ерденович Жанайдаров，1980— ），俄罗斯作家、记者。出生于苏联哈萨克斯坦加盟共和国阿拉木图市一个军人家庭，1987年迁居莫斯科，毕业于俄罗斯普列汉诺夫经济学院。曾以康斯坦丁·扎洛夫的笔名发表文学作品。

译者简介

姜训禄，中国石油大学教师，文学博士。代表作有《亚·勃洛克抒情剧体裁特色研究》《小刺猬》等。

人　物

卓兰。
凯拉特。
谢尔盖耶夫。
塔尼亚。

剧情发生在冬天的莫斯科。

第一场

　　凯拉特和卓兰的住所。中间是带阳台的房间，摆放着沙发、写字桌、衣柜和一把椅子。左边是门厅，右边是厨房、浴室和厕所。

　　凯拉特躺在沙发上看电视，声音开到最大。卓兰坐在厨房，慢慢吃东西，然后拿起盘子，把东西倒进垃圾桶，将盘子放进水池，朝房间走去。

卓兰　能小点声吗？
凯拉特　你在厨房。
卓兰　吵着我了。
凯拉特　关上门呗。
卓兰　没用。
　　［凯拉特把声音调小。卓兰回到厨房，关上门。凯拉特重新把声音调大，卓兰又转回来，走到窗前，打开小窗，回到厨房。
凯拉特　冷！混蛋。（站起来，走向衣柜，打开门，从隔板上取下最上面那罐啤酒，喝了两口，又放回去，走到窗边，关上小窗，又躺到沙发上）

［其间，卓兰在洗盘子。刷完盘子伸手从水池下取出满是水的桶，拎进厕所。传来冲水的声音。卓兰回到厨房，把空桶放回原处，走进房间，坐到桌子旁边的椅子上，房间里唯一一把椅子，拿出书和本子。

我听着，上头一个大官儿死了？心肌梗死。老东西，该死了。大概，狗也不叫唤了。他好像来过这儿。

卓兰　你的包收拾好了？

凯拉特　明儿收拾。

卓兰　十二点的飞机，你八点半出发。现在就得收拾。（停顿）白天有人给你打电话。说理来了。你怎么给人家铺的地板？全胀开了。给人回个电话。

凯拉特　去他的！我的活儿没问题，他自己搞成这样了。估计挪家具闹的。真败兴。

卓兰　别留家里座机号码，让他们打你的手机。替你接电话，受够了。

凯拉特　（站起身，走向衣柜，喝了两口啤酒又躺下，手握易拉罐，打着响嗝）你知道我晚上梦见什么了吗？你躺在柏油路上，死了，一摊血……头撞裂了，露出脑浆子——那么白，弯弯曲曲的。花菜头似的。

卓兰　你能闭上嘴吗？

凯拉特　我抱起你，头向后仰着。它那么软，布做的一样，就像剧院里的木偶。周围全是血，路都染红了，裂缝里就像灌满了红酒。这梦什么意思？……啊？（停顿）哎，挺丧气，是不是？喝啤酒吗？

卓兰 别把啤酒放在衣柜里。衣服都有味儿了。

凯拉特 这样方便,离得近。冰箱里他妈一丁点儿地方都没了。你的包菜、甜菜、果汁都填满了,买这么多菜干吗?

卓兰 家里总该存些食物。

凯拉特 你的东西都臭了。买东西应该看情况而定。

卓兰 什么?

凯拉特 看情况。想吃了,去买点儿。可以叫比萨啊。

卓兰 比萨,不是好东西。该吃点家常便饭。

凯拉特 你可不怎么会做饭。做出来永远是臭烘烘的。

卓兰 你从来没少吃。

凯拉特 你的东西今天我一点没吃。

卓兰 你能闭上嘴吗?!哪怕半个小时?我得检查作业。

凯拉特 老师,靠,欠扁的家伙。学校怎么会接收你?……我马上要睡觉了。你还得多久?

卓兰 再翻来覆去骨碌三个小时就是你说的睡觉?我比你睡得早。睡觉之前应该让房间透透风。一股恶臭,好像进了兵营。

凯拉特 "兵营"?你可没当过兵。

〔卓兰站起来,打开小窗,又坐回去。

去你的,我睡了。要早起,客户十点等着我。还得去趟仓库。

卓兰 等等……什么客户?你是上午的飞机。十二点。

凯拉特 是吗?

卓兰 傻了吧唧。

凯拉特 (停顿之后)我不去。都统统见鬼去。

卓兰　你买票了。我打过电话了,他们在阿斯塔纳等你。你会见到父亲。所有亲戚都知道你要回去。

凯拉特　我没买票。

卓兰　怎么没买?你去买过了。一周前,你自己说的,票买好了。

　　　[凯拉特否认地摇摇头。

　　　我们都说好了……凯拉特,怎么回事?

凯拉特　我不想去那里。

卓兰　四十天。父亲盼着。每天都会打电话。

凯拉特　他盼的是你。

卓兰　对,你讨厌他!你总是成心作对!

凯拉特　而你讨厌妈妈。

卓兰　你讨厌爸爸!

凯拉特　你讨厌妈妈!

卓兰　你讨厌爸爸!

凯拉特　他是酒鬼。十足的酒鬼。

卓兰　是妈妈把他逼成这样的。

凯拉特　她因他而死。他毁了她一辈子!

卓兰　明天你去机场,买上票。买最近的一趟航班。

凯拉特　一张机票——一万卢布。有病!

卓兰　咱们都讲好了,夏天我回去。你,现在;我,夏天。

凯拉特　一万,阿斯塔纳。你疯啦。去趟土耳其也不过这个价,双飞加住宿,"全包"。

卓兰　这是妈妈的四十天祭日……你呢,却谈起土耳其了。

凯拉特　要去你自己去。

卓兰　咱们已经说好了。

凯拉特　再猜一次拳。

卓兰　咱们猜过了,你输了。

凯拉特　再来一次。我再输,就去。我保证。

卓兰　一局定胜负?还是三局两胜?

凯拉特　一局定胜负。

　　　　〔卓兰走到他面前,伸出手,握紧拳头。

　　　　(凯拉特也如此)准备好了吗?

卓兰　来吧。

凯拉特　毕尔!叶基!乌士!①

　　　　〔凯拉特和卓兰玩的游戏类似于"石头剪子布"。他们必须同时出手,一共三种手势:伸一个手指("一"),伸两个手指("二")和伸三个手指("三")。"一"胜"三","二"胜"一","三"胜"二"。卓兰这次出的是"一",凯拉特出的"三"。

　　　　混蛋。怎么又是你?

卓兰　你输了。一点儿没掺假。

凯拉特　我要睡觉。躺下了,安静点。

卓兰　明白。我去厨房。你记得收拾东西。

凯拉特　明天收拾。来得及。

卓兰　买票的钱够吗?

凯拉特　不够。给我点儿。

---

① 哈萨克语"一二三"。

卓兰　你有钱，少骗我。办白事儿收了不少。（从桌子上拿起书和本，向厨房走去）关灯吗？

凯拉特　不用。卓兰……

卓兰　怎么了？

凯拉特　我知道你想要什么。你想摆脱掉我，对吧。你暗中唆使爸爸。离开莫斯科我哪儿也不去，明白吗？包括哈萨克斯坦。我也不会去租房子。租房需要交钱！这是咱们共同的房子，父亲和母亲的房子，咱们的权利是平等的。要搬你自己搬，去莫斯科郊区找你的"老毛子"吧。我就在这儿，哪儿也不去！

　　〔卓兰默默地关上门。

第二场

　　卓兰在厨房喝盘子里的汤，狼吞虎咽。旁边站着塔尼亚。

卓兰　（继续吃）塔尼①，那个桶。打早晨就没倒。

　　〔塔尼亚从水池下面拖出水桶，装满了水，拿进厕所。传来冲水的声音。回到厨房，把水桶放回原处。

　　（吃饱喝足，拉起塔尼亚的手，贴在自己身上，把头扎在她的怀里）多好啊。多好——只有你和我。我休了病假，特意为你，整一周时间。凯拉特走了——有十天的清闲日子。你在这儿过夜吗？

---

① 塔尼亚的昵称。

塔尼亚 是的。

卓兰 早晨直接上班。不过没有班车。汤剩下了吗?没有?好吧。(抚摸她的肚子)你好像胖了。可能,怀孕了?(笑)冬天罢了。冬天万物都会长膘。御寒,这是自然规律。你现在挺好的?

塔尼亚 是的。

卓兰 坐。

〔塔尼亚坐到椅子上,挨着卓兰。

(抓住她的手)汤很可口。一直很不错。你会做别什巴尔马克[1]就好了。没事,我教你。我给你配方,如果你想学,一学就会。

塔尼亚 想学。

卓兰 很好做,比做汤容易。和这么大一块面,就像做面一样。放进水里,五分钟之后捞出来。倒进盘子里,上面铺上肉和葱末。搞定。懒汉的做法。哈萨克人都是懒汉。(停顿)还想吃点什么……炸糕!你知道炸糕吗?小圆面包的形状,油炸的。如果你会做炸糕……早晨我擦地板了,经常擦,看到了没?

塔尼亚 看到了。

卓兰 凯拉特一走我就开始擦。给房间通通风门窗大开,穿堂风把臭味都吹走。屋子又恢复了安逸、平静,感觉到了吗?

塔尼亚 嗯。

---

[1] 此处为音译,意译为"五个手指"。炖熟的马肉或羊肉加上汤、面片,是哈萨克斯坦、吉尔吉斯斯坦等地宴会上的主菜。

卓兰 这些对我就足够了,不知道,能持续多久。我下班之后简直不愿回来。他总在不停地唠叨,打开电视,搞得到处脏兮兮的。躲的地方都没有。说这些话我是深思熟虑的,我已经五内俱焚了。坐下来好好谈谈也不可能了。都变了,没有什么责任心可言了。为什么会这样?(从口袋里掏出一个小纸包,又从纸包里抽出一个小袋)看到了吗?前天我在药铺买的。耳塞。你知道这是什么吗?塞进耳朵,以免任何声音打扰。他夜里打呼噜。我能去哪儿?厨房?他没有三点之前睡着的时候,在沙发上翻来覆去,能跑二十趟厕所。夜里我躺在床上,他每次什么时候去厕所我都猜得到。我心想:"这会儿又该去了。"我等着,疯了……还弄得门砰砰响。怎么睡?(塞上耳塞)说点什么。

塔尼亚 我怀孕了。

卓兰 闷在罐子里一样。不错。还在说?别停。

塔尼亚 卓兰,我怀孕了。怀孕了……

卓兰 不错。听不到。一,一……一,二……一,二,三(哈萨克语)。(拔出耳塞)估计这样睡觉就没问题了。(站起来,走向水池,洗餐具)我甚至贴出了值日表。什么时候谁负责刷洗餐具,哪一天。没用。每次来水池一看,全是脏盘子。一天又一天,都干了,挂着残渣剩饭。他不想刷。他总说:"留着吧,我洗。"我讨厌水池里存着脏盘子。即便一个盛蛋糕的小碟子也受不了。恶心。为什么我们如此不同?

塔尼亚 为什么?

卓兰 他随妈妈。没有责任心,不靠谱。爱说大话。爸爸就是因为妈妈才酗酒。他想要一个正常的家，渴望安宁。跟她在一起难道清净得了？晚上去串门，留下我们饿肚子。晚饭应该按时，而我们总是没准点儿。爸爸会做饭。他曾经被从阿拉木图请去莫斯科。一个人为整个毕业班做饭！如果有一个稳定的家庭支持，他会达到很高的高度。妻子应该扮演助手的角色，这很重要。如果爸爸娶另一个老婆就好了……就好了，就好了。（坐下，又拉起塔尼亚的手）咱们说说话吧。好吗？

塔尼亚 好啊。

卓兰 说吧。（停顿）我琢磨琢磨。我总在琢磨。凯拉特夜里上厕所，我在琢磨。下一步怎么做？我们怎么办，啊？咱们不可能住在你家，只有两间房，还有你的父母和俩弟弟，干吗窝在莫斯科郊区呢。什么前途也没有，我不想住在那里。这里是凯拉特，整天待在家里。只有一间房。也不可能。要租房的话，咱们又没钱。如果干坐着挨饿，永远不会有钱。我可不想这样。咱们怎么办？

塔尼亚 怎么办？

卓兰 我们不是少男少女了。找个安逸的地方一待，到处闲逛，偷偷接吻……不，已经不是那个年纪了。马上我就三十岁了。我只想要简单的条件，朴素的生活。你想吗？

塔尼亚 想。

卓兰 我是教师。没有文凭的教师。随时都可能被赶走。专门对口的活儿我不想干，不适合我。还能干什么呢？没活儿干就不会有钱。这很清楚。我知道，我没什么能耐。牛性懒散。你知道我们的祖先怎么生活的吗？成天住在帐篷里，喝马奶酒，吃别什巴尔马克。不耕地，不播种，不建造房子。草原上没有农业——只有把牲畜从一个地方赶到另一个地方。难道这算劳动？勤劳，理应流淌在传统的血液里。乌兹别克人就有。塔吉克人也有。哈萨克人呢？你见过有哈萨克人在市场上或者在工地？

塔尼亚 没有。

卓兰 你看……不是那块料。就是这样。的确……哪怕有套房，哪怕随便来一套。这就是症结所在。这种生活就是屈辱。如果每代人的生活都是屈辱，还生孩子干吗？

塔尼亚 为什么要生？

卓兰 我不想去哈萨克斯坦。在那里我是外族分子。从五岁我就在莫斯科——没用。我已经被俄语同化了，这边也不成，那边也不成。甚至哈萨克语我都不懂。凯拉特好歹记得一些，我呢？……只能猜猜罢了。毕尔、叶基、乌士、托尔、别斯、阿尔忒、热计、塞基斯、托基斯、奥恩。①

塔尼亚 一、二、三、四、五、六、七、八、九、十。（哈萨克语）

卓兰 还能干吗？

塔尼亚 什么？

卓兰 换房子。在"睡城"弄套一居室？攒钱交预付款，换两个一居室？

塔尼亚 两个。

卓兰 攒钱。咬紧牙关攒钱。认准目标，工作，工作，别灰心。山里会飞出金凤凰。以前有人成功过。（停顿）只是我好像没

---

① 哈萨克语数字一到十的音译。

力气努力了。似乎我活了一千年，多么渴望安定。没有争斗，没有口角，只有安宁，安安静静地生活。生孩子，抚养长大。做好自己的工作。安然度日。

塔尼亚 安然度日。

卓兰 多想深吸一口气……稳稳心神，放松一下。但我憋得慌，生活压得我透不过气来。就像在大海里游泳，上面总有只手抓住你，把你往下按。好不容易浮出水面，用嘴吸口气，还没缓过来、回过神，又把你——按下水！咳嗽着，喘着气，喝着咸水……就这样一辈子。一辈子。（停顿）来我这边。

〔塔尼亚坐在卓兰腿上。门突然打开了，凯拉特走进来，手里拎着一包地板板材。塔尼亚站起来。

凯拉特 吼……真重……（把地板板材放在地上，进了厨房）有吃的剩下吗？从早晨就没吃饭。

卓兰 你……你在这儿……做什么……

凯拉特 运送板材。晚上得去一个老太太家。一干活就是一整天。

卓兰 你现在应该起飞了，在飞机上！你去机场了吗？

凯拉特 机场？

卓兰 我给你打电话了！你说，你在机场。等着登机。

凯拉特 去他妈的航班。

卓兰 我已经给爸爸打过电话了。他们都在等你。努尔兰两口子，阿依努尔姨妈，巴黑特，所有人……

凯拉特 那，再打个电话。说，去不成了。

卓兰 混蛋。简直是混蛋！怎么能这样？！怎么能？！

凯拉特 怎么，这就受不了了？我不想去。不想——就这样。我也没辙。

卓兰 妈妈的四十天祭日！咱们俩一个也不到场！

凯拉特 我没拦着你……（看看炉灶上的锅）全吃了，混蛋。我想吃东西。

〔卓兰走到他面前，推了他一把，凯拉特也回推一下。两个人推搡了几下，卓兰从厨房里走出来，在房间里生气地走动，竭力保持镇静。

你对他说了？

塔尼亚 差不多全说了……

凯拉特 怎么回事？

卓兰 （抓起塔尼亚的手，回到厨房）咱们走，塔尼，去外面……溜达溜达……

〔卓兰和塔尼亚走出去。

凯拉特 （追着喊）带几瓶啤酒给我！

第三场

卓兰坐在房间里的桌子旁检查学生的作业本。谢尔盖耶夫坐在沙发上，穿着很整齐，在吃一块巧克力。

卓兰 来杯茶？干吗光吃干的？

谢尔盖耶夫 不，不用了。（吃完巧克力，走进厨房，扔掉包装袋，从水池下面拖出水桶，走进厕所，倒掉水，回来，把水桶放回原处，回到正间，用手帕擦拭手指，然后将手帕塞进口袋）应该打电话给管道修理工。

卓兰 有水桶就够了。

谢尔盖耶夫 一直倒水桶？还是修理一下最好。我觉得，不会很麻烦。

卓兰 我已经习惯了。我让凯拉特看看，他不愿做。他什么也不想干。

谢尔盖耶夫 我不打扰您吗？

卓兰 不，没事。怎么不去外头逛逛？天气很好。

谢尔盖耶夫 不想出去。我一般在家里阳台坐着，顺便读读书。一举两得。

卓兰 没错。这是打发时间的最老好方式。你家有室内阳台？

谢尔盖耶夫 对。

卓兰 我不喜欢室外阳台。一点不稀罕。

谢尔盖耶夫 对了，光说"最好"就行了，不用说"老"字。就好比"油乎乎的油"。

卓兰 啊？

谢尔盖耶夫 这是口语错误。赘语垫字儿。

卓兰 什么？

谢尔盖耶夫 垫字儿。比如，"贼拉漂亮"，还有"留作纪念的纪念品"。这么说都是不对的。

卓兰 我常这么说……看似我说的是俄语，实际上，不完全是。不是母语。你帮我更正更正，对我有好处。

谢尔盖耶夫 没问题。

　　[停顿。

卓兰 咱们是从14岁开始负刑事责任?

谢尔盖耶夫 昨天我借了本刑法,从头至尾又读了一遍。14岁,对。

卓兰 你来这边没跟你爸说吧。

谢尔盖耶夫 那是自然。

卓兰 他知道你来我这儿不骂你吗?

谢尔盖耶夫 他总在上班。我自己在家无聊。

卓兰 你们家庭主妇呢?什么也没说?

谢尔盖耶夫 她无所谓。

卓兰 朋友呢?你们有联系吗?

谢尔盖耶夫 我的朋友都在英国。这里只有您一个。

卓兰 我给过你两分,还记得吗?第一次小考的时候。

谢尔盖耶夫 当然记得。您做得对。后来我退学了。

卓兰 你再也没得过两分。

谢尔盖耶夫 是的,您是位好老师。

卓兰 真的?

谢尔盖耶夫 对。

卓兰 你应该回学校读书的。

谢尔盖耶夫 没想过。我喜欢去另一个地方。

卓兰 我也想出去逛逛。随便去哪儿都行。

谢尔盖耶夫 爸爸说,呼吸呼吸当地的空气对我有利。不能忘记祖国。可能,他说得对。(从沙发上拿起书)在看这本书?

卓兰 这两天刚买的……我希望孩子既会俄语又会哈萨克语。孩子十岁之前可以掌握任何一门语言,只要在家里一直说就可以。

谢尔盖耶夫 确实如此。您的孩子什么时候出世？

卓兰 夏末。医生好像是这么说的。

谢尔盖耶夫 您要结婚了？

卓兰 该结了。要不然孩子不是合法的。需要好好准备准备。

谢尔盖耶夫 明白了。

卓兰 你可以拒绝的。

谢尔盖耶夫 您害怕吗？

卓兰 有点。

谢尔盖耶夫 放轻松。谁也不知道会发生什么。

卓兰 你爸爸是律师。

谢尔盖耶夫 我爸是律师，而且从没失过手。（停顿）我能借这本书看看吗，只看几天？

卓兰 没问题。只是别让你爸看到，以免引起他的怀疑。（停顿）一、二、三、四、五、六、七、八、九、十。①

谢尔盖耶夫 这是什么？

卓兰 一、二、三、四、五、六、七、八、九、十。（停顿）吃点东西？咱煮几个土豆？

谢尔盖耶夫 不用了，卓兰，谢谢。您房间里的空气很好。

卓兰 真的？我觉得，我们这散发着啤酒和洋葱的臭味。凯拉特闹的。

谢尔盖耶夫 没有，我觉得不是。每个房间都有自己的味道。没发现吗？

---

① 哈萨克语。

卓兰 没。

谢尔盖耶夫 这不是食物、香水或者香烟的味道，而是一种混合的味道，每次都不一样。稍稍能捕捉到的。有意思的是，房间的主人竟然感觉不到。

卓兰 嗯，的确……可以理解……走进别人的房间，可以闻到什么味道，但到底是什么东西的味道却不知道。这是房间的味道？

谢尔盖耶夫 正是。

卓兰 有意思，你的房间是什么味道……

谢尔盖耶夫 我觉得，我们的房子没味道。一点也没有。就像办公室一样。我可以邀请您去做客。

卓兰 小时候我很喜欢做客，去别人家。可以找到舒适的感觉，安宁和关怀。

谢尔盖耶夫 确实会。

卓兰 直到现在我也睡地板。

谢尔盖耶夫 为什么不买张床？

卓兰 买了。最后买的。你爱你的妈妈吗？

谢尔盖耶夫 （看看手表）看来，我该走了。

卓兰 别走。我不是很爱妈妈。她一个月前死了，一个多月……怎么说是对的，"一个多月"还是"一个月有余"？

谢尔盖耶夫 两个都可以。

卓兰 她死了，我一点感觉也没有。好像之前已经葬过一百个妈了。这正常吗？

谢尔盖耶夫 我不知道。

卓兰　没关系。这不重要。

谢尔盖耶夫　我认为，您爱她。只是方式不同。

卓兰　你是好孩子，谢尔盖耶夫。父亲跟我说过"哈萨克人和俄罗斯人应该友好相处"。我的朋友俄罗斯人居多。

谢尔盖耶夫　"说过"？难道他也死了？

卓兰　啊？当然没有。只不过现在我很少见到他。他在哈萨克斯坦。你父亲好喝点儿吗？

谢尔盖耶夫　你指的是？

卓兰　喝酒。

谢尔盖耶夫　偶尔。他喜欢威士忌。"尊尼获加"。

卓兰　伏特加呢？

谢尔盖耶夫　不喝。

卓兰　酗酒吗？你见过他醉醺醺的样子吗？酩酊大醉？

谢尔盖耶夫　没有。

卓兰　挺好。你很幸福。

谢尔盖耶夫　我在这个国家丝毫感受不到幸福，最好尽快回英国。

卓兰　咱们会一切顺利的。是吧？

谢尔盖耶夫　没错。对此我深信不疑。

卓兰　你读了很多书？我总感觉自己比你懂得少，我还是老师呢。

谢尔盖耶夫　别担心。我只不过和同龄人不同，和本地的同龄人不同。

卓兰　这我知道。我的学生里没有比你更好的了。现在也没有。

谢尔盖耶夫　我　是个例外。

卓兰　当然。"当然"，这是个好词。

谢尔盖耶夫 我——是个例外。

卓兰 看来,你不太饿,是吗?

谢尔盖耶夫 您问过了。我不想吃东西。(看看表)好吧,我要走了。我有点事。

卓兰 有课?你不是放假了吗?

谢尔盖耶夫 不是,我没课。通常这个时间我在做操。

卓兰 嗯,很好。好孩子,去吧。

〔谢尔盖耶夫等着没走,犹疑地盯着卓兰。

啊,对了。最最重要的。"最最重要的"——可以这么说吗?

谢尔盖耶夫 嗯,可以。

卓兰 (拉开桌子抽屉,取出一个破布包着的东西,递给谢尔盖耶夫)能打开吗?我不知道这里头是什么?

谢尔盖耶夫 别担心,我打得开。(往外走)

卓兰 谢尔盖耶夫,书!

谢尔盖耶夫 当然。(拿起书,离开了)

〔卓兰坐到椅子上,检查学生的作业本。

第四场

凯拉特躺在沙发上。塔尼亚坐在不远处。

凯拉特 来这边。

他在学校。

［塔尼亚不动。

塔尼亚　万一提前回来了呢？
凯拉特　不会回来。（站起来，想抱她）

［塔尼亚挣脱出来，向厨房走去，取出水池下面的桶，走进厕所，倒了水，把水桶拿回来，回到房间里。

我不想结婚。统统去他的吧。

塔尼亚　我爱你。
凯拉特　昨天他说我什么了？
塔尼亚　说你应该去看大夫。
凯拉特　什么大夫？
塔尼亚　泌尿科大夫。他说，你有问题。
凯拉特　你们讨论这个问题了？去他的吧。你什么时候生？
塔尼亚　夏末。医生好像是这么说的。
凯拉特　也许，这是他的孩子？
塔尼亚　你的。
凯拉特　去你的吧。跟你结婚的是他。孩子也是他的。
塔尼亚　我爱你。
凯拉特　好吧。现在，不需要采取避孕措施，对吧？
塔尼亚　以前咱们也没采取什么措施。
凯拉特　你跟他最后一次上床是什么时候？啊，我知道。前天。我回来的时候只有你们俩。有三个小时的时间我不在。来得及，对吧？说说。
塔尼亚　你哈萨克语很好吧？
凯拉特　还行……怎么了？
塔尼亚　"我爱你"怎么说？

凯拉特　不记得了。不知道。
塔尼亚　俄语怎么说你也不会。
凯拉特　白痴问题。
塔尼亚　你可是师范学院毕业的。
凯拉特　那又怎样?
塔尼亚　怎样?
凯拉特　那里课程很容易。
塔尼亚　你完全可以分配到小学工作的。
凯拉特　我讨厌孩子。
塔尼亚　我有个教师朋友。我可以跟她说说。
凯拉特　你聋了吗?
塔尼亚　卓兰买了一副耳塞。
凯拉特　什么?
塔尼亚　耳塞。塞住耳朵的。
凯拉特　他要干吗?
塔尼亚　为了睡得踏实。
凯拉特　是他扰得我睡不着。总在说梦话。这你知道。
塔尼亚　我知道。
凯拉特　那就告诉他。让他别说梦话。
塔尼亚　他也这么想的。
凯拉特　去他的吧。
塔尼亚　今天又得上夜班。我累了。
凯拉特　来我这儿。

　　　　[塔尼亚挨着他,坐在沙发上。

把上衣脱了。

塔尼亚　（脱上衣）将来咱们住哪儿？

凯拉特　卓兰会想辙的。

塔尼亚　咱们将来住哪儿？

凯拉特　是他把父母送到了哈萨克斯坦。他说过吗？

塔尼亚　没有。

凯拉特　当然。他躲得远远的。败类。好一个败类。他哄妈妈说那边更好。有亲戚，故土，什么都有。妈妈就轻信了。她喜欢这样的幻想。而他当然知道到底什么样子。贱货。

塔尼亚　我冷。

凯拉特　我们在一起的时候多好。周末时候妈妈做炸糕。你知道炸糕吗？

塔尼亚　面团做的小圆面包，油炸的。

凯拉特　一切都很好。可以跟人说说话。妈妈不是一般人。曾作为少先队员给库纳耶夫①献过花，知道吗？她把一生都献给了父亲，而爸爸却把她往死里打。十足的酒鬼。后来他们想回来，不过卓兰劝阻说会习惯的。妈妈死了。

塔尼亚　我爱你。

凯拉特　死神应该带走的是父亲，把妈妈留下。没有妈妈我总是生病。从卓兰那里得不到半点帮助。他是故意打开窗的。

塔尼亚　你为什么不去参加四十天祭日？

凯拉特　去他的吧。去了妈妈也不能复生。我不想见到爸爸。去他

---

① 金姆哈梅塔·阿赫梅多维奇·库纳耶夫（1912—1993），1960—1962年和1964—1986年任哈萨克斯坦共产党中央委员会第一书记。

的吧。

塔尼亚　咱们俩可以在一起,咱们想想接下来怎么办吧。

凯拉特　不想琢磨这个。我受够了。娶你的不是我,别妄想了。你连别什巴尔马克都不会做。

塔尼亚　我学得会。

凯拉特　你学不会,"老毛子"。

塔尼亚　什么意思?

凯拉特　俄罗斯人。跟我在一块儿你会变得酒鬼的。

塔尼亚　一、二、三、四、五、六、七、八、九、十。①

凯拉特　没用。你没有哈萨克人的气质。

塔尼亚　你自己也没有。

凯拉特　你懂得不少啊。

塔尼亚　卓兰说,我比任何一个哈萨克女人都强。

凯拉特　你多听听他其他的话吧。

塔尼亚　咱们住哪儿?

凯拉特　卓兰会有主意的。

塔尼亚　他已经想好了。

凯拉特　他怎么想的?

塔尼亚　你会娶我吗?

凯拉特　怎么了你,聋啦?

塔尼亚　我爱你。

凯拉特　我想起来了。

---

① 哈萨克语。

塔尼亚　想起什么了？

凯拉特　门塞尼苏耶明。①

塔尼亚　你说什么？

凯拉特　哈萨克语"我爱你"的意思。我小时候妈妈就是这么说的。

塔尼亚　真好听。

凯拉特　可塔克巴斯。②

塔尼亚　真好听……这又是什么意思？

凯拉特　龟……！（笑）好吧。还有时间。

塔尼亚　为什么你们如此不同？

凯拉特　把啤酒递给我。

［塔尼亚站起来，走向衣柜从一堆衣服里取出一罐啤酒，递给他。后者打开啤酒喝了几口。

塔尼亚　为什么把啤酒放在衣柜？

凯拉特　习惯了。以前什么东西都不能让父亲看见，啤酒、钱、贵重物品。

塔尼亚　我会嫁给卓兰的。

凯拉特　为健康喝一杯。我会劝阻他的。

塔尼亚　门塞尼苏耶明。

凯拉特　应该给他弄个莫斯科女人。有房子的。可他倒好，混蛋，从莫斯科乡下找了一个怀了孕的，家里还有一大堆亲戚。也或许没怀孕？可能只是她臆想出来的？啊，骚……？！

---

①　哈萨克语"我爱你"。

②　哈萨克语"龟头"。

塔尼亚 可塔克巴斯。

凯拉特 滚!

塔尼亚 可塔克巴斯!可塔克巴斯!可塔克巴斯!

凯拉特 阿南瑟金!①

塔尼亚 这句什么意思?

凯拉特 不告诉你。

塔尼亚 如果卓兰知道了咱俩的事怎么办?

凯拉特 无所谓。他没脾气。咱们瞒着他。

塔尼亚 他还会娶我吗?

凯拉特 当然。

塔尼亚 为什么你们如此不同?

凯拉特 他是几个韩国人撇给我们的。那是我们住在阿拉木图的时候。放在门口,搁在篮子里,裹着布。

塔尼亚 什么,真的?

〔凯拉特笑了。

傻瓜。

凯拉特 如果是真的呢?

塔尼亚 也可能,你是弃婴呢?

凯拉特 也或许,我俩都是?

塔尼亚 一对弃婴。

凯拉特 去你的吧。

塔尼亚 去你的吧。

凯拉特 可塔克巴斯。

---

① 哈萨克语"操你妈"。

塔尼亚　阿南瑟金。

凯拉特　可塔克。

塔尼亚　阿南。

凯拉特　毕尔。

塔尼亚　叶基。

凯拉特　乌士。

塔尼亚　托尔特。

凯拉特　别斯。

塔尼亚　阿尔忒。

凯拉特　热计。

塔尼亚　塞基斯。

凯拉特　托基斯。

塔尼亚　奥恩。①

凯拉特　他？

塔尼亚　奥恩。不过他……

〔停顿。

凯拉特　那，咱们……

塔尼亚　来吧。

---

① 这段对白为哈萨克语音译。奥恩音同俄语的"他"，所以，凯拉特听到很吃惊。

第五场

　　凯拉特躺在沙发上,喝啤酒,看着电视。卓兰背对着他坐在桌子旁,读书。

凯拉特 (关上电视)烦透了,都一个样儿。不是骗就是偷,不是偷就是骗。傻了吧唧的。看来什么玩意儿也没有,什么也做不成。都得靠关系,逼……为什么我的同学都这么没用?有的成了酒鬼,有的在工厂吊儿郎当,有的在办公室,拣废纸。学院毕业的谁也没……他们朝九晚六,家里还有小毛孩,老婆骂骂咧咧。跟谁都沾不上光,都是没用的家伙,混蛋。哪怕有一个做生意或者当官的。莫斯科,多少机会,都他妈飞了。(喝了一大口啤酒,看着卓兰)你跟同学还联系吗?哎……聋啦?

　　[卓兰没动弹。

　　(拍手掌——还没反应)啊,耳塞。(走进厨房,从水池下拖出水桶,走到卓兰身边,把水倒在他头上)

　　[卓兰猛地跳起来。凯拉特笑了。卓兰扑向他。一阵厮打。卓兰摘下耳塞,喘着粗气,坐到凳子上。

　　听着。我要钱。我得进些地板料。咱们把爸爸的手枪卖了吧。咱们要它干吗。只能放着生锈。

卓兰　你能应付过去的。这把枪是礼物。朋友赠的。现在不在我这儿,我还给爸爸了。

凯拉特　什么?什么时候?

卓兰　在妈妈的葬礼上。他让我带过去的。

凯拉特　逼……他要那玩意儿干吗？打土拨鼠？（停顿）你跟你的"毛子"怎么办？如果她和孩子住在这儿——我立马上吊。

卓兰　上吊吧。

凯拉特　（喝完啤酒，把易拉罐扔到沙发下面）你跟她纠缠个毛？妈妈希望你娶个哈萨克女人。

卓兰　呸。

凯拉特　啐妈妈呢？你想想看，她一个二十七岁的女人，莫斯科乡下来的，一家子亲戚，在商店当售货员，哪怕在莫斯科也好。腆着大肚子。她是故意"攀高枝"，缠上你了，骚货。

卓兰　你什么也不懂。

凯拉特　要懂什么？你在毁自己的生活。莫斯科娘们儿少，还是怎么着？有房子的哈萨克女人有的是。

卓兰　你什么也不懂。

凯拉特　是你什么也不懂！你会坏了大家的好事，毁一辈子。

卓兰　够了！我决定了，娶塔尼亚。

凯拉特　去你的吧。受虐狂，逼……（打开电视）

卓兰　我有个想法，打算跟你说说……

凯拉特　还有他妈的什么想法？我哪儿也不去。

卓兰　咱们先讲明白，你想要什么？在等什么？

凯拉特　什么意思？

卓兰　你，已经三十二了。难道一直这样，喝酒、看电视，直到老死？

凯拉特　去你的吧。

卓兰　早晚得结婚，对吧？

凯拉特　不知道。

卓兰　总得考虑考虑未来！你有什么人生目标，啊？

凯拉特　切，被你缠上了！我的一切都会安排好的。

卓兰　你的人生也会有人给你铺好地板？

凯拉特　我怎么知道？！

卓兰　我知道。你将一事无成。你管所有人都叫失败者——你自己又是什么？你也是失败者。你没有目标，人生毫无意义。你只会耍嘴皮子。"谁有房子了，谁有车了。应该这般，应该那般。"空气都被你熏黑了。骂来骂去。干吗？你什么也不干！坐在原地。没有目标，没有计划。已经三十二岁了！

凯拉特　住嘴！

卓兰　你怎么变成这个样子了？中学毕业的时候没有一科是"三分"，奥赛还得过奖。

凯拉特　鸡巴奥赛。

卓兰　小时候我引你为豪，以你为榜样。

凯拉特　滚。别摆出一副说教者的姿态。

卓兰　师范学院的"红本"优秀毕业生！班里的班长。现在呢……沦落成了打工仔。

凯拉特　你照照镜子看看自己吧，你也是打工仔。不像塔吉克人，也不像本地人。

卓兰　我在这儿待了二十五年。到底谁更像本地人？

　　　　〔停顿。

卓兰　在哈萨克斯坦咱们家是大家羡慕的对象。"成了莫斯科人，出人头地。"咱们曾经是亲戚们眼里的传说。

凯拉特 嫉妒,纯粹是嫉妒。

卓兰 怎么可以这么想?

凯拉特 你也是这么想的。

卓兰 凯拉特,你该去看看大夫了。夜里跑厕所没完没了。

凯拉特 该看大夫的是你,不是我,管好你自己吧。

卓兰 如果这是妈妈的话呢?(停顿)我希望咱们都好好的。有问题了现在修正还来得及。

凯拉特 我说了——哪儿也不去。

卓兰 如果我想走呢?把房子留给你,你自己住吧!

凯拉特 什么,真的?

卓兰 我以为,我愿意和一大家子住一起,或者,整天跟你待在一块儿?

凯拉特 这么说,你要搬走?

卓兰 也就是说,这法子还可以?

凯拉特 你跟我耍什么花招?

卓兰 猜拳吧。

凯拉特 什么?

卓兰 "一、二、三"定输赢。谁输了谁搬走。

凯拉特 滚。

卓兰 这样最公平。

凯拉特 知道,逼……不猜拳。什么玩意儿也不猜。(停顿)其实,你什么办法也没有。从来没有过!没钱,没关系,没能力,没志气。蹽了你的"老毛子"——这是唯一的办法。

卓兰　你什么也不懂……

凯拉特　我什么都懂。你自己就是失败者。投机钻营……你自己有目标吗？目标，有吗？

卓兰　对，有！我从事的是有益的事，我会成家立业。在单位人家都夸我，学生们敬重我。我一直在努力，为未来着想！至少我留下了什么！孩子。而你呢？给这个世界什么也没带来。空虚的生活。空虚，无用。

凯拉特　什么也没带来的是你。孩子是我的。

卓兰　什么？

凯拉特　让塔尼亚怀孕的是我。

卓兰　去你的，混账！

凯拉特　你听着，别娶她。那是我的孩子。

卓兰　她讨厌你！

凯拉特　她真狡猾，贱货！

卓兰　滚，你给我滚！

凯拉特　你可以问问她。我把她睡了。

卓兰　（站起来，在房间里愤愤地来回走）混蛋，你是故意的。

凯拉特　小肚子上有颗红胎记，很像……

卓兰　（绊了一下似的停下，扑向凯拉特，抡起拳头打他的脑袋）我爱她！贱种！我爱她！！

　　　〔他们激烈地厮打在一起，在床上、地板上打滚。凯拉特翻到上面骑着卓兰把他的胳膊压在地上。

　　　（试图挣脱出去）不要脸！不要脸！我杀了你。混蛋。

凯拉特　行了，静一静。得了，得了。（看到兄弟眼里的泪水，迅

速站起身,走出去)

[卓兰躺在地上。

第六场

　　凯拉特躺在沙发上看电视喝着啤酒。谢尔盖耶夫从门厅走进来站在门口手里拿着一本哈萨克语教材。

谢尔盖耶夫　你们的门开着。卓兰呢?
凯拉特　难道我是他的监护人不成?
谢尔盖耶夫　我等等他。(坐在屋里唯一一把凳子上,把书放在桌子上,安静地盯着凯拉特,然后站起来,走进厨房,瞅瞅水池下面,看了几眼,搓了搓手,又走出来)修好了?
凯拉特　收了三百卢布——混账管道工。
谢尔盖耶夫　这还贵吗?
凯拉特　对你来说,不算什么。
谢尔盖耶夫　您自己也可以修好的。您懂。
凯拉特　我不会。我兄弟是学建筑出身的,应该问他。
谢尔盖耶夫　卓兰是建筑学院毕业的?
凯拉特　啊,你不知道?
谢尔盖耶夫　我只知道您是师范学院毕业的。现在呢,他当了小学教师,而您却铺地板去了。有意思。
凯拉特　这没什么有意思和有趣的。
谢尔盖耶夫　对了,这句话里有同义词反复。有意思和有趣,可以拿掉其中的一个。

凯拉特　去你妈的。可以这么说吗，啊？"去你妈的。"这句话的用法都对吗？哎，臭小子，给我讲讲。（停顿）上学时候我的俄语是"五分"。班里只有我一个满分。

谢尔盖耶夫　我不想惹你生气。对不起。

凯拉特　我是班里唯一一个非俄罗斯人，而我得了"五分"。是不是反常？你知道什么叫反常吗，臭小子？

谢尔盖耶夫　知道。

凯拉特　班里最好的学生是哈萨克人。我们的班主任气疯了。她什么也没说，不过看得出来，她气疯了。

谢尔盖耶夫　再次说声对不起。

凯拉特　优等生往往不受同学待见。细眼睛的优等生更加不受待见。

谢尔盖耶夫　不是这样的。

凯拉特　怎么，不同意？

谢尔盖耶夫　我们班有三个中国人，两个德国人，一个法国人，一个拉美人，一个尼日利亚人。大家相处得都很好。

凯拉特　你是世界主义者？

谢尔盖耶夫　什么？

凯拉特　你知道什么叫"世界主义者"吗？

谢尔盖耶夫　知道。

凯拉特　我兄弟就是世界主义者。想娶俄罗斯女人，混蛋。

谢尔盖耶夫　难道这不好吗？

凯拉特　你会娶哈萨克女人吗？

谢尔盖耶夫　喜欢的话就会娶。毫无疑问。

凯拉特　滚,臭小子。(站起来,朝桌子走去,拿起教材)借这本书干吗?

谢尔盖耶夫　感兴趣。

凯拉特　你感个鸡巴兴趣!臭小子,我早把你看穿了。怎么样,学会不少了?

谢尔盖耶夫　"拉赫梅特","谢谢"的意思。"卡尔,卡莱",这是"最近过得怎么样"。"亚克西"是"好"的意思。对了,我还能数到"十":毕尔、叶基、乌士、托尔、别斯、阿尔忒、热计、塞基斯、托基斯、奥恩。

凯拉特　"阿马尔卓克——凯拉特忒姆毕尔吉尔梅。雅佩尔毛,凯提普艾塔门?"翻译一下。

谢尔盖耶夫　"卓克"是"不"的意思,"艾塔门"——"说",对吧?总之,很难。应该怎么翻?

凯拉特　"手书寸笺,拳拳此心可见。更有何言能够自饰?"知道吗?

谢尔盖耶夫　不知道。

凯拉特　《叶甫盖尼·奥涅金》。塔季扬娜的信。

谢尔盖耶夫　普希金?这个我们没学。

凯拉特　(嘲弄地)"我们没学。"这首诗我十岁就知道了!知道是谁翻译的吗?

谢尔盖耶夫　不知道。

凯拉特　阿拜·库南巴耶夫。听说过这个名字吗?

谢尔盖耶夫　很遗憾,没有。

凯拉特　当然。你他妈什么也没听过。去过洁净池塘吗?

谢尔盖耶夫 "洁净池塘"公园?嗯,当然去过。离我爸工作的地点不远。

凯拉特 那好。公园中央有尊塑像。知道是谁吗?

谢尔盖耶夫 阿拜·库南巴耶夫?

凯拉特 挺机灵。拿着架子上的馅饼。(把书放回桌上)阿拜——我们的伟大诗人和思想家。他之于我们就如同普希金之于你们。只不过,我,哈萨克人,知道普希金,而你,俄罗斯人,不知道阿拜。你们只考虑自己,只对自己感兴趣。伟大的民族,别在意我的话。

谢尔盖耶夫 "我们"?

凯拉特 你们所有人。

谢尔盖耶夫 卓兰的想法不一样。

凯拉特 你更听他的话。

谢尔盖耶夫 以后我也会听。他是好人,而您——很凶。

凯拉特 你说什么?

谢尔盖耶夫 您很凶,他是好人。

凯拉特 可以这么说,也可以那么说。我很诚实,而他很虚伪。他是个虚伪的好人,而我是凶狠的诚实人。

谢尔盖耶夫 您诚实?您把他女朋友睡了。

〔停顿。

凯拉特 你说什么?(走到他面前,抓住他的衣领,前后摇晃)你,这混蛋,说什么?

谢尔盖耶夫 难道我说得不对吗?

凯拉特 不关你事,小兔崽子!(推开他)

［谢尔盖耶夫摔倒在地。

（抓起啤酒，喝了一口）是卓兰跟你胡说的？他在撒谎，你却信了。

谢尔盖耶夫 他没撒谎。

凯拉特 你把他理想化了，臭小子。

谢尔盖耶夫 我了解他。

凯拉特 了解？似乎不是那么回事。这是一个虚伪的、精明算计的禽兽。（停顿）三年前妈妈五十岁生日。我打算送她一枚金胸针。我跟卓兰商量，想我们一起送，凑一对。他呢，你知道吗？他说，没钱，而且什么也不打算送。我只好管熟人借钱。一个礼拜后我在他的衣兜里发现一张发票。两千卢布！买了高档羊绒衫，混蛋。

谢尔盖耶夫 您翻他的衣兜？

凯拉特 （急匆匆喝完啤酒，呛得咳嗽起来）妈妈生日他什么也没送！钱花在恋爱纪念日上了！这就是你敬爱的好卓兰。他讨厌自己的妈妈！

谢尔盖耶夫 他爱妈妈，只是方式不同。

凯拉特 你有病啊？什么叫"方式不同"？你总该有妈妈吧？

谢尔盖耶夫 死了。

凯拉特 真的？没多久？

谢尔盖耶夫 没。在我一岁的时候。我不记得她。

凯拉特 明白了。所以你不知道什么叫爱妈妈。你，混蛋，和卓兰一路货色，所以你俩臭味相投。（把手里的易拉罐握扁）你们都恨自己的父母！永远和他们作对。把他们从家里撵出去，赶到破房子里！怎么能这样？这样对待父母是耻辱、最卑鄙的行径。你可以这样，卓兰也变成这样了。他现在简直就像个俄罗斯人。

谢尔盖耶夫　他只不过想要幸福。

凯拉特　他是自私自利！

谢尔盖耶夫　您才是卑鄙的家伙。您把他女朋友睡了。

　　〔凯拉特朝他扔易拉罐，冲到他面前拎住衣领扔到门口。后者仰面朝天摔倒在地。

凯拉特　滚蛋！去你妈的！混账！

　　〔门口站着卓兰，扶谢尔盖耶夫站起来。

卓兰　疼吗？

谢尔盖耶夫　还好，卓兰。我很壮，不疼。

　　〔卓兰看着凯拉特。

凯拉特　不要让我在家里再见到这个混蛋！

卓兰　这不是你一个人的家。

凯拉特　他不准再出现在这里！他来这里他妈晃悠什么？参观动物园怎的？来看耍猴的?！狗杂种！

卓兰　（转身抓起谢尔盖耶夫的手）咱们到街上去。今天很暖和。

谢尔盖耶夫　好。

　　〔卓兰和谢尔盖耶夫走出门厅。

凯拉特　（紧跟着）再让我见到你，臭小子，我打得你遍地找牙！听见了？别拿你爸爸来吓我！明白?！（坐到沙发上，拿起遥控器，反复调台）

卓兰　（向谢尔盖耶夫）你跟他说了什么？

谢尔盖耶夫　他就这种人。毫无疑问。

第七场

　　卓兰坐在沙发上。塔尼亚站在离他不远的地方,手拿遥控器,试着打开电视机。

卓兰　坏了。

塔尼亚　坏了?

卓兰　砸坏了。

塔尼亚　谁砸的?

卓兰　我。

塔尼亚　为什么?

卓兰　不为什么。

塔尼亚　(放下遥控器,走向卓兰,坐在他身边)晚饭我来做。

卓兰　不用。(站起来,走近衣柜,打开柜门,在衣服里搜,摸出两罐啤酒,走向阳台,推开门,把啤酒扔出去,关门;在房间里慢慢溜达,四下察看)这个衣柜扔了。老旧了,柜门嘎吱嘎吱响。沙发也收拾了。从天花板开始装修。我打算改成吊顶设计。两排八个白色磨砂灯。我大致计算了一下,别的不需要了。(走到房间的一个角落)这边放一张床。我去宜家挑了一下,选了一款橡木双人床。弄好天花板,刷刷墙,抹一抹。贴上壁纸,浅绿色图案,绿色使人平静。

塔尼亚　凯拉特住哪儿?

卓兰　墙装修好了就铺地板。我找了专业铺地板的。一个很能干的小伙子，业务不错。

塔尼亚　凯拉特怎么办？……搬到别的地方吗？

卓兰　最重要的是别忘了装扣条。正厅和厨房之间要加装扣条。米黄色的。安一扇门，核桃木的。柜子、门窗贴脸，咱们都用核桃木。玻璃嵌窗，光线会更好。

塔尼亚　凯拉特无论如何不会走的……

卓兰　婴儿床也去宜家买。旁边再放一张大床，夜里不用走太远。离阳台远点儿，那边透风。（停顿）窗也换了，换塑材的。电视机咱们不需要，对孩子有害。买台电脑，苹果机。（坐回沙发，拉起塔尼亚的手，抚摸她的肚子）他那里怎么样了？

塔尼亚　很好。

卓兰　肚子还没大起来。

塔尼亚　还早着。

卓兰　叫他万尼亚。伊万。

塔尼亚　随便你。我还是喜欢叫阿尔曼。这是哈萨克名字？

卓兰　是的。阿尔曼的意思是"梦想"。

塔尼亚　梦想。很好。

卓兰　咱们会生两个孩子。一个叫哈萨克名字，另一个叫俄罗斯名字。需要有个二胎。必须的。（停顿）想猜拳吗？

塔尼亚　猜拳是什么？

卓兰　有这个游戏"一、二、三"，就像"石头、剪子、布"。

塔尼亚　啊，以前见过你和凯拉特玩。

卓兰　我赢了，孩子叫伊万。你赢了，叫阿尔曼。

塔尼亚　好。

　　　　〔他们开始猜拳。卓兰赢了。

　　　　这么说,叫伊万?

卓兰　我总是赢。

塔尼亚　是吗?

卓兰　不知道为什么。你知道我的名字什么意思吗?

塔尼亚　什么意思?

卓兰　幸运的,走运的。

塔尼亚　凯拉特的名字什么意思?

卓兰　我从没输过。没输给任何人。考试的时候我总能抽到想要的考题。在地上捡到钱。妈妈会把付房费的钱寄过来,因为取钱我排不上队。有一次没赶上校车,唯一一次。结果那班车出了车祸,和拉水泥的车撞上了。十人死亡。

塔尼亚　"凯拉特"什么意思?

卓兰　"闹纠纷的人"。

塔尼亚　真的?

卓兰　只不过这些走运都没带来什么好处,都是些小运气。哪怕撞一次大运。

塔尼亚　你没赶上那辆车就是大运了。

卓兰　或许,我应该遭遇那场车祸?(转过脸去)你为什么那么做?

塔尼亚　卓兰,抱歉……

卓兰　我无法理解。

塔尼亚　对不起。

卓兰　你爱他？

塔尼亚　卓兰……

卓兰　天哪，我的心太软。我应该抛弃你，但我做不到。应该用鞭子抽出血，像狗一样把你撵出门，忘得干干净净，可我做不到。（塔尼亚拉起卓兰的手，与他十指相扣）妈妈让我娶一个哈萨克女人。她们当中找不出妓女。哈萨克语里甚至都没有"妓女"这个词。

塔尼亚　（站起来，拥抱他，吻他）晚上我做炸糕。我学会了。

卓兰　做土豆炖肉吧。

塔尼亚　好。

卓兰　小时候我喜欢去同学家串门，喜欢在他们家里吃饭，尤其是红菜汤。我们家没人会做红菜汤。妈妈不会，爸爸也不会。前不久我也尝试做了，可是没成功，煮得太烂，熬成一锅浆糊了。

塔尼亚　喜欢的话，晚饭我做红菜汤？

卓兰　"为什么他们口是心非，一个个争权夺利而且懒惰成性？"[①] 知道这句话说的是谁吗？说的是我们，哈萨克人。阿拜·库南巴耶夫说的。知道阿拜吗？

塔尼亚　不知道。

卓兰　没人知道。洁净池塘街公园有他的塑像。

塔尼亚　在莫斯科？我没去过这个公园。

卓兰　我带你去。

塔尼亚　好。

---

① 此句摘自《阿拜箴言录》第三篇。

[塔尼亚坐到卓兰身边,一直拉着他的手。

卓兰　我问过很多人,没一个知道。这可是我们的普希金,甚至胜过普希金。胜过!

塔尼亚　很久以前的诗人?

卓兰　很早了。我一直觉得很难堪。伟大的哈萨克人,他们在哪儿?应该让普通人也知道,而不仅仅是那些研究专家。加加林,陀思妥耶夫斯基,柴可夫斯基,所有人都知道,而我们的呢?也许只有导演别克曼别托夫……而全世界都以为他是俄罗斯人。俄罗斯导演帖木儿·别克曼别托夫。(停顿)凯拉特叫我曼库特①。

塔尼亚　叫什么?

卓兰　我跟他说,应该住在这儿,和俄罗斯人交往。因为在哈萨克斯坦没有成长和发展的土壤。住在一块儿,互相削弱了。亚美尼亚人、犹太人、鞑靼人——大家各顾各的,而我们,则是沉沦。哪怕有个人出了头,我们也不支持他,不引以为豪,不向他学习,只是沉沦,默默地沉沦下去!用奉承、嫉妒、阴谋淹没他。

塔尼亚　不是这样,别这么说。

卓兰　这不是我说的,是阿拜的话。凯拉特听了暴跳如雷。爸爸梦想在莫斯科能有一家像样的哈萨克餐馆。乌兹别克餐馆有,吉尔吉斯餐馆也有。人家都有!哈萨克人却开不起。为

---

① 苏联作家钦吉斯·艾特玛托夫长篇小说《一日长于百年》中的人物,因被箍住头脑失去记忆而射杀自己的母亲,指一个人失去民族和历史属性、失去个性的全部特征,就变成了顺从的奴隶、驯服的机器人。

什么？

塔尼亚 不知道……

卓兰 有时我觉得我们很快就要灭绝了，就像猛犸象一样。应该有个东西把我们团结起来。

塔尼亚 毕尔、叶基、乌士、托尔、别斯、阿尔忒、热计、塞基斯、托基斯、奥恩。

卓兰 一、二、三、四、五、六、七、八、九、十。

塔尼亚 要吃土豆炖肉吗？

卓兰 还是做炸糕吧。

塔尼亚 好。

卓兰 哈萨克茶。

塔尼亚 加牛奶？

卓兰 加。

[塔尼亚站起来朝厨房走去。卓兰走向衣柜，打开柜门，把衣服扔到地上，堆成一团，腾出空架子。

第八场

卓兰坐在桌子旁检查笔记。谢尔盖耶夫走进来，四下张望。房间一角堆放着一团衣服。衣柜没了。电视机也没了。

谢尔盖耶夫 衣柜呢？

卓兰 扔了。

谢尔盖耶夫 电视机呢？

卓兰　坏了。吃点东西吗？我煮的饺子。

谢尔盖耶夫　不用了，卓兰，谢谢。

　　　［谢尔盖耶夫在房间里走了一会儿，坐到沙发上，看到地上的毛衣，捡起来，放在沙发上，然后站起来，瞅瞅自己的裤子，拍拍后面的土，又看了看鞋。

　　　有擦鞋布吗？

卓兰　忘买了。

谢尔盖耶夫　咱们还去剧院吗？我喜欢看戏。

卓兰　去。一定去。都弄好就去。

谢尔盖耶夫　好。

卓兰　（从口袋里掏出钥匙，递给谢尔盖耶夫）拿着。

谢尔盖耶夫　钥匙？

卓兰　配的钥匙。

　　　［谢尔盖耶夫把钥匙装进自己的口袋。

　　　咱们再说一遍。

谢尔盖耶夫　好。

卓兰　那么，一周之后我和塔尼亚去契诃夫城，回她的老家度周末。从周五到周日我不在家。

谢尔盖耶夫　周末您不在家，我爸爸那几天出差。一整天我都将独自一人。

卓兰　凯拉特晚上十点会回家，每周五他都去看电影。喝醉了躺下睡觉。他睡得很早。

谢尔盖耶夫　我用这把钥匙打开门，进屋，大概半夜时候。

卓兰　你戴上手套，穿上轻便拖鞋。都搞定了之后，打开五斗橱，取出小匣子。

谢尔盖耶夫　拿走钱、戒指和金胸针。为了转移视线。

卓兰　把橱柜扔到地上,把书从书架上拽下来,其他的什么也不要做,这样就可以了,否则就坏了计划。

谢尔盖耶夫　从屋里出来,我回自己家,躺下睡觉。早晨家政的人会过来,吃过早饭我去散步,这时候把手枪扔了。

卓兰　扔进水渠里,离这儿不远。

谢尔盖耶夫　我已经去过,看过了。

卓兰　我周一返回。

谢尔盖耶夫　您周一回来。

卓兰　手枪你弄明白了吗?

谢尔盖耶夫　很容易。

卓兰　没瞎鼓?

谢尔盖耶夫　我很准的。

卓兰　你觉得,没人会发现吧?

谢尔盖耶夫　没人。毫无疑问。咱们把一切都考虑到了。

卓兰　警察呢?他们总会追查出来,计算到的。电视上总在播这种事。

谢尔盖耶夫　那是电视。不管怎样,我不会让你陷入危险的。另外,我父亲是律师。Everything's gonna be cool.①

卓兰　谢谢你。没有你我不知道怎么办?

谢尔盖耶夫　卓兰,你不后悔吗?不管怎样这是你亲兄弟。

卓兰　在做出这个决定之前,我没把他当成兄弟。(站起来,走到

---

① 英语"一切都妥妥的"。

房间角落里那堆衣服旁边,在衣服堆里摸索,找到一罐没喝的啤酒,打开阳台门,扔了出去,关上门)两千年前有这样一个民族,匈奴。他们生活在草原,就是现在的哈萨克斯坦。他们有一个领导者——冒顿。听说过吗?

谢尔盖耶夫 没有。

卓兰 他很强悍,也很凶残。

谢尔盖耶夫 您喜欢他?

卓兰 他不是一下子成为领袖的。他父亲不喜欢他,打算立另一个儿子为继承人,那是他和另一位妻子生的孩子。你知道冒顿怎么做的?

谢尔盖耶夫 怎么做的?

卓兰 集结自己的军队,命令他们朝他射箭的地方射箭。他下了马,朝马射了一箭……那些没有照做的被冒顿处死了。

谢尔盖耶夫 有意思。

卓兰 后来他带着自己的妻子站在士兵面前,取出箭,射向她。然后他又处死那些没有照做的。

谢尔盖耶夫 厉害。

卓兰 而后冒顿来到父亲面前,朝他射了一箭,没有一个士兵不照做,所以万箭齐发,射向老爷子……

谢尔盖耶夫 那是自然。

卓兰 他成为领袖之后第一件事就是杀死自己的兄弟和他的妈妈……

谢尔盖耶夫 您不是这种人。

卓兰 他向周边部落进军,歼灭了东部和南部的游牧民……

谢尔盖耶夫 完全不是这么回事。

卓兰 他战胜了中国人,逼迫他们签订了停战协议……

谢尔盖耶夫 他后来怎么样了?在战场上被杀了还是被阴谋篡位的人毒害了还是被自己的孩子处决了?

卓兰 他是老死的。在富足、爱戴和敬仰中死去。(停顿)你说,生活公平吗?

谢尔盖耶夫 不知道。

卓兰 我只不过想要幸福。你能帮我吗?

谢尔盖耶夫 帮。没问题。

卓兰 咱们会一切顺利的。(停顿)咱们也玩玩"一、二、三"?

谢尔盖耶夫 什么?

卓兰 哈萨克的"石头、剪子、布"。只是出手指——一、二、三。二比一大,三比二大,而……

谢尔盖耶夫 一比三大。明白了。来吧。

〔卓兰和谢尔盖耶夫伸出拳头。

卓兰 一!二!三!

〔他们开始"猜拳",谢尔盖耶夫胜出。

怎么会这样……等等。你赢了?

谢尔盖耶夫 嗯。我出的"二",您出的"一"。

卓兰 不可能。再来一次。

〔他们又伸出拳头,胜出的是卓兰。

这样,再来一次。最后一次。这叫三局两胜。(又胜了一次)

谢尔盖耶夫　You are winner.[①]

卓兰　什么?

谢尔盖耶夫　您赢了。

卓兰　是啊。

谢尔盖耶夫　老实说,我不喜欢这种游戏。全靠运气。就像彩票一样。

卓兰　第一局是怎么回事?我输给你了。

谢尔盖耶夫　对。

卓兰　邪门了。

谢尔盖耶夫　为什么?

卓兰　邪门。

谢尔盖耶夫　最终还是您赢了。

卓兰　没错。你想吃点东西吗?

谢尔盖耶夫　不用了,卓兰。您问过了。我刚吃过不久。

卓兰　第一局你赢了?

谢尔盖耶夫　但总局数是您赢了,二比一。

卓兰　你中午吃了什么?不想说可以不说。

谢尔盖耶夫　汤,烤鲑鱼拌饭,还有希腊式沙拉和苹果汁。

卓兰　味道应该很不错。你家保姆做的?

谢尔盖耶夫　对,她还会做布丁。在英国我很喜欢吃布丁。您吃过吗?

卓兰　没有。塔尼亚做饭也很好吃。前两天做了炸糕,知道炸糕吗?

---

① 英语"您赢了"。

谢尔盖耶夫　您提到过。面团在油里炸。

卓兰　找时间我请你吃,就着别什巴尔马克一块儿吃。我跟塔尼亚说一声,她会做的。

谢尔盖耶夫　谢谢。(停顿)小匣子里的金胸针——您妈妈的?

卓兰　嗯,妈妈的。怎么了?

谢尔盖耶夫　我会把它再放回来。

卓兰　凯拉特跟你说了?

谢尔盖耶夫　是的。

卓兰　生日的事也说了?

谢尔盖耶夫　是真的?您什么也没给妈妈送?

卓兰　对。

谢尔盖耶夫　用那些钱给自己买了件两千卢布的羊毛衫?

卓兰　是的。很正常,生活里这是常事。

谢尔盖耶夫　也许吧。

卓兰　等你长大了,你就明白了。

谢尔盖耶夫　您爱妈妈。只不过方式不同。

卓兰　不,我不爱。你知道,我小时候怎么想的吗?……我觉得我的妈妈不是亲妈妈,是后妈。总会出来一个亲妈妈把我领走。每天夜里都是伴着这个想法入睡的……(停顿)马上就到春天了,你喜欢春天吗?

谢尔盖耶夫　我更喜欢夏天。

卓兰　我去煮点饺子吃。有点饿了。

谢尔盖耶夫　好的。

　　[卓兰进了厨房。谢尔盖耶夫盯着墙角那堆衣服,走过

去，抽出一只破袜子，擦了擦鞋，朝门口瞧过去。

第九场

卓兰在衣服堆里摸索着，找出两罐没开的啤酒，站起来，打开阳台门扔了出去，关上门，坐到凳子上，开始翻看作业本。凯拉特打厕所里走出来，穿着内裤背心，走向沙发，躺下，盖上被子，从枕头下面抽出一台小收音机，打开开关，听广播。

凯拉特 你还得很久吗？（停顿）又带着你的破塞子了。（站起来，走到卓兰面前，把收音机堵在后者耳边，把声音调到最大）

〔卓兰哆嗦了一下，回头看了看，掏出耳塞，推开凯拉特。

（把音量调小）我要睡觉了。你还得多久？

卓兰 半个小时。

凯拉特 （躺下，关掉收音机）我打算买台电视。

卓兰 买呗。

凯拉特 咱们对半分。

卓兰 我不需要电视。

凯拉特 衣柜呢？衣柜得什么时候？

卓兰 快了。

凯拉特 混蛋，现在这儿搞得和窑子一样。（把手伸进衣服堆，开始摸索,一无所获,双手翻开那堆衣服,摊放在地上)嗨!啤酒呢?

卓兰　不知道。

凯拉特　败类!是你,又是你。给我啤酒!

卓兰　酒鬼。

凯拉特　酒鬼——那是你爹!我才不和他那个老东西一样呢!

卓兰　你已经变成他的模样了。

凯拉特　我无事可做,只有喝酒!电视没了,工作没了。都因为你!你把客户都赶到那儿了?

卓兰　别留家里的号码。我说过了。是你自己的错。

凯拉特　你是故意的。你总在对我使坏。混蛋!我要喝酒。喝我自己的酒!(站起来揪住卓兰的衣领)

卓兰　我不知道你的啤酒在哪儿!住手!

凯拉特　都是你那个"老毛子"搞的鬼!我可是你的亲兄弟!

〔卓兰挣脱出来,带着作业本往厨房走。

把啤酒还我,混蛋!

〔卓兰使劲把门带上。

(回到沙发上)混蛋。跟别人来往得比跟我亲密多了。吃里扒外的家伙。他就是他妈的外人。我是兄弟,亲兄弟。那天你要是上了校车多好!那样就都省事儿了!

卓兰　(开门,进屋)你说什么?

凯拉特　啤酒给我!我的啤酒!给我!

卓兰　知道我们给孩子起什么名字吗?

凯拉特　不用起了,她会堕胎的。我跟她说了。

卓兰　滚你的蛋，不能堕胎。

凯拉特　她服从的是我，不是你。

卓兰　她不会堕胎的。她已经堕过三次胎了。你知道吗？

凯拉特　贱货。你们俩都滚……

卓兰　我倒是想走——没地方可去。

凯拉特　给我酒。

　　　　〔卓兰坐到桌子旁，又开始检查作业。

　　　　今天我努力回想咱们家经常有人串门的时候，可是怎么也记不起来。混账。妈妈在的时候经常有人来做客。很热闹，很开心。那才是真正的哈萨克家庭。你他妈把一切都毁了！

卓兰　请客得花钱，可现在我们还饿着肚子。

凯拉特　自私小人。你的热情好客哪里去了，混蛋？你算什么哈萨克人？

卓兰　好客？这叫装阔。可怕。

凯拉特　有他妈什么可怕的？你怎么琢磨的？

卓兰　你以为哈萨克人平白无故地殷勤？咱们也这么大方、阔气？不是！都是因为害怕，就是害怕。

凯拉特　十足的曼库特！

卓兰　夜里你在帐篷里住得好好的，四周草原一个人也没有，突然进来一个骑马的，又累又饿，请求在这过夜。你接待了他，给他铺床，请他喝马奶酒和别什巴尔马克。这都是因为你害怕，怕他杀了你、强奸你老婆、烧了帐篷。

凯拉特　你真混蛋。

卓兰　不过是一些防备措施。夜里睡觉的时候你的想法只有一个——"赶快走吧"。都是虚伪,没什么好客。

凯拉特 妈妈说得对,你的心眼儿都是坏的。

卓兰 对!你和妈妈总是讨厌我。那辆校车我也记得。你们希望我在那辆车上。你们想要的就是这个!要我死!

凯拉特 滚。

卓兰 父亲不应该偏心。你考学的时候,妈妈雇了个家教,帮你递交材料,考完试在考场外面等你,我呢,都得我自己做。

凯拉特 我的啤酒呢?

卓兰 (站起来,向阳台走去,又转向凯拉特)记得这个阳台吗?记得吗?

凯拉特 什么也不记得了。

卓兰 我记得。记得我坐在那里。你把我锁在外面,混蛋。有你这样的兄弟吗?有吗?!我小时候你从来不护着我。你就像躲艾滋病患者一样躲得远远的。一辈子我都是孤独一人。

凯拉特 我?我帮你学数学,给你做作业,怎么,都忘了?

卓兰 "数学"。好事儿我一点也不记得,只记得挖苦。

凯拉特 我什么时候把你锁在外面了?你诋毁我吧?

卓兰 你已经不记得了。那是在我十岁的时候。十一月,很冷。我要从外面挤进来,而你打我,把我往回推!往回推,往阳台上推!那时候爸妈在上班……难道你不记得了?!

凯拉特 你瞎扯。

卓兰 我只穿着短衣短裤。空气冰冷冰冷的,和狗鼻子一样凉。而你在屋里看着我笑。我在外面冻了三个小时。我只好钻进装电视机的盒子里,觉得那里可以暖和暖和。你就是不开门。

凯拉特　你瞎扯。

卓兰　父亲把我领进屋,拉着手,让我坐在沙发上,盖上被子。我到现在也不明白,为什么?为什么你要那么做?!爸爸用滑雪杖抽打你。怎么,也不记得了?

凯拉特　啊,滑雪杖。我身上的淤青一个礼拜才消。混蛋,他故意用滑雪杖,这样更疼。

卓兰　妈妈报警说父亲快把儿子打死了。关心我的话一句也没说。(停顿)这件事我不会原谅你。永远不会。你忘了,我——忘不了。每天都会想到这个阳台。当我们相处得很好的时候,我认为一切都很顺利,和以前不一样了。但我一想起那个阳台,就满是凶恶和仇恨。无处躲藏。

凯拉特　我想睡觉,给我啤酒。

卓兰　我招呼你,你只管听你的音乐,装样子,读书架上的书。那时候你就是瞧不起我。现在呢?想跟我谈谈?以前你干吗去了?跟你没什么好谈的。咱们不是一家人,很久以前就不是了。

凯拉特　给我!啤酒!啤酒!给我!两罐!

卓兰　记得咱们一家四口一块儿吃饭的情景吗?家庭聚会。全是妈妈一个人在骂,都是冲着爸爸的,任何缘由都能骂得起来。咱们一家人要么谩骂,要么一声不吭坐在一块儿。太遭罪了。我在同学家做客的时候,人家的气氛完全不一样。一家人欢声笑语,气氛轻松热烈。每个人都在谈论自己一天的见闻,大家无所顾忌地畅谈。很温暖,很亲切。为什么我们就不能这样?

凯拉特　闭上你的臭嘴！给我酒！

卓兰　我和塔尼亚就会完全不一样。我们要营造一个和谐家庭，没有任何谩骂，不偏不倚。我们会经常说说话，有事一起做，全家总动员。

凯拉特　痴心妄想。她就是个破鞋。应该娶个哈萨克姑娘，在哈萨克斯坦生活。自从我们搬到这之后，一切都他妈变了。这里不是什么好地方，咱们应该留在那边。

卓兰　那你回去吧，我住在这儿。

凯拉特　你不是住在这儿，而是把我从我这赶走。我会回去的。

卓兰　走吧。

凯拉特　我走了，回去之后娶个哈萨克姑娘。那里是我的祖国。

卓兰　滚吧，回祖国吧。

凯拉特　你他妈死待在这儿吧，养你杂种。我的种。（笑，打开收音机）自己的孩子都生不出来。

卓兰　知道我和塔尼亚准备给他什么名字吗？

凯拉特　跟我毛关系。

卓兰　万尼亚。你的种会取个俄罗斯名字。明白吗？

凯拉特　滚蛋！

卓兰　万尼亚，凯拉特的儿子。（侮辱地笑着）第二个孩子我们会给他一个哈萨克名字。明白，混球？你的孩子会带着俄罗斯名字，而我的——哈萨克名字。"你叫什么名字？——万尼亚。——为什么你是细眼睛？"哈！你的孩子叫万尼亚。明白了？伊万·凯拉特维奇①！你的！

---

① "伊万"是"万尼亚"的大名。"凯拉特维奇"是父称，意思是"凯拉特之子"。

［凯拉特突然从沙发上跳起来，扑向卓兰。他们在地上打滚，厮打。凯拉特拼命掐卓兰。

（嗓音嘶哑地）啤酒……要啤酒吗？

［凯拉特放开他。后者站起来，揉揉嗓子。

凯拉特　混蛋！早晚我会杀了你。啤酒在哪儿？

卓兰　在阳台。那里多得是。

凯拉特　什么？（站起来，走向阳台，透过玻璃看了看，转过身）贱货，简直就是贱货。（打开阳台门，走出去，捡起几罐啤酒，裹在胸口）

［卓兰迅速冲向阳台门，关上门，锁死。凯拉特手里的啤酒掉在地上，拼命呼喊、拍打，试图打开门。卓兰坐到凳子上，戴上耳塞，继续平静地检查作业。凯拉特奋力敲打着玻璃。外面下起了雪。

第十场

谢尔盖耶夫从门厅走进来，一只手里握着房门钥匙，另一只手里是用一团抹布裹着的东西。他把钥匙放到桌子上，环顾房间四周——同前场，杂乱无章堆在地上的衣服、空易拉罐、肮脏的地板。在这一场中不仅衣柜没了、电视机没了，沙发也没了。谢尔盖耶夫冻得缩成一团，看了看挂着碎玻璃的阳台门，洞口用胶合板随意钉了钉。从缝隙里有风刮进来。浴室门开着，塔尼业走出来。谢尔盖耶夫把布包藏在身后。

塔尼亚　你好。你怎么进来的？

谢尔盖耶夫　（不知所措地）门开着。（看一眼桌上的钥匙）其实……卓兰给了我钥匙。

塔尼亚　（看了看钥匙，发现了谢尔盖耶夫手里的布包）这是什么？带东西来了？

谢尔盖耶夫　是我的。去了趟商店。

〔塔尼亚坐到凳子上。

卓兰呢？

塔尼亚　他跟凯拉特出去了，买绷带去了。

谢尔盖耶夫　"那货"怎么了？

塔尼亚　正常。他们会换玻璃的。

谢尔盖耶夫　（望了望，找坐的地方，可是没地方可坐）沙发也扔了？

塔尼亚　嗯。

谢尔盖耶夫　眼下"那货"睡在哪儿？卓兰呢，打地铺？

塔尼亚　他叫凯拉特。

谢尔盖耶夫　头脑简单、四肢发达。

塔尼亚　什么？

谢尔盖耶夫　"凯拉特"的意思是"强悍的"。我在字典里查到的。

塔尼亚　那又怎样？吃东西吗？

谢尔盖耶夫　我想喝点什么。

〔塔尼亚站起来走进厨房。谢尔盖耶夫四下张望，走到墙角那堆衣服跟前，把布包藏在里面，上面又盖上一些东西。塔尼亚走出来，手里握着杯子，递给谢尔盖耶夫。后者打量着杯子。

塔尼亚　果汁，苹果汁，鲜榨的。

谢尔盖耶夫　（呷了一小口，递回杯子）谢谢。

塔尼亚　不喝了？

谢尔盖耶夫　不了。

　　　　［塔尼亚把杯子放到桌子上，拿起钥匙。
　　　　请您把钥匙转交给卓兰，行吗？

塔尼亚　他们很快就回来了。不等等？

谢尔盖耶夫　我该走了。（向门口走去）

塔尼亚　（转动手里的钥匙）等一下。你的布包呢？

谢尔盖耶夫　什么？

塔尼亚　进来时候你手里有个包。从商店买的。（停顿）你改变主意了？……

谢尔盖耶夫　没有。

塔尼亚　我们很信赖你。你明白吗？

谢尔盖耶夫　明天我就走了。

塔尼亚　怎么？去哪儿？

谢尔盖耶夫　去英国。我还回来。学习去。假期结束了。

塔尼亚　结束了？怎么……

谢尔盖耶夫　我再回来的时候，一切都处理好。

塔尼亚　什么时候？

谢尔盖耶夫　夏天。

塔尼亚　怎么能这样，你为什么不提前打招呼？这多不好，非常非常不好。现在怎么办？

谢尔盖耶夫　我夏天回来把事情都处理好。没问题。

塔尼亚　你应该等等卓兰。

谢尔盖耶夫　我们不见面更好。

塔尼亚　你也不跟他告别吗?

谢尔盖耶夫　我看,不必了。

塔尼亚　你害怕了。

谢尔盖耶夫　我胆子不小,我很强悍,不是懦夫。

塔尼亚　夏天什么也不会发生。

谢尔盖耶夫　一切都会好起来的。

塔尼亚　什么也不会发生。你在做什么?你在做什么?

谢尔盖耶夫　没必要生气。

塔尼亚　你打一开始就知道会这样?对不对?

谢尔盖耶夫　不是。

塔尼亚　他信任你。他很喜欢你。你就像他的孩子。

谢尔盖耶夫　很快你们就会有自己的孩子了。

　　[塔尼亚开始哭。

　　哭什么?

塔尼亚　有时我会为幸福哭泣。(双手捂住脸,开始泣不成声)

谢尔盖耶夫　您这是怎么了?!

塔尼亚　我很好,好极了。

谢尔盖耶夫　您看起来很虚弱?你们大家看上去都很虚弱!

塔尼亚　一、二、三。一、二、三。

谢尔盖耶夫　昨天我和父亲谈过了,我想留在英国。至少待二十年,也可能,一辈子。我在这里住够了,喘不过气,一群奴隶。大街上都是凶恶的、阴暗的面孔,到处都是。忧郁,无趣。

塔尼亚 是冬天的缘故,春天一切都好了。你多大了?

谢尔盖耶夫 人是个什么东西?总是把希望寄托在别人身上,要么其他什么人,要么成功人士,要么上帝。总在期待什么,而自己却什么也不做。什么也不做。我一点也搞不懂。都是健全的成年人。正儿八经解决问题的想法一点也没有。

塔尼亚 我堕过三次胎……

谢尔盖耶夫 没头脑,没勇气,没诚心,只有贪婪。难道这就是我的祖国?我不能留在这儿,也不会留在这儿。

塔尼亚 我不能再怀孕了。永远不能了。

[停顿。

谢尔盖耶夫 什么?……你已经怀孕了,要生孩子的。

塔尼亚 不会了。我没法再生孩子了,我的身体被掏空了。

谢尔盖耶夫 怎么会这样……Damn it[①]!卓兰,知道吗?

塔尼亚 不知道。

谢尔盖耶夫 "那货"呢?

塔尼亚 也不知道。

谢尔盖耶夫 一切都是你们臆想出来的?撒谎?为什么?!

塔尼亚 我二十七了。

谢尔盖耶夫 不可理喻。

塔尼亚 有保姆给你做早饭,你不会理解我的。

谢尔盖耶夫 Fuck. Fuck.

---

① 英语"该死""他妈的"。

塔尼亚　什么？

谢尔盖耶夫　现在怎么办？

塔尼亚　顺其自然吧。还能坏到哪儿去。

谢尔盖耶夫　你们怎么可以这样活下去？

塔尼亚　当应有尽有的时候，就很容易变得强壮、聪慧和诚实。如果以前什么都有，我也会是这样。你多大了？

谢尔盖耶夫　马上就十四了。现在十三。

塔尼亚　体重多少？

谢尔盖耶夫　体重？四十九公斤。

塔尼亚　我弟弟——四十二。今年就十六岁了。营养不良，他连包都拎不起来。

谢尔盖耶夫　应该给自己设立一个目标，朝它前进。难道这很难吗？

塔尼亚　你吸过毒吗？

谢尔盖耶夫　没，我也不想尝试。

塔尼亚　他试过。有人递给他，他就抽。因为他们都是傻瓜。缺乏意志力。因为我们就是这么活的，从一开始就是这么活过来的。

谢尔盖耶夫　不该抱怨自己。

塔尼亚　你是个聪明孩子。你的话是对的。只是你无法理解我，无法理解我们。

谢尔盖耶夫　我无法理解。

塔尼亚　你等卓兰吗？

谢尔盖耶夫　不了。

塔尼亚 你知道,我怎么认识他的吗?

谢尔盖耶夫 认识谁?

塔尼亚 卓兰。

谢尔盖耶夫 他没说过。

塔尼亚 在我上班的地方。

谢尔盖耶夫 商店?

塔尼亚 商店是后来的工作。

谢尔盖耶夫 那在哪儿?

塔尼亚 他是好人,和其他人不一样。他包一小时,却付两小时的钱。可怜我。只不过我不爱他。

谢尔盖耶夫 您为什么跟我说这些。

塔尼亚 你聪明、诚实、勇敢。你就像来自另一个世界的人。咱们不能再见面了?别骗我。你不会撒谎。

谢尔盖耶夫 我还会回来的,毫无疑问。

塔尼亚 撒谎。我已经看明白了。知道吗,我曾经想收养你。你没有妈妈?

谢尔盖耶夫 我该走了。

塔尼亚 天哪,我该如何对他说?

谢尔盖耶夫 他会理解你的。

塔尼亚 好吧,好吧。

〔电话响。

(走向电话,拿起话筒)喂,他很快就回来了。凯拉特也快回来了。什么?你是谁?什么?什么时候?……好,当然。好。是,是……(脸色苍白,放下听筒)父亲死了……

谢尔盖耶夫 谁父亲?您的?

塔尼亚 不是。他们。他们父亲死了……

第十一场

  凯拉特右手绑着石膏绷带,坐在凳子上,听着收音机。卓兰往黑色旅行包里装东西。

凯拉特 走之前不买点啤酒吗?(停顿)在那边别耽搁太久。别迷恋酒席。别到处做客,失踪个把月。(停顿)我跟你说,他是自杀。用的就是那把枪。大家都瞒着我们,贱货。(停顿)别沉默了。还想沉默多久?够了,逼……

卓兰 你去吗?

凯拉特 我说过了,去他妈的。

卓兰 (拉上旅行包拉链,站起来,四下瞅瞅,看了看凯拉特,坐到凳子上)走之前再坐一会儿吧。

凯拉特 坐鸡巴什么?整什么俄罗斯人那一套。滚吧。

  〔卓兰拎起包,走向门厅。

  哎!给我买啤酒?!

  〔卓兰推开门,离开。

  败类,你这该死的。

第十二场

　　房间很昏暗。窗户如前场,挡着胶合板,时不时有小风吹进来。屋里没有沙发,没有衣柜,没有电视,中央有一把椅子,垫子放在地上,充当床铺。

　　能听到抽水马桶放水的声音。凯拉特从厕所出来,手里提着水桶。关灯,冻得缩成一团,晃着身子钻进厨房。走到水池跟前,把桶放到下面,然后打开冰箱,拿出啤酒,喝了一口,回到房内,扑通坐到垫子上,喝酒。

凯拉特　　该死的卫浴……歪爪儿的丑八怪。在"老毛子"手里没好。(各处看,瞅着碎玻璃窗;醉眼惺忪)应该把窗子捣鼓捣鼓。冻死了。春天呢还,逼……这就是他妈的春天。(停顿)明天去趟商店,买点吃食。(站起来,摇摇晃晃,吃力地坐到凳子上,坐了一会儿,垂下头,又抬起来)我为什么要把他锁在阳台?凶神恶煞的样子。我喜欢娜塔莎,而她不喜欢我。那天我见到他和胖瓦迪克在一起,他爸爸给他买匈牙利口香糖,波兰牛仔裤。胖大傻子瓦迪克不过沾了他爹的光。我问过娜塔莎,为什么不爱我,我哪里不好。她说,你不是俄罗斯人,什么都好,就是细眼睛不好。这就是事实。卓兰只不过是被抱回来的。完全是偶然。我不想那样,只是身不由己。见鬼,我真是坏透了。开始我只是呵斥他。那天家里只有我们俩,我骂他,不放过他。然后痛打他,越打越厉害。他开始啜泣，后来大喊大叫，像大喇叭一样。我抓住他，推到阳台上。转动门把手——清静了。他从外面往里看，又哭又闹，而我从屋里看着他。后来我恢复了平静，躺到床上。睡了。如果没睡着，可能早就给他开门了。十一月，很冷。我可不是虐待狂。（站起来，慢慢走到角落，拿了件东西，又折回来；手里是卓兰的黑包，又脏又破）我不是虐待狂。（拿起啤酒喝几口，打开包）这些东西现在搁哪儿？烧了？应该这样，像穆斯林那样。（走到堆满衣服的地方，把包放到地上，蹲下，把卓兰的东西从包里一件件地掏出来，扔到衣服堆里，拿出牙膏和牙刷，停下）他们给我打电话，我不想去……去他妈的，一定是在开玩笑。但给我打电话了，一遍又一遍。混蛋，老顽固。我到了之后，他们就会说，看看吧，我看了看，他躺在那儿……盖着床单。我摸摸他的头，软软的……像布娃娃一样，脸色很阴沉，生气似的，我梦见他时就是这样的脸……大混蛋就开始讲车祸的事，怎么发生的，而我想的是快快醒来，醒过来一切就结束了。（继续掏东西）他们从阿斯塔纳给我打电话，而他还没起飞呢。我把所有客户都打发走了，电话砸了，他妈的，十足的混账。（停顿）水龙头修好，窗户堵上，去趟商店，买点吃食。工作也该琢磨琢磨，做点事。（翻衣服堆，摸到一包东西，取出来，看了看，举到眼前，坐回到凳子上）小时候我们一起玩，玩罗托[①]和"信不信"。冬天他躺在雪橇上，冷得用手闷子捂着嘴，我拉

[①] 一种抽对数字的游戏。从一个布袋中抽出带数字的筹码，与谁纸板上的数字相同，便摆在谁的纸板上，先摆满者为胜。

着雪橇。滚到雪里,哈哈大笑。脸红扑扑的,继续笑着。我扶他坐到雪橇上,他又滑下来了,又哈哈笑着。那时候他发音很有意思,不说"肉饼",说"漏饼";不说"饺子",说"嚼子"。不过我都明白。(坐到凳子上,打开包裹,掉出一把手枪,冷冷地盯着枪)家里没人的时候,我把他从婴儿车里抱出来,像拉着木偶一样拉着他满屋子走。他流着口水,我给他讲哈萨克童话。叶尔托斯迪克的故事和阿尔达与富翁西盖的故事。他听不懂。(走到衣服堆跟前,摇摇晃晃地站着)一、二、三,你赢了,卓兰。(躺倒在衣服堆上,把头埋在里面)一切都会好的……一切,都会,好的。(擦干眼泪)奉至仁至慈的真主之名……奉至仁至慈的真主之名……主啊,拯救他,保佑他。主啊,求你拯救,求你保佑,主啊……主啊。(慢慢睡着)

[阳台门开了,卓兰走进来,走到熟睡的凯拉特面前,坐在他身边,慢慢抚摸哥哥的头。

——幕落

阿塞拜疆人[1]
——私闯民宅

两幕剧

阿列克谢·斯拉波夫斯基 著

潘月琴 译

---

[1] 原剧用了两个剧名,其中"阿塞拜疆人"在剧中只是作为一个文字游戏出现,它与剧情内容没有直接的关系;副标题"私闯民宅"才是与剧情直接相关的剧名。

作者简介

阿列克谢·伊万诺维奇·斯拉波夫斯基（Алексей Иванович Слаповский，1957— ），俄罗斯作家、剧作家和编剧，俄罗斯作家协会、戏剧家协会会员，《伏尔加》杂志编委。作品被译为英、法、德、匈、捷等多种语言。

译者简介

潘月琴，北京外国语大学俄语学院教师，副教授。代表译著有俄罗斯白银世纪作家伊万·什梅廖夫的长篇小说《死者的太阳》，另译有当代俄罗斯作家的短篇小说若干，参与了《20世纪俄罗斯文学》《俄罗斯当代小说集》《普京文集》等书籍的翻译工作。

人　物

库里琴科·弗拉迪斯拉夫·德米特里耶维奇——牙科医生，45岁。

娜塔莉娅·格里高利耶夫娜·库里琴科——他妻子，公共事务管理局工作人员，40岁。

尼娜——他们的女儿，20岁。

米哈耶娃·阿廖芙缇娜·谢尔盖耶夫娜——中学教师，47岁。

马特维——她的儿子，商人，26岁。

梅兹格尔·亚历山大·莫捷斯托维奇——反对派人士，一个小党派的领导人，50多岁。

玛尔果——他的助手、追随者兼情人，20岁左右。

斯涅让娜——身穿雪姑娘①的服装，25岁左右。

卡拉莫尔丘克·弗拉基米尔·伊万诺维奇——70多岁的老头。

伊戈尔——负责驱散人群的士兵，30岁左右。

---

① 在俄罗斯，在新年之际与圣诞老人一起出现的通常还有他的孙女"雪姑娘"，她一般身着白色或浅蓝色有毛皮镶边的皮袄，戴同色皮帽和无指皮手套。

科拉弗措夫·帕维尔·谢尔盖耶维奇——少校，35岁。

"宇航员们"①——两个人。

---

① "宇航员"是剧中人给执勤士兵起的外号，因他们身着与宇航服相近的制服及头盔而得名。

第一幕

公寓的剖面图：中间是客厅，旁边是厨房，两侧分别是父母和尼娜的房间。过道和卫生间在视线之外。客厅里有一张摆好的餐桌，还有一棵圣诞树。窗外传来喧哗声：有人在用扩音喇叭喊话，能分辨出一个不断重复的句子："我们——要求！"有一小群人的喊声与之呼应，然后传来争吵声、对骂声，突然会响起一个高音，就像是直接对着窗户在喊："抓住他们！"或者是"我们走！"或者是"坏蛋，你们在打自己人！"——"这儿谁是自己人？！"或者是痛苦的叫喊声："别这样！你们在干什么？放开我！"或者"畜生，他把我的头打破了！"诸如此类。可以突然响起砰砰声——要么是手枪的射击声，要么是炸药或响雷的爆炸声。还可以这样：当这套房子里的某个人想要开窗的时候，一缕烟雾会突然从窗外飘进来。噪声忽远忽近。在场人物会时不时地同时静下来倾听。这些时刻没必要一定做什么动作。这个背景声音不需要一直有，但它应该是相当频繁地能被听到的。

库里琴科穿着短袖T恤和运动裤，他正看着窗外；娜塔莉娅身着一条漂亮的裙子，裙子外面围着一条围裙，她把盘子和刀叉拿进客厅，分别摆放好。尼娜坐在自己房间的镜子前，戴着耳机，头部随着音乐的节奏轻轻摇摆，同时还兼顾着对镜梳妆。

娜塔莉娅　外面怎么了？

库里琴科　还是老一套。莫斯科满是这样的白痴倒也罢了，在咱们这儿他们是何苦呢？应当从这里搬走。住在市中心已经让人无法呼吸，现在还加上这个。我真不明白，咱们的窗玻璃怎么还没被打碎？二层楼，拿块石头就可以……或者用手枪，现在居民手里有的是武器。你站在那儿，还没来得及反应——对准你脑门儿就是砰的一枪。你就会在自己家里成为一具尸体。

娜塔莉娅　就算是为了这里的坛坛罐罐，我也不搬。我在这里出生，我的父母在这里住过。

库里琴科　（拉上窗帘）我看到有一家窗户上挂的不是窗帘，而是类似屏幕一样的东西。拉上以后很严实。就像战争时期的灯火伪装①一样。为的是不挨炸。

娜塔莉娅　你最好帮帮我，他们很快就要来了。

库里琴科　我一直不明白，干吗要在新年夜狂吃一顿啊？准备那么多东西干吗？他们没准儿还且来不了呢。那边正闹事。

娜塔莉娅　（喊）尼娜！尼娜！

　　　〔尼娜从自己的房间探出头。

　　　你没给马特维打电话吗？他们在路上了吗？

---

①　指二战时期为躲避德军轰炸，莫斯科等城市通过虚假的灯火布置来隐蔽军队、军事设施、工厂及居民点的措施。

尼娜 他们的车已经开到了，正在步行过来。马特维把车停得很远。开不过来。(走到餐桌前，拿起一块奶酪，而库里琴科则拿起一块香肠)

娜塔莉娅 喂，你们别太过分！

尼娜 (往自己屋里走)可如果现在就想吃呢？

库里琴科 我也一样。(用一只手揉着肚子)一直一阵阵地酸疼。我不喜欢这种感觉。

娜塔莉娅 你去医院检查一下。

库里琴科 嗯。科列索夫倒是去检查了，也是稍有不适。可一检查医生就对他说：是癌症。光是因为心理上的恐惧，癌细胞就疯狂地扩散开了。三个月的时间，人就一命呜呼了。如果他不知情，也许还能多活些日子。不，实际上我们干吗要叫他们来过新年呢？像平常一样自己一家人安静地坐着多好啊。

娜塔莉娅 咱女儿还要不要嫁给马特维了？咱们该不该跟他的妈妈认识一下？而且请他们来的不是我，而是尼娜。她往马特维家里打电话，而接电话的是他妈，尼娜就诚心诚意地对她说：到我家来过新年吧。谁知道她就答应了呢？现在能怎么办？你们别来了，我们改主意了？

库里琴科 没人弄得懂你们。一会儿是应该认识一下，一会儿是尼娜请的。你们总是能把我搞糊涂。(走近妻子；回头看着女儿的房间，小声地说)我不喜欢这个马特维。他才26岁，他哪儿来那么好的车和自己的公寓？他是做什么的？他妈妈是什么人？不过是个中学老师。

娜塔莉娅 你有过心满意足的时候吗？哪怕是偶尔也好？这个年

轻人有自己的生意，自己的事业，一切全凭自己的本事，可你却不喜欢！你有什么不满意的？

库里琴科 他是个卑鄙的家伙。他会让尼娜事事顺从他。

娜塔莉娅 那要看他用什么方法了。

库里琴科 你这是暗示吗？夫人，我在问您呢！

娜塔莉娅 唯一的问题是对她来说有点早。她才20岁。

库里琴科 我从小就讨厌老师。一群毒舌又神经质的人。所以在学校里工作的是清一色的娘儿们。女人把学校给毁了。

娜塔莉娅 可男人却把国家给毁了。神经质的人都是在人多的地方工作，就是因为人多才神经质的。你倒是像只寄居蟹似的，牢牢地坐在自己的办公室里，给人拔拔牙，没人会让你发神经。可我是个行政人员，每天得接待100个人，我的神经怎么能正常呢？

库里琴科 我不是拔牙，我是治牙。

〔窗外的吵嚷声变大了。

（库里琴科再一次走到窗前，略微撩开一点窗帘，从窗帘缝中往外看）我们的主管医生什施卡廖夫在黑山[①]买了一座小房子。能看到湖上景色。他做得很对。在这里生活实在是已经很危险了。

娜塔莉娅 如果一个人处世得当，如果他有脑子，他在哪儿都能活下去。

库里琴科 我有脑子，可他们有没有就是个问题了。

---

① 指地处欧洲东南部的黑山共和国，2006年前为塞尔维亚黑山联盟的一部分。

［门铃响。

尼娜 （声音）我去开！（一边从自己的房间里出来，一边匆忙地打量自己，向过道走去；对父亲说）你就穿成这样见人啊？

库里琴科 还要穿上西服不成？我可是在家里。

娜塔莉娅 是啊，你干脆穿上短裤得了！

　　［库里琴科急忙往卧室走去。过道里传来说话声。

马特维 你好。

尼娜 您好，阿廖芙缇娜·谢尔盖耶夫娜，让我来给您挂外衣。外面冷吗？

马特维 还行。我的拖鞋呢？

米哈耶娃 你在这儿都有自己的拖鞋了？

马特维 我在哪儿都有自己的拖鞋。

尼娜 什么意思？

马特维 我开玩笑呢。

　　［娜塔莉娅脱掉围裙，环视餐桌。尼娜、马特维、米哈耶娃走进来。客人们穿着家常拖鞋。

米哈耶娃 您好，给您拜个早年！

娜塔莉娅 新年好，请进。您干吗脱掉鞋呢，外面在下雪，应该很干净。

马特维 已经都是泥水，不是雪了。很费劲儿才过来的，到处都是拿着棍棒的"宇航员"。

娜塔莉娅 什么宇航员？

马特维 就是那些专管驱散人群的人。他们有那种（他用双手在脸上比画出一个椭圆形）跟宇航员的飞行服很像的装备，所以被叫作宇航员。

娜塔莉娅 （走到米哈耶娃跟前，跟她握手）娜塔莉娅·格里高利耶夫娜。您可以叫我娜塔莉娅。

米哈耶娃 阿廖芙缇娜·谢尔盖耶夫娜，也可以叫我阿廖芙缇娜。虽说在学校已经习惯被用名和父称来称呼了①。我刚开始在学校工作的时候，很喜欢别人这样叫我，自己还是个小丫头呢，抱歉我用这个词，可别人已经对我用尊称了……

［库里琴科身着西装、白衬衫加领带走进来。

库里琴科 您好！（走到米哈耶娃跟前，吻她的手）我们终于认识了！非常高兴！

米哈耶娃 您这是何必，我刚从外面进来，还没洗手呢……是啊，我们终于……米哈耶娃·阿廖芙缇娜·谢尔盖耶夫娜。

库里琴科 库里琴科·弗拉迪斯拉夫·德米特里耶维奇。

［这时，马特维和尼娜向她的房间走去。

米哈耶娃 你们这么快要去哪儿啊？马特维？

马特维 我们也想好好打个招呼。都五天没见了。

娜塔莉娅 对不起，我那儿还做着鸭子。

米哈耶娃 我现在过年都不买鸭子了。现在的鸭子都又干又瘦。火鸡更好些。

娜塔莉娅 嗯，这要看怎么做了。

米哈耶娃 那我学学。可以吗？

娜塔莉娅 行啊！尽管我也算不上什么烹饪高手！

［她们往厨房走去。在那里娜塔莉娅打开烤箱，对米哈耶

---

① 在俄语中被用名和父称来称呼表示尊敬。

娃说着什么。而库里琴科走到餐桌前,从长颈玻璃瓶里倒了一杯葡萄酒,喝下去。把酒杯放回餐桌。他看着酒杯,拿起来闻,环顾四周。又倒了一杯。拿起餐巾,把酒杯擦干。杯子就像从没被用过一样。库里琴科走向窗口,撩开窗帘,看着外面。又一波喧闹声。他从窗口走开,打开电视。听得到喜剧演员们的声音:"新年是最好的节日!"——"这是为什么?"——"3月8号是女人的节日。渔夫日是渔夫的节日。空降兵日是空降兵的节日。新年是所有人的节日!"——"哎,你可别这么说!在我们区里空降兵日也是所有人的节日。我告诉你,那是非常糟糕的一天!"

〔爆发出笑声。库里琴科皱着眉头,不断地换频道。听见音乐声,准确地说是一首老乐曲,——类似于《铃兰》①或者是《狂欢之夜》②里的歌曲。

〔马特维和尼娜在房间里开始接吻。马特维把尼娜推到床上,大胆地动起手来。

尼娜　你疯了?(推开他,站起身)

马特维　我已经不能忍了。我的荷尔蒙都到这儿了。(他把手掌放在靠近下巴的地方)我快要憋死了。我们这样吧:我们一迎接完新年,就去我那儿。不要跟他们在一起待一宿。

尼娜　再看吧。你妈妈怎么办?把她留在这儿?

---

① 歌曲《铃兰》问世于1958年,是当时在苏联广泛流行的一首歌曲。

② 音乐喜剧电影《狂欢之夜》(1956)是苏联著名导演艾利达尔·梁赞诺夫的电影处女作,曾是当年的票房冠军,创造了4800多万人次的观影记录,其中的歌曲影响很广。

马特维 让他们坐着，互相熟悉一下。噢，不行，应该看管好家长。我把她送回家去。你当初干吗要请她呀？

尼娜 就是赶巧了。她自己说：真遗憾，还不认识你的父母。都这样说了，不请她不合适。

马特维 喂，我们把门关上，然后……我五分钟就够了。就当是热身。然后到我那儿去再尽兴。

尼娜 这样我可不行，一墙之隔就是父母，而我们在这儿……

马特维 可在"松林"①，在疗养院……

尼娜 你又说那次！

马特维 那次真好。你的女朋友差不多就睡在旁边，可你一点都不在乎。

尼娜 我那会儿脑袋像是搬了家。她也喝醉了，睡得跟死人似的。

马特维 好吧，我们再忍忍。现在弄得我们要完全像未婚夫和未婚妻那样了。

尼娜 难道不是吗？

马特维 不是，哦，也算是，但我受不了。受不了这些话……类似你们彼此相爱，生孩子吧。

尼娜 这有什么不好？

马特维 关于爱和生孩子的事，我自己会考虑清楚。不过这弄得好像我们已经很正式了似的。

尼娜 等等。你说的这话我不爱听。难道你是担心父母相互认识了以后，你不方便再回头了？也就是说不方便改主意了？还是你已经改主意了？

---

① "松林"疗养院是位于阿布哈兹地区彼丛达市附近的一个疗养胜地。

马特维　我什么主意都没改。

尼娜　那你是什么意思？你说"太正式"。那你想怎样？还是根本不想怎样？多谢，你解释清楚了。（坐在床上，抱着双腿，别过脸不看马特维）

马特维　（坐在她身后搂着她）别老揪着字眼不放。尼，尼娜，尼，行了。

尼娜　别碰我！

马特维　我不明白到底是怎么回事？我说什么了？

尼娜　那你就想想你说了什么！猜到了告诉我。

　　　［马特维站起身，走向窗口。撩开窗帘的一角向外看。

　　　［厨房亮起来：米哈耶娃和娜塔莉娅在炉子旁。

娜塔莉娅　阿廖芙缇娜·谢尔盖耶夫娜，买冷冻鸭子就像是买彩票。你不知道会买到什么样的。因此要买鲜的，而且还得是中等肥瘦的。

米哈耶娃　这我倒也知道……

娜塔莉娅　重要的是，您看见了吗，不要把鸭子放在烤盘上烤，而要放在格子架上，您看见了吗？多余的油脂会流下来。但为了别烤得太干，必须注意看着。而放上苹果就能从中得到果汁了。

米哈耶娃　在格子架上烤——这倒要试试。我想问：尼娜对您说过什么吗，他们想什么时候结婚？

娜塔莉娅　大约是春天吧。

米哈耶娃　也就是说还没定具体的日子？

娜塔莉娅　那马特维怎么说？

米哈耶娃　他根本什么都不说。

娜塔莉娅　可他决没决定结婚?

米哈耶娃　我看是决定结。但他没说。

娜塔莉娅　原则上,我想还可以再等等。尼娜还要上两年学。

米哈耶娃　这可以理解。但据我所知是尼娜要结的。这也正常,女孩儿总比男人更想要一个家。

娜塔莉娅　我不知道。总之,马特维已经向她求婚了。

米哈耶娃　娜塔莉娅·格里高利耶夫娜,我们都是女人,我们明白这通常是怎么回事儿!男人都是在女人对他有所期待的时候才求婚。我指的是女孩儿。

娜塔莉娅　可她也没催过他。

米哈耶娃　我指的是心理上。嗯,就像学校里的学生,他们也一样,您知道……还都是孩子,这……这是那种外交手腕。他们很滑头,能算出来我什么时候想叫他们。就自己把手伸出来了。

娜塔莉娅　也就是说,您认为是我们的尼娜赖上了你们的马特维……

米哈耶娃　您的鸭子会不会煳了?

娜塔莉娅　我现在就关火,让它焖一焖。其实,我自己根本不吃禽肉。不知为什么从小就不爱吃。但弗拉迪斯拉夫·德米特里耶维奇喜欢。说,新年不吃鸭子就不是新年。

米哈耶娃　那他是做什么的?

娜塔莉娅　是牙医。难道马特维没说过吗?

米哈耶娃　我不止一次问过你们的情况。好奇嘛。可他说:都是好人。就完了。

娜塔莉娅 是，您的孩子是这样……神秘兮兮的。他是做什么生意的？

米哈耶娃 普通的，就是那些……食用产品，就是那一类的。

娜塔莉娅 我在公共事务部门工作。在区管理局。

米哈耶娃 是个好工作。

娜塔莉娅 没什么好的，一堆麻烦事。怎么样，该上桌了吧？

（向客厅走去，米哈耶娃跟在她后面）

〔尼娜的房间亮起来：她走到马特维跟前，拥抱他。他立刻转过身来，吻她，拥抱她，双手在她身体上摸索。

米哈耶娃 （在客厅里）孩子们，出来就座吧！

〔电视里依旧播放着曾经流行的老歌。娜塔莉娅拿过遥控器，关掉了电视。

库里琴科 我还在看呢。

〔尼娜和马特维终于彼此分开，并向客厅走来。

〔大家都在餐桌前落座。

娜塔莉娅 大家自己挑喜欢的菜吃吧。

米哈耶娃 马特维，照顾一下尼娜。

尼娜 我自己来。（往自己和马特维的盘子里夹菜）

库里琴科 有葡萄酒、伏特加，各位要什么？也有白兰地。

马特维 我开车。

尼娜 我也不喝。

〔马特维给自己和尼娜倒果汁，库里琴科则给其他人倒他们想要的饮料。

米哈耶娃　要一点葡萄酒。

娜塔莉娅　给我一点白兰地。

库里琴科　我喝伏特加。

米哈耶娃　我在电视里看到过,这是最有害的酒精饮料。

库里琴科　死得快是件好事!

米哈耶娃　您怎么这么说啊……

娜塔莉娅　他这是在开玩笑呢。对吧?弗拉迪斯拉夫,祝酒吧。

库里琴科　(手里拿着酒杯站起身)好吧……过去的一年是大事频发的一年……令人悲伤之事有之,令人欣喜之事亦有。如果我理解得对,我们的孩子们已经决定要结婚了,我也希望如此,作为父母,我们今天能聚在一起就成了这一年的高潮。而且这还是在新年即将到来之际。阿廖芙缇娜……

娜塔莉娅　谢尔盖耶夫娜。

库里琴科　对,抱歉。阿廖芙缇娜·谢尔盖耶夫娜!我们很高兴,我们的尼娜遇到了您家出色的马特维,他……嗯,这是最主要的!(对尼娜和马特维)等你们结婚了,就赶快要孩子。因为我们今天尚能正常生活,而明天……

娜塔莉娅　请你别说不吉利的话。

尼娜　就是。而且眼下还没人要结婚。

娜塔莉娅　(举起高脚杯)为相识干杯!

库里琴科　我还没说完祝酒词呢。

娜塔莉娅　赶快说完吧,不然要说上整整一堂课了。

库里琴科　简短地说,真的,为我们的见面、相识和……

马特维　万岁!

［他们碰杯、吃东西。长时间无人说话。窗外又爆发出喧闹声。除了埋头吃东西的马特维，所有人都往窗子的方向看去。喧闹声又平息下来。

米哈耶娃 （拿着酒杯起身）现在我想……接着说个祝酒词。我，作为一个有很长教龄的教师——这没什么可隐瞒的，凭着自己的经验知道，这世上有许多道德上的丑八怪。有些孩子，你看着他们的时候会想：是谁生下了你们这些低能儿？可认识了他们的家长之后，你会发现他们更糟。

［娜塔莉娅和库里琴科相互交换眼神。

但尽管如此，孩子们，以及人群中的大多数仍旧是好人，是些非常出色的人。而我在这方面一直很幸运。我丈夫——马丘沙①的爸爸（抚摸马特维的头，马特维躲避），是个非常出众的人……（用一根手指擦拭左眼）

娜塔莉娅 他去世很久了吗？

尼娜 十年前。我跟你们说过。

库里琴科 对，我记得。

娜塔莉娅 实际上我也……对不起。

米哈耶娃 十一年了。可心还是很疼……就是这样……我很以儿子为荣。我们的工作集体也很棒。就是说，如果你用阴暗的方式看待生活，那么生活看起来就是阴暗的，如果你乐观地看待它，那么人们也会显得不一样。我要说的就是，我又一次交了好运，我又一次结识了好人，就是你们。

---

① 马特维的爱称。

库里琴科 这不是事实。您对我们不了解,比如,要是我们突然……

娜塔莉娅 库里琴科,你待会儿再开玩笑怎么样?新年到来之前,让我们对你实行临时封口令吧。

尼娜 就是。不是所有人都能明白你的玩笑。

库里琴科 (举起双手)我投降。您看见了吗,阿廖芙缇娜……我们还是互称名字吧,我们还不算老,我们的人生才刚刚开始呢!当代青年人让我喜欢的一点就是,他们对所有人都称"你"。好吗?

米哈耶娃 我不反对。总而言之,敬你们,敬你们的尼娜奇卡①,敬你们这个好客的家庭,能来到这里我感到很高兴。恭祝即将到来的新年快乐!

[他们碰杯,喝酒,吃东西。又是长久的沉默无语。

库里琴科 我想问,现在学校里的孩子是不是比我们那个时代的孩子差很多?

米哈耶娃 根本没法比。我刚工作的时候,中学生喝啤酒是压根儿没有的事!毒品,我连这个词都没听说过。可现在,12岁的孩子得性病,叫什么事儿啊?

库里琴科 这种事一直都有,只不过那会儿都不说。但啤酒和毒品——的确是,您说得对。

[街上突然传来响亮的说话声、喊叫声、某种爆炸声。

(他不得不提高声音,几乎到了喊叫的地步)民族要毁灭了!

米哈耶娃 我比所有人都更难过,我可是教俄语和文学课的。孩

---

① 尼娜奇卡、宁奇科、尼诺奇卡、妮恩为尼娜的小称。

子们不读书，个个都很无知。

库里琴科 这就是我们的孩子们，我们的未来。照这些孩子来判断，我们的未来是悲哀的。（向窗外点头）这不，他们正在那儿乐呵着呢。其中一半是中学生！

娜塔莉娅 他们在那儿，我们在这儿，别再说这个了！

库里琴科 我不过是随便说说，泛泛而论。下面我要说祝酒词了。

娜塔莉娅 还有其他人没说呢。尼娜，马特维？

尼娜 我放弃。

马特维 （站起身）我想为我们这一代人做辩护。我不知道其他年轻人怎么样，但至少有一个姑娘，要是所有人都像她一样就好了，我们就会有……嗯，该怎么说呢……天堂般的生活。我也远不是妈妈所说的道德怪物。总而言之，抱歉我有点激动，我想为我们人民中的积极和健康的力量干了这杯果汁，当然，也敬你们，娜塔莉娅·格里高利耶夫娜和弗拉迪斯拉夫·德米特里耶维奇，你们是俄罗斯知识分子的代表！

〔干杯，喝酒。再次吃东西。

库里琴科 现在我可以说了吧？

娜塔莉娅 你急什么啊，先让大家吃点东西！

库里琴科 我不会妨碍你们，让大家一边吃一边听。有一种说法大家都听过：生活就像是一匹野斑马……

〔过道方向传来喧哗声和脚步声。有人急急地冲进客厅：梅兹格尔抱着头，玛尔果、一身雪姑娘打扮的斯涅让娜和卡拉莫尔丘克。紧跟着他们冲进来的是伊戈尔，他穿着一身没有标志的黑制服，戴着头盔，上面的塑料面罩已被掀开了，手里拿着根棒子,在痛打这些人的后背。

伊戈尔　回来!我说了,回来!

　　〔所有坐在桌前的人都惊呆了。突然传出某种噼啪声,火星四溅。伊戈尔倒在地上。俯身站在他身边的是手里拿着电棍的玛尔果。

娜塔莉娅　这是怎么回事儿?你们是谁?!

　　〔玛尔果弯腰搜伊戈尔的身,找到一把手枪,把它塞到自己斜挎在右肩上的布袋里。

米哈耶娃　姑娘,您疯了吗,您怎么,把他给杀了?

玛尔果　他很快就会醒过来的。这是电棍,杀不死人。

库里琴科　你们是怎么进来的?

卡拉莫尔丘克　能去哪儿啊?(他用颤抖的手从兜里掏出一个小盒子,从里面拿出一片药,塞到嘴里,坐到沙发上,敞开大衣,摘下帽子,解开围巾,呼吸急促;费劲儿地)能去……哪儿啊……要是……这些人追着打你?(指着伊戈尔)

　　〔梅兹格尔走向窗户边的扶手椅,坐下。

玛尔果　你怎么样?

梅兹格尔　正常。

斯涅让娜　你们别担心,我们会走的。有个女人从楼道里出来,而我们刚好被追到那儿。于是我们就跑进了门洞里,这个傻瓜跟在我们后面……

库里琴科　(以屋主人的语调)我在问,你们是怎么进到屋里来的?!

尼娜　我,似乎忘了锁门。当时……

娜塔莉娅　这样。赶紧的,你们所有人都离开这儿!把这个家伙也带走!

玛尔果　我们这就走。(往过道里去)

　　　　〔听得见门插和上锁的响声。

　　　　(她走回来,给大家看了钥匙,又把它们放进书包里)谁都不能去任何地方。(指着梅兹格尔对所有人说)你们看见了,这个人几乎被打死。顺便说,这是梅兹格尔·亚历山大·莫捷斯托维奇,假如有人还没认出来的话。

马特维　是个名人哪。

梅兹格尔　你真会找时候……

玛尔果　有人攻击我们,差点儿把他打死,现在还在追杀他。因此我们不能出去。现在这样。所有人把手机交给我。快点!

马特维　我不光不交,还要往一个地方打个电话……(掏出手机)

玛尔果　(拿着电棍向他走去,做好了攻击的准备)这玩意儿电很足,够给所有人来一下子。所以你别逼我。

米哈耶娃　好你个可恶的家伙,小毛丫头!快把你的电棍放到这儿来!快点放到桌子上!

玛尔果　你这个女人,我不开玩笑——够给所有人来一下子的。您想试试?

　　　　〔马特维从侧面扑向她,她举起电棍:火花,噼啪声,马特维倒地。

米哈耶娃　你杀了他!杀了我儿子!白痴!(扑向马特维,摸了摸他,又闪开,举着双手)噢,上帝啊!

玛尔果　电量已经不足了,没什么要紧的。您别害怕,他一会儿就会醒过来。对身体一点儿害处都没有。是你们自己敬酒不吃吃罚酒。这样,你们把电话放到桌子上,走到窗口那边去!所有人!(拿起倒在地上的马特维的电话)

[其他人都把自己的手机放到桌上,然后走开。米哈耶娃不错眼珠地看着儿子。玛尔果把电话收到一起,关掉,放进书包,然后从圣诞树上扯下电子装饰链,把躺着的伊戈尔的双手背到身后,捆起来。

玛尔果 (对斯涅让娜和卡拉莫尔丘克说)对不起,把你们的电话也交给我。暂时的。

斯涅让娜 (交出电话)注意点,它可值1000美元呢。情人的礼物。

玛尔果 会注意的。老爷子呢?

卡拉莫尔丘克 我没有电话。

玛尔果 老爷子,别铤而走险。现在谁会没有电话?

卡拉莫尔丘克 我把它忘在家里了,别再烦我了。我不过是要去趟24小时药房,我就住在隔壁的楼里。

玛尔果 真没有?那好吧。

库里琴科 我不明白,这是抢劫还是什么?姑娘,你到底叫什么名字?

玛尔果 玛尔加丽达,可以叫我玛尔果。这不是抢劫,不过是不想让你们打不该打的电话。

库里琴科 要是得给"急救室"打呢?(用头向梅兹格尔那边示意)最好送他去医院。

玛尔果 我自己会给"急救室"打。

库里琴科 不管怎么说我是个医生,我可以检查一下。

玛尔果　萨沙，他是医生，让他看一下吗？

米哈耶娃　可谁来看我的儿子？（对库里琴科说）您可是个牙医，您能看些什么？牙齿？

库里琴科　别担心，任何医生都能做初步救治。就算是牙医也能。

　　（嘻嘻笑着，向梅兹格尔走去）

伊戈尔　（开始动弹，睁开眼睛，试图起身）是谁把我打倒的？谁捆的？快给我解开！

玛尔果　啊，马上就来。你要是喊，我就把你的嘴给封住。

伊戈尔　你……这条母狗！

娜塔莉娅　别在我家里骂街！

　　〔伊戈尔用眼睛环顾所有人。扭动身子，爬向墙边，用腿撑住身子，在地板上坐起来。

玛尔果　想都别想。反正都锁死了，钥匙在我这儿。

　　〔停顿。寂静中固定电话响起来。玛尔果走过去拔掉了电线。

库里琴科　娜塔莎，拿绷带来。还有我们家的碘酒在哪儿？

娜塔莉娅　碘酒没了。绿药水①行吗？

库里琴科　行。

　　〔娜塔莉娅向厨房走去，玛尔果跟着她，不让任何人走出她的视线。娜塔莉娅从厨房柜子里拿出一个塑料药箱，拿给丈夫。玛尔果帮助梅兹格尔脱去外套，从他头上摘下滑雪帽，然后自己也解开外衣，但暂时仍戴着帽子。马特维开始动弹起来，在地板上坐下。

---

①　一种含酒精的外用药水，是很多家庭的必备药。

米哈耶娃　儿子，你怎么样？哪儿疼？马特维，你能听明白我的话吗？

马特维　行了，我都能听懂。头……

米哈耶娃　（对玛尔果）你该去坐牢，你这个强盗。我向你保证，要亲手把你送去坐牢！

库里琴科　（对梅兹格尔）有颅脑损伤。好像是骨头受伤了。还是叫辆"急救车"比较好。他也是。（用头向卡拉莫尔丘克那边示意；对他说）有心绞痛？

〔卡拉莫尔丘克点头。

犯过心肌梗死吗？

卡拉莫尔丘克　两次。

玛尔果　需要的话，我们就叫。

〔街上响起新一轮的喧闹声。

（走到窗前，撩开窗帘，朝下面看）稍等会儿。

库里琴科　我想问：大过节的，你们就没别的事可做了吗？大家都照人之常情在休假，可他们……

玛尔果　行，你们休你们的。喝吧，吃吧，我们不会妨碍你们。

娜塔莉娅　是啊，我们现在简直太有胃口了。

玛尔果　那是你们的事。（她从桌上拿起一块面包，往上面放了一片红鱼肉，想了一下之后，在上面加了一片奶酪，再想了一下之后，又加了两片沙拉中的蔬菜，然后用另一块面包盖上，吃起来；对梅兹格尔说）你想吃点什么吗？

〔梅兹格尔摇头表示不要。库甲琴科走向马特维，帮他站起来，让他坐在椅子上。

娜塔莉娅 我不明白,你们是不走了怎么着?

玛尔果 暂时不走。

娜塔莉娅 好吧。亲爱的客人们,请入座!管他们呢,我们可不打算因为别的什么人破坏了自己的节日!请坐,请坐!

〔库里琴科、尼娜、米哈耶娃坐到桌旁。娜塔莉娅最后一个坐下。

库里琴科 (往酒杯里倒酒)嗯……感觉有点儿别扭……

娜塔莉娅 他们不别扭,难道我们该别扭?

米哈耶娃 就是。要是对所有的坏蛋都那么在意,那干脆就别活了。

伊戈尔 主人,你们是被吓傻了不成?抓住他们,你们会得到感谢,不然我就说你们是他们的帮凶。

玛尔果 到底还是多起嘴来了!我警告过你吧?

伊戈尔 走开,疯女人!我们的人一到,我就把你的两条腿都拧断!

梅兹格尔 你说什么?(突然激动起来,起身走向伊戈尔)畜生!你吓唬谁呢,蠢货?你也就能对付个姑娘!打我头的人是你吧?是你吧?我问话呢,是你打的吧?(不利索地用脚踢伊戈尔)恶棍!恶棍!恶棍!

伊戈尔 我要杀了你!

娜塔莉娅 你们都住口!

玛尔果 (从包里拿出胶带,摘下伊戈尔的头盔,放在地板上)看呀,脸倒长得一副人样。(用胶带封住他的嘴)应该一开始就这么做。(对梅兹格尔)你坐下,静一静。(用脚把头盔踢开)

〔梅兹格尔坐下。停顿。

库里琴科 那么……下面该什么了?

娜塔莉娅 你刚才正说一个非常有意思的祝酒词,说生活就像是一匹野斑马。

斯涅让娜 阿塞拜疆人①。

库里琴科 什么?

斯涅让娜 我随口说的。能给我喝点儿水吗?(自己走到桌前,给自己倒水,喝下去,把杯子放下,走开)

〔娜塔莉娅拿起她用过的杯子,放到一边。

您这是干吗?我又没得传染病。医生每三天检查一次。职业如此。今天是挣不着钱了。有钱客户叫我穿成雪姑娘的样子。衣服是租来的,花了钱,现在找谁来赔呢?(脱下夸张的皮袄,里面竟穿着一件很修身且相当亮眼的衣服:她的身材不错,她也很会突出这一点)

米哈耶娃 咱们这儿就缺妓女了。

斯涅让娜 怎么,需要吗?多谢您的好意。也许,您要请我入座?

尼娜 别过来!走远点儿!

斯涅让娜 您怎么了,姑娘?这些东西可不是靠空气传播的。您应该多担心担心自己的男朋友。马特维,你干吗装出一副不认识我的样子?你不是一直都很喜欢我的吗?

马特维 (对尼娜)别当回事儿,她分明是个疯子。我是第一次

---

① 野斑马的原文是зебра,阿塞拜疆人的原文是зерба,差异只在第3和第4字母的次序颠倒。剧中斯涅让娜多次将别人说的单词里的字母进行次序颠倒,这既是一种文字游戏,也有某种隐喻色彩在里面。

见她。

斯涅让娜　是吗？可我记得，我们约会过十来次呢。你最喜欢的就是我。亚娜、夏娃、索尼娅、奥克萨娜都不怎么样，每人也就两三次，可我这儿你可是每周都来啊，马丘沙。

尼娜　她怎么知道你名字的？

马特维　我不知道！

米哈耶娃　我叫他的时候，被她听到了！

尼娜　您还护着儿子？对，当然了。他在您眼里是那么好！（跳起身，走向自己的房间）

马特维　都是她瞎编的！（跟在尼娜身后追去，但尼娜用门插锁住了门；敲门）尼娜！宁奇科，我发誓！……（对斯涅让娜）你，赶快对我女朋友说，都是你瞎编的！

斯涅让娜　不。怎么瞎编了，我根本就没瞎编。

马特维　我要杀了你，蠢货！

玛尔果　慢着！所有谋杀都要经过我的允许。

米哈耶娃　上帝啊……心口难受……儿子，她到底在说什么呀？

马特维　她瞎编呢。我会让她没好日子过的。

库里琴科　（喝完一杯，又倒了一杯；对米哈耶娃）您别难过。生活是有辩证法的。就算这事儿有一点点属实，不过是……情色、性是一回事，爱情又是另一回事儿。

斯涅让娜　琴爱[①]！

[①] 这是斯涅让娜的故技重施，将"爱情"Любовь 一词的第三个字母前移，但组成的并不是一个正常的单词，故此处取颠倒后的谐音译为"琴爱"。

娜塔莉娅　行啊……一下子就热闹起来了。

米哈耶娃　您也马上就相信了？我是母亲，我了解马丘沙。18岁之前，他任何一个女孩儿的手都没碰过。

娜塔莉娅　这是他对您说的？

马特维　对不起，您干吗用第三人称来说我？我眼下还活着呢。我当着所有人说：我不认识这个烂货，我从没见过她。您要相信谁？是她还是我？

斯涅让娜　当然是信我了。首先，我很漂亮，相信我是件更愉快的事情。其次，大家喜欢相信一切不好的事情。这也让他们愉快。甚至是你的妈妈也这样，马丘沙。我妈妈是个酒鬼，一直恨我，可当她知道我成了妓女，她简直一下子就爱上了我。因为女儿比她还坏，这让她觉得愉快。

玛尔果　安静！（侧耳细听）门洞里有人……我警告——不许喊叫，不许大声说话……

　　　　〔门铃响了一次。又响一次。

　　　　没人。

库里琴科　从街上能看见亮着灯。

娜塔莉娅　谁问你了？

玛尔果　好吧，我自己……不行……老爷子，请你去门那儿，别开门，隔着门说，你是个病人，一个人在家。（从卡拉莫尔丘克身上脱下大衣、围巾，让他显出一副家常打扮）恳求你，千万别多话，好吗？不然一直会有人按门铃。

　　　　〔卡拉莫尔丘克慢慢站起身，走到门边，手抓着胸口。

卡拉莫尔丘克　（过道里的说话声）您找谁？请离开这儿，我勉强

才从床上起来的，我是个病人。家里没别人，就我一个，该说的都说了！（返回，慢慢地走到沙发前，坐下，闭上眼睛）

玛尔果 是谁在那儿？

卡拉莫尔丘克 猫眼里看不清楚……是些穿制服的人……

玛尔果 见鬼！（对梅兹格尔）他们可能发现我们跑进这个单元了。（对库里琴科）你们单元有多少住家？

库里琴科 四十二个。

玛尔果 （吹了一声口哨）到天亮他们也找不到。

梅兹格尔 希望如此吧。

马特维 （站在尼娜房门口）尼娜！尼娜，开门！

娜塔莉娅 （站起身，也走到尼娜房门口）尼诺奇卡，别做傻事！你们之间的关系可以以后再澄清，现在可是过节呢！

尼娜 （打开门）过节？这也叫过节？我一直对他有怀疑！

娜塔莉娅 既然怀疑，干吗还要嫁他？

尼娜 不，我是怀疑过，但没想到……算了，何必当真呢。（走出房间；对斯涅让娜）别担心，我的神经很坚强。我也被泼过各种各样的脏水，没关系，我都忍过来了。

马特维 谁泼你脏水了？什么时候？是什么事儿？

库里琴科 你们怎么又开始了？都说好了要继续过节的！

米哈耶娃 尼娜，我以母亲的名义向你保证，马特维……

尼娜 对不起，以后再说。什么事儿都没有。当她根本就没在这儿。

斯涅让娜 哎，那我该在哪儿？全都化成水了不成？①

---

① 意指她像自己扮演的雪姑娘一样融化成水。

［除了闯进来的外人，所有人又都在餐桌前坐下。

库里琴科 好吧。尽管……生活仍在继续。可以说，外面在进行某种搞笑的革命……

斯涅让娜 命革①。

库里琴科 而我们这里……简单说，就像我已经说过的，生活就是一匹斑马。

斯涅让娜 是阿塞拜疆人。

米哈耶娃 姑娘，您知道吗，要是您能待在角落里，并且知趣地闭上嘴巴会更好一点。这里都是正派人，不是您那样的。

梅兹格尔 （又一次情绪爆发）这里哪儿有正派人啊？有吗？外面有人为了你们挨棍棒，甚至准备好挨枪子儿，可你们却坐在这儿——喝着伏特加，吃着鲱鱼和俄式沙拉，还正派人呢！还做出一副假装我们根本不在这儿的样子！这也叫贵族！如果你们当中真有受过教育的，那么，或许你们就应该知道，古罗马曾有过一些大人先生们，他们当着奴隶的面吃喝拉撒做爱呢！

米哈耶娃 都是成年人了，头发都花白了，怎么不害臊？在广场上跑来跑去，蒙蔽年轻人！还跑到别人家里来大放厥词！我看过您的访谈，完全是一派胡言！您要知道：说到教育，我们这儿所有人都受过教育，甚至还是高等教育。

卡拉莫尔丘克 没错！正是如此，是实情！

玛尔果 什么是实情，老爷子？

卡拉莫尔丘克 实情就是：你们像群疯子一样吵吵嚷嚷！去药房

---
① 斯涅让娜的音节颠倒游戏。

不行，去买面包也不行——还有……上帝啊，以前的生活多好啊！就中午能有一辆车开过，然后就是一片寂静！人们彼此友爱，相互尊重！地段医生伊琳娜·谢尔盖耶夫娜用名和父称向我问好：您好，弗拉基米尔·伊万诺维奇！可现在，同一个医生那儿，去看了20次，可她还是问：您叫什么？您哪儿不好？她根本记不住你！我对她说：您哪怕能记住姓也好啊：我的姓叫卡拉莫尔丘克，这是一个很有名的姓，我的兄弟谢尔盖·伊万诺维奇·卡拉莫尔丘克曾是一位著名的地方志作家！在每一家"印刷品联盟"①的门市部里都会卖他的书。可她说：没读过！上帝啊！那会儿也有游行！可那是欢声笑语！旗子！音乐！看现在，三五个人聚在一起，就开始喋喋不休：哇啦-哇啦-哇啦，哇啦-哇啦-哇啦说个不停！他们想要干吗？为了变得更糟糕？

梅兹格尔 我们要……

卡拉莫尔丘克 你们给自己找个别的什么地方去要吧！干吗毁了别人的生活？要问什么地方合适？我们楼下一层右边本来是个儿童图书室，左边是象棋俱乐部。咹，图书室不知怎么总算是给留下了，可象棋俱乐部却给改成了性用品商店。知道招牌上画的是什么吗？

斯涅让娜 难道是我想的东西吗？

卡拉莫尔丘克 避孕套！是真人大小的避孕套，就像我人一样大！我是个老人了，我在这儿住了一辈子，我干吗每天非得从这

---

① "印刷品联盟"是苏联时期印刷品流通领域的国家管理机构，具有自己的零售企业和网点。

个避孕套旁边过？你们有什么权力？就因为这个，我宁愿待在家里，也不想看见它！

斯涅让娜　难道以前没有避孕套吗？

卡拉莫尔丘克　别把我当成井底之蛙，姑娘！我上过工业技校！原来也什么都有，包括避孕套，可没人到处把它们硬塞到我眼前！过去广场上挂的是先进工作者的画像，而现在挂的是穿丝袜的裸体女人，她们足有三层楼高——广告，妈的！要知道，孩子们在看着！另外，还往我们身上泼脏水，说我们事情做得不好，生活过得不对！我们那会儿生活得很正常！现在有什么？腐败，反对派，卖淫！我们过去连这些词都不知道！我们的工厂曾经养活了半个城市！游行的时候，广播员一喊："国立电子技术联合体'光谱'！"就有成千上万个声音回应："乌拉—乌拉—乌拉！"

　　［同一时间街上在喊："把他们赶到汽车那儿去，该死的，赶到汽车那儿去！"

　　［卡拉莫尔丘克咳嗽，不再说话，呼吸急促。停顿。

库里琴科　（对梅兹格尔）您就是想说我们没表现出知识分子应有的热情好客来？好吧。我请所有人就座！所有人！

娜塔莉娅　你干吗瞎指挥，库里琴科？不是就你一个人在这儿！

库里琴科　我是一家之主，要是有人忘了，我可以提醒一下！我决定了，明白吗？那儿还有椅子，你们给拿过来！

尼娜　（看着斯涅让娜）要是她坐下，我就走！

斯涅让娜　没关系，我这样就可以。我自助。（拿起一个三明治和一杯葡萄酒，坐到窗台上）

[玛尔果拿来两把椅子,与梅兹格尔并排坐在餐桌一角,远离其他人;她环顾四周,脱掉了外套,但立刻又把书包重新背在自己身上,这时她碰掉了帽子,露出了剃得光光的脑袋。

马特维 这主意可没什么创意。

库里琴科 年轻人,你就算是我女儿的未婚夫……

尼娜 某人还没说谁是未婚夫呢。

米哈耶娃 我赞成儿子的意见。这个主意很古怪。

库里琴科 您算了吧,阿廖芙缇娜。不管怎么说是过节。大家坐一坐,再离开。不然的话,他们不舒服,我们也不舒服。这到底不是什么大洗劫,不然……尽管我也觉得,事情最后会弄成大洗劫。

娜塔莉娅 你怎么又说不吉利的话?

库里琴科 我不是说不吉利的话,我是个现实主义者。拜托你,当着外人的面,跟丈夫说话的时候客气点!

娜塔莉娅 原来如此。你已经喝了多少了?

库里琴科 解剖能看出来。

玛尔果 (看着伊戈尔)这家伙也想吃。你想吃吗?就是不知道怎么给你吃,你不会乱喊吧?

[伊戈尔否定地摇摇头。玛尔果起身走到他跟前,帮助他站起来,领他走到餐桌前,让他和自己并排坐下。

库里琴科 弗拉基米尔·伊万诺维奇,您怎么不过来?您瞧,我记住您的名字了,有别于……

[卡拉莫尔丘克微微抬起一只手,摆了摆:"我不想吃。"

好吧，离新年还有一个小时了，可以先送旧年。首先可以相互认识一下。我本人叫弗拉迪斯拉夫·德米特里耶维奇·库里琴科，高级牙医，抱歉不太谦虚。我妻子——娜塔莉娅·格里高利耶夫娜……

娜塔莉娅 没必要！

库里琴科 为什么？

娜塔莉娅 什么也不为。我不想跟陌生人认识。

库里琴科 那是你的事。这位是人民教育事业的优秀代表，高尚事业的从业者，教师阿廖芙缇娜……

米哈耶娃 谢尔盖耶夫娜。尽管我也……

库里琴科 阿廖芙缇娜·谢尔盖耶夫娜·米哈耶娃。这是我们的孩子马特维和尼娜，他们……

尼娜 够了，别再说了！

库里琴科 你是怎么跟父亲说话的？这不，大概就是这样。梅兹格尔先生，我们知道您，听说了很多，反对派和其他的事情。

斯涅让娜 对反派[①]。

马特维 我就是不明白，他到底要干什么？

梅兹格尔 您对我的纲领感兴趣吗？

马特维 还什么纲领呢！有人付钱，你们就扯着嗓子喊，哪儿有什么纲领啊？你到底会点儿什么？我读到过：你曾是个记者，嗯，后来呢？让你当权的话——你会做什么？不懂商业，不懂经济，你只有一根软绵绵的舌头，别无其他！

梅兹格尔 据我看来，您对我没大没小不是因为为人粗鲁，而是……

---

① 斯涅让娜又一次将"反对派"一词的音节进行了颠倒。

米哈耶娃　马特维是个极其礼貌的人。要是他对谁不客气,那是因为特殊情况。

梅兹格尔　明白。据我看来,您自己要么是个官场上的新手,要么就是个商人?

马特维　不关你的事。

梅兹格尔　好吧。我可以解释自己的立场。还有我打算要做的事情,如果……

玛尔果　萨沙,别在这儿说!

梅兹格尔　是啊,抱歉。

玛尔果　现在说说我。

尼娜　激进分子。

玛尔果　你这么看?好吧。实际上,有什么可啰唆的?激进分子就激进分子吧。其他的都很简单:毕业于音乐学校,在幼儿园工作。

米哈耶娃　真的吗?谁允许您去那儿工作的?

玛尔果　既然有人允许您去学校工作,我哪儿不如您了?

马特维　要是你再说一句不利于我母亲的话……

库里琴科　都冷静一点!谁还没被介绍过?(对斯涅让娜)您怎么称呼?

娜塔莉娅　你想对一个妓女称名道姓?

斯涅让娜　就连狗都有个名号。我的名字很动听——跟雪姑娘很像。我叫斯涅让娜①。

马特维　果然是个名号。妓女都不用自己的真名。

---

① "雪姑娘"和"斯涅让娜"两词的词根都是"雪"。

尼娜　你是怎么知道的？

马特维　宁奇卡，再这样我要生气了。我是在网上看的！我知道很多事，但这不意味着我就做这些事！

库里琴科　（指着伊戈尔）这个年轻人叫什么？

　　　　〔玛尔果把他嘴上的胶带撕开。

伊戈尔　这不重要。

玛尔果　怎么着，你的名字保密？你那么勇敢，特别是拿着大棒的时候，却不敢说出自己的名字。说不说是你的事儿。（把胶带拿到他的脸旁边）

伊戈尔　嗯，伊戈尔。我警告你，要是你这会儿……

玛尔果　（把胶带重新贴回原处）不，你最好别说话。

库里琴科　好吧。关于老爷子我们已经知道了——过去的先进生产者，劳动英雄，还有伟大的地方志作家卡拉莫尔丘克的兄弟。或者您再补充点儿什么，弗拉基米尔·伊万诺维奇？

玛尔果　他好像睡着了。

库里琴科　这样的话，那就祝贺你们大家送走了旧年！尽管这一年并不是在各方面都很理想，甚至恰恰相反，给我做的阑尾手术不是很成功，但也对付过去了……尽管如此。我认为，这一年还算正常。这是最主要的。整体而言，所有人都能正常生活——这是生活里最重要的。我们老觉得：这不正常，那不对劲儿。但你们想象一下：有一颗原子弹掉我们头上了。（对娜塔莉娅）别打断我！我是从理论角度来说的。我们活下来了，但食物不足，我们大家都病了……那我们就会把我们现在这种普通平庸的生活当作一种伟大的幸福来回忆，把这种普通的伏特加当成万应灵药来向往……

娜塔莉娅 它对你来说本来就……

库里琴科 我说过请你别打断我！（抒情地）你们知道吗，童年时我是个大幻想家。有时候想象自己到了一个无人小岛上。回到家——那时祖母还活着，家里有很多吃的，我就想象我只剩下一块面包。于是我绕着它走来走去，强忍饥饿，然后把它切成薄薄的片……于是每吃一小片，都能体验到一种巨大的满足感。然后倒上半杯水，把它也想象成是仅剩的水，于是一小口一小口地喝……（沉思，晃动脑袋）为我们当下的幸福干杯！

〔所有人都喝酒。玛尔果给伊戈尔撕开胶带，往他的嘴里倒了一小杯伏特加（伊戈尔没有拒绝），塞给他一勺沙拉，然后又用胶带封住他的嘴。

玛尔果 新年好，伊戈廖科①！

库里琴科 弗拉基米尔·伊万诺维奇，您呢？您正好不妨来一小杯白兰地。（拿着酒杯走到他跟前，碰了碰他的肩膀）

〔卡拉莫尔丘克往一侧倒下。库里琴科用空着的一只手摸他手腕上的脉搏；喝掉白兰地；又去摸他的脖子。

娜塔莉娅 怎么样？

库里琴科 他好像……死了……

---

① 伊戈尔的小称。

第二幕

同样那些人,同样那个时间。库里琴科走到餐桌前,给自己倒一杯酒,喝下去。

斯涅让娜　对光辉过去的回忆,让老爷子扛不住了。
娜塔莉娅　你真够厚颜无耻的!
斯涅让娜　我说什么了?
米哈耶娃　(起身)多谢款待。马特维,我们该走了!
库里琴科　您干吗呀,阿廖芙缇娜……
米哈耶娃　谢尔盖耶夫娜——早该记住我的父称了,弗拉迪斯拉夫·德米特里耶维奇!切记——我和儿子从没到过这里,你们这儿有人死了,这是你们的事!不然的话,我可知道,明天所有报纸上都会大写一通,这个光头(指着玛尔果)在网上一嚷嚷说,在他们和平游行的时候,老头被踩踏了,会把我也牵连上,可我还要在学校工作到退休呢,我的名声很重要!我们那儿本来就是个龙潭虎穴,所有人都盼着,逮住什么人的什么事儿呢!马特维!
马特维　实际上……这种情况下应该叫"急救车"和法院调查员……他们肯定会来,我们在这儿……我现在正处于一个特殊时期，最好不露脸。

[尼娜用手捂住脸，起身往自己的房间走去。马特维站了一会儿，也跟着她走去。

马特维 你站住！（走进尼娜的房间：这次她没有锁门）

[伊戈尔发出呜呜的声音，摇晃着脑袋。

玛尔果 你有话想说吗？小心点，要是你喊叫，招呼自己人，我立马就会让你过一过电流。

[伊戈尔摇头："不喊。"玛尔果撕开胶带。

伊戈尔 我想说的是：你们要是现在给我松绑，并把我放了，你们什么事儿都不会有。要不你们所有人都会是同谋和证人。

玛尔果 我还以为你会说点儿聪明话呢。放了你的话，用不了一分钟你就会带着你的那帮人跑过来。（打算把胶带贴回原处）

梅兹格尔 等等。能不被"宇航员"暴打，而是在平静的场合下与他谈话可是很少有啊。

米哈耶娃 这也叫平静的场合，真是的。

娜塔莉娅 （对库里琴科，低声）把他从沙发上拉下来，让他躺在地板上。不然的话就得把沙发扔掉了，你还记得这个沙发有多贵吧？

库里琴科 你自己去拉。

[娜塔莉娅迟疑了一下，拿起一块厨房用的毛巾，用它裹住手，走向老人，把他从沙发拽到地板上。然后拿起他的大衣，盖住他的身体。

[客厅里渐暗。尼娜房间灯亮。

马特维 妮恩，你干吗？今天一晚上你都在生气。

尼娜　你不明白发生了什么吗？我们今天类似于订婚，不是吗？

马特维　嗯，我可没说……好，就算是吧。

尼娜　订婚宴上见尸首——你想象一下，这是个什么兆头吧？

马特维　根本不算什么。我不相信预兆。

尼娜　你真的想现在就和你母亲一起走吗？

马特维　我不是一直在这儿嘛，哪儿都没去。

尼娜　马特维……我早就想跟你好好谈谈了。你一直在推脱，可我想知道。你有什么计划？你是否打算和我建立一种严肃的关系？包括结婚，对不起，我问得很直接。

马特维　我是这样打算的。

尼娜　那你就做个承诺。为了未来的孩子，也为了我。发誓你再也不去和妓女扯上关系。

马特维　我发誓。再也不……你干吗抓住我不放？我压根儿跟她们就没关系！没有什么再！我都已经说过了：我是第一次见到她！

尼娜　一切都清楚了。

马特维　清楚什么了？尼娜！宁奇卡！

［客厅里。

梅兹格尔　你说，伊戈尔，你年纪轻轻的……

伊戈尔　我家里有妻子和儿子。我本来就耽搁了，他们肯定在担心呢。大家各走各的，对所有人都好。

玛尔果　博同情啊。顺便告诉你，我有两个孩子呢。

米哈耶娃　那你就该和他们待在一起，而不是像条看家狗似的到处乱窜！

娜塔莉娅 就是的!

玛尔果 不关你们的事,我母亲陪着他们呢!

梅兹格尔 (生气地)我能插一句话吗?年轻人,有一个问题我一直很好奇。你当了这份差,对吧?工资不太多,只有衣服算是公家出,还有其他微不足道的一点收入。现在说的不是这个。当你谋这份差事的时候,伊戈廖科,你知不知道你得拿着棍子打人的脑袋啊?知道还是不知道?

伊戈尔 我不打人的脑袋。其实其他人也不打。我们有规矩:不打会造成生命危险的器官。

梅兹格尔 别骗人了!从后面打我脑袋的人不是你吗?

伊戈尔 这是偶然的,在人群里难免……是失手。

梅兹格尔 失手!我倒要问问:你知不知道,你的直接职责就是打人?

伊戈尔 我不是因为这个原因。城里没有工作……

梅兹格尔 知道还是不知道?知道要打人吗?还是不知道?是还是否?

伊戈尔 嗯……不知道,维持秩序总是需要使用某种手段……

梅兹格尔 我问你:你知道要打人吗?

伊戈尔 好吧,知道。我不明白,您到底想要什么?

梅兹格尔 什么都不想要了。我全明白了,伊戈廖科。你们所有当这份差的人都知道,你们要去打人。你们知道这一点。但还是来当这份差。我甚至可以给你解释,你们是用什么来安慰自己的。你们首先没把我们当作人。你们打我们的时候,是抱着一种打疯狗的心态来打的。你要是能明白你们所有人心理上都不健全就好了！因为正常人都不会去做那种要欺侮和杀害其他人的工作。

库里琴科　我明白您的逻辑。可这样一来谁去当差呢？

梅兹格尔　总会有人的。那些做出了自己选择的人。

斯涅让娜　择选①。

米哈耶娃　你干吗一直颠倒音节？你觉得好笑吗？

斯涅让娜　是好玩儿。音节一颠倒，这些词立刻就不一样了。生活——活生。一下子变得好像更真实了！都说（庄重地）：生活！可实际上（酸溜溜地）——活生。就像是绿色的腹泻物。或者：不说死亡，而说亡死！效果正相反，一下子让人变得开心多了。

娜塔莉娅　行了。请大家安静会儿吧！

　　［尼娜的房间。

马特维　宁奇卡。你这可是在逼我……破坏了好时机……

尼娜　什么好时机？

马特维　我打算好……总之，我现在向你求婚。尼娜，嫁给我吧。（在她面前跪下）

尼娜　你可真行啊！

马特维　我是认真的！尼娜！没有你我没法活！（迅速走向门边，用门插锁上门，走回来，拥抱尼娜，吻她）你是世上最好的姑娘。我超爱你。我爱死你了。宁奇卡……

　　［她向后退，马特维开始解她的衣服，把她推倒在床上。他们手忙脚乱地解开衣服，在毯子里滚作一团。

---

① 斯涅让娜又一次颠倒音节，故意将"选择"说成"择选"。

［客厅。

娜塔莉娅 简单说，这样。（对伊戈尔）年轻人，我知道规矩，我自己也在政府机构里工作。要是有人知道在您执勤过程中死了人，您也不会有好果子吃的。要知道，实际上就是因为您追他，才把他弄得心脏病发作的。

伊戈尔 可我……

娜塔莉娅 您现在还是闭嘴吧！（对梅兹格尔）要是有人说是您把一个退休老人裹挟到自己队伍里的，而他却拜您所赐一命呜呼了，您也脱不了干系。

梅兹格尔 这是司空见惯的诡辩。

玛尔果 她说的也有点对。

梅兹格尔 很遗憾。这些坏蛋可以用任何事来攻击我们。

娜塔莉娅 很好。（对斯涅让娜）我想，不需要对你解释你为什么最好离开。

斯涅让娜 解释吧，我听听。

娜塔莉娅 （没回答；对米哈耶娃）您也说过，这一切对您是不必要的麻烦。

米哈耶娃 当然了。

娜塔莉娅 因此现在大家各走各的。伊戈尔去对自己的人说一切正常。（对伊戈尔）这是为你好，不然的话所有人都是你有罪的人证。我们全家留下，我去叫该叫的人，我就解释说：老人没能走到家，按了我们的门铃，我们开了门，他一进来就死了。就是这样。没有任何麻烦，没有任何刑事犯罪，没有多余的声张。平常事件。大家同意吗？

米哈耶娃 您真是个聪明的女人。我很佩服。马特维！马特维，出来，我们已经做出决定了。

库里琴科 我们什么也没决定！我不想撒谎！我本来就一辈子都在撒谎！

娜塔莉娅 真是新鲜。你对谁撒谎了？对退休老人吗？说你给他们安的假牙不是包金的，而是纯金的？

库里琴科 我是牙医，不是做假牙的！我们一起生活了25年，可你却不肯花工夫弄明白我是干什么的！我不拔牙，不镶牙，我治牙，这很难懂吗？用包金牙代替纯金牙，是我给你讲的别人做的事儿！

娜塔莉娅 没必要扯这些鸡毛蒜皮的……

库里琴科 我骗的人是你！每天都在骗！因为我每天都好像工作10个小时，其实我只工作8个小时！因为，我每天都会去一个地方待两个小时，先喝一点儿，然后醒醒酒，嚼嚼口香糖，抽支烟，为的是不让你闻出来。这样已经好多年了！不是因为我嗜酒成性，而是因为不这样我就根本没法回家去面对你！每天哪怕有两个小时的自由也好。我不想撒谎！是怎么样就怎么样！我们把医生和法院调查员都叫来，告诉他们事情的经过！因为今天是他被杀，被隐瞒不报，明天被杀的人可能是我，也会被人乱说一通！我不愿意这样！

娜塔莉娅 谁杀人了？人是自己死的！

库里琴科 没人会自己死！我们在互相残杀——每日每时！

娜塔莉娅 嗯，开始胡言乱语了！

库里琴科 而最主要的——是恐惧在戕害我们！明天突然被解雇

了怎么办？生病了怎么办？房子被拆迁怎么办？通货膨胀、饥饿、传染病来了怎么办？我们咬紧牙关坚持着，想让一切都不要改变！每天如出一辙！每一个新年都是香槟加俄式沙拉！还是加洋葱的！（对娜塔莉娅）我跟你说过多少回了，我讨厌生洋葱！口感、气味都讨厌！

米哈耶娃 不搁洋葱做不了俄式沙拉。

库里琴科 是，一定得放洋葱！因为那样才是对的！这是谁说的？哪部宪法里写着做沙拉必须搁洋葱？这简直能让人发疯！

（抓起一只盘子，把它扔在墙上发出很大的响声）

玛尔果 这像是我们的人！

库里琴科 别再惧怕生活了，该让生活对我们感到恐惧！让开，我要走！

〔墙那边传来尼娜和马特维交替发出的呻吟声，这呻吟声与每一句对白相互呼应。

到街上去！到人群里去！到新鲜空气中去！

〔呻吟汇合成一声甜蜜的喊叫。

到未来去！

〔全场静默。

（一下子变得垂头丧气）尽管……也许，在我们这个时代最简单的就是最好的。甚至是最具革命性的。活着，生孩子。（对娜塔莉娅）要是像我曾希望的那样，我们有三四个孩子，我可能就不会每天在酒馆里坐两个小时了……

玛尔果 这位大叔又变得可怜兮兮起来了。萨沙，你说得对，这种俗人只有五分钟的热情。

梅兹格尔　就这五分钟也可以利用一下。

库里琴科　（做出轻蔑的手势①）你利用一个试试看。其实，你们都该从我家滚出去！

玛尔果　（撩开窗帘，向外看；对梅兹格尔）他们还站在那儿呢……我们的人都散了，基本都空了。可这些人还站着呢。多半儿是发现我们跑到这里来了……

伊戈尔　我可以跟他们谈妥条件。

玛尔果　我知道你们会怎么谈。

梅兹格尔　正是。上次也说过类似的话："走吧，我们心平气和地谈谈。"而谈的结果就是，我……

库里琴科　其实，您一直都没解释清楚，你们到底要争取什么？或者你们反对的是什么？

玛尔果　反对俄式沙拉。

斯涅让娜　（走近餐桌，坐下，给自己拿沙拉吃）你们的谈话真让人讨厌。（对库里琴科）您说得也不对，吃生洋葱有好处。我读到过——能提高潜能。

娜塔莉娅　他不需要。

库里琴科　干吗用？你有波戈相②。

娜塔莉娅　什么波戈相？你去醒醒酒吧！

库里琴科　你以为满城的人都知道，就我不知道？

玛尔果　看。问题就在这儿。我们知道，却不说。我们就是这么

---

① 这是一种表示嘲弄或轻蔑的手势（握住拳头，将拇指从食指与中指间伸出来）。

② 一个未出场人物的姓氏，上下文中暗示其与娜塔莉娅有私情。

活着呢。我们也反对这个。

〔尼娜和马特维手拉手走进客厅。

尼娜 你说吧。

马特维 尊敬的父母大人们！在这个新年之夜……顺便说一句，只剩下20分钟就到新年了……我们决定隆重地宣布：我决定要和尼娜结婚。实心实意，绝不反悔。

斯涅让娜 而且不许上诉。

尼娜 你住嘴，听见没？

〔伊戈尔低头用牙从餐桌上咬住几块食物，咀嚼着，又试图咬住酒杯。玛尔果发现了，伸手去帮他。

娜塔莉娅 好啊，感谢上帝！这是最主要的。弗拉迪克[①]，祝贺一下啊，你干吗像是被冷冻了一样僵在那儿？

库里琴科 说的是……各位我亲爱的……

〔斯涅让娜拿起一只盘子，往厨房走去。

玛尔果 你去哪儿？

斯涅让娜 去洗盘子。这是习惯成自然。我在集体宿舍住过很久，我们那儿有规矩：吃完立刻把盘子洗了。（去厨房）

库里琴科 我亲爱的家人们！娜塔莎是对的！（拥抱娜塔莉娅的肩膀）我亲爱的妻子，你真是个聪明人！她是对的！这件事最重要。以撒生下了亚伯拉罕，亚伯拉罕又生下了[②]……

梅兹格尔 是亚伯拉罕生下了以撒，以撒生下了雅各，雅各生下了犹大。

---

① 弗拉迪克是库里琴科的名字弗拉迪斯拉夫的小称。
② 库里琴科因醉酒将前后次序说反了。

米哈耶娃 就是那个背叛了基督的犹大?

梅兹格尔 是更早的一个犹大。犹大曾是一个很普遍的名字。

米哈耶娃 真的吗? 我还以为是同一个人。

库里琴科 这不重要。重要的是家族的香火得到延续! 我的孩子们,如果你们再能给我们生下孙子的话……那时候我就会明白我没有白活了……(用一只手掌擦眼睛)祝你们……我和妈妈……当然,有过各种各样的摩擦……但应该善于达成必要的胡言乱语①。

梅兹格尔 (闷闷不乐地)是达成一致。

库里琴科 这不重要。简单地说……

娜塔莉娅 哦,还有鸭子呢!(跑向厨房,斯涅让娜正在厨房清洗盘子和其他一些脏餐具;娜塔莉娅从烤箱中取出鸭子,往餐桌上拿)

米哈耶娃 要帮忙吗?

娜塔莉娅 已经拿过来了。不然的话,新年到了,我们却没上热菜。需要一些大号的盘子。

马特维 我去拿,我知道在哪儿。(往厨房走)

〔尼娜跟着他,但米哈耶娃拦住了她。

米哈耶娃 尼诺奇卡,原谅我提的问题……到底是怎么回事儿……你不是怀孕了吧?

尼娜 您这是从何说起啊?

米哈耶娃 嗯,常有的事儿……不过建立在怀孕基础上的婚姻,

---

① 库里琴科因酒醉将"协议、同意"说成了"胡言乱语",两个词均为外来语,有相同的词尾。

不总是很牢固的。坦白说，我和丈夫也是在婚前有了孩子，那时我以为孩子能巩固我们的关系……可实际上……（把尼娜引到一边，小声低语）

伊戈尔　（对梅兹格尔）顺便说一句，您说得不对。我去当差是因为我叔叔也干这一行。家族遗传。

梅兹格尔　关于遗传性，洛姆博罗佐①做过很好的描述。

伊戈尔　谁？

梅兹格尔　（对玛尔果）我头晕。不应该喝酒的。要不，给咱们的人打个电话，让他们来，想个办法搭救一下？

玛尔果　不会放他们过来的。可为什么没人给你打电话？

梅兹格尔　我关机了。电话可能被窃听。

玛尔果　再忍忍，萨沙。要不，你躺下？

梅兹格尔　要是能躺下应该会好点儿。

玛尔果　（对伊戈尔）抱歉，伊戈廖科。（把他的嘴封住，领梅兹格尔去主人的卧室；对所有人）我们一会儿就回来。

　　〔马特维和斯涅让娜在厨房。

马特维　（从柜子里拿盘子，急急忙忙地）你小心点，要是再……不管你在哪儿，我都会找到你并把你的脖子给拧下来。听清楚了吗？

斯涅让娜　小家伙挺厉害啊。

---

① 齐扎烈·洛姆博罗佐（1835—1909），意大利心理医生，刑事犯罪法人类学流派的奠基人，他对犯罪学的主要贡献是将重点从对犯罪行为的研究转向了对罪犯的研究，他提出了著名的"天生罪犯"的观点。梅兹格尔此处提到洛姆博罗佐，含有对伊戈尔的暗讽，暗示其是具有家族遗传性的天生罪犯。

马特维　我不记得什么时候和你在一起过。你住在哪儿？

斯涅让娜　忘了？

马特维　你们这种人很多，我就一个人。你说有10次，是你在撒谎，不然我就记住了。为什么我不记得你？

斯涅让娜　你当时喝醉了。但还是很招我喜欢。

马特维　明白了。我也很喜欢你。把电话给我。（从兜里掏出一个小笔记本和一支笔）就写在这儿，快点。

　　　［斯涅让娜写号码。尼娜结束了跟米哈耶娃的谈话，往厨房走来。马特维抓起盘子，迎着她走过去。

尼娜　还要拿吗？

马特维　够了。（把盘子往客厅拿）

　　　［尼娜走到斯涅让娜跟前。

斯涅让娜　我都明白，我再也不了，他再来就赶他走。

尼娜　不。我要说的不是这个。你们的人彼此之间都是很熟的。这样。如果他真的再去找你或是你们的其他人，你能给我打电话吗？我想知道详情，你明白吗？要是坦白说，我能接受男人偶尔……我自己也不是一个乖乖女，和马特维好的时候，我自己另外也有个男人。玩乐一两个小时——可以不算数，但当真的关系不行，家庭是神圣的。是这样的吧？

斯涅让娜　当然。

尼娜　我现在不能忍受他有什么事情瞒着我。他真的经常去你那儿吗？

斯涅让娜　就一次，而且他自己都不记得了。你自己也知道，男人记吃不记打，痒痒时记得，不痒痒时就忘了。

尼娜 你小心了,我这会儿是在好好地求你。你要是玩两面派的游戏,我就用硫酸毁了你的脸。我说到做到,我是认真的。

斯涅让娜 我相信。

尼娜 聪明姑娘总是好商量的。(四下看看,掏出钱)拿着吧,这是预付的信息费。

斯涅让娜 我不收这种钱。

尼娜 我都说了,你收下!(把钱塞到她的怀里)胸围挺大。是天生的,还是硅胶的?

斯涅让娜 天生的。

尼娜 我知道他喜欢丰满型的。我的胸有点小。可要是我做了植入硅胶的手术,生孩子以后怎么喂奶啊?(又四下看看,抽烟)抽烟会引起乳腺癌!(沉默少顷)也可能不会。

〔客厅。

〔库里琴科在分鸭肉,娜塔莉娅再把鸭块儿放到米哈耶娃摆开的盘子里。马特维四下看了看一动不动的卡拉莫尔丘克,对尼娜小声低语,尼娜点头。他往过道里走去,拿来一条小地毯,铺在盖着老头的大衣上面,为的是把尸体盖得更严实一些。

〔主人的卧室。梅兹格尔睡在宽大的床上。

玛尔果 (摸了摸他的前额)你一个人躺会儿?我得去看着点儿,不然什么事儿都可能发生。

梅兹格尔 好像是羽毛垫子,很松软。主人家很喜欢舒适。我整个人都陷进去了。春天咱们去海边吧?两个人,别带你的孩子,好吗?我有点累了。也许,我们所做的一切都没必要?

也许，已经没人需要我了？

玛尔果 大家很需要你。他们都听你的。跟你走。

梅兹格尔 暂时是这样。那我们去海边吗？坐船出去，在海浪中晃悠晃悠……

玛尔果 到春天我都该有7个月了。

梅兹格尔 什么？

玛尔果 身孕。

梅兹格尔 那现在是几个月？

玛尔果 14周。

梅兹格尔 完全看不出来。

玛尔果 因为它太小了，总共才只有15克重。

梅兹格尔 是谁的？

玛尔果 真是个无礼的问题。

梅兹格尔 （在床上坐起身）我警告过你，我不想要孩子。我不能要。我任何时候都可能会坐牢。他们会把我弄残或者杀了我。

玛尔果 别担心，我现在养着两个呢，再加一个也没问题。妈妈会帮忙的。

梅兹格尔 不是，先和我商量一下总可以吧？

玛尔果 商量什么？要不要和你上床？

梅兹格尔 别装傻！（起身）行了，这儿让我烦透了！让他们抓我、打我好了！再待会儿，连我自己都要怀上孩子了！这儿的空气中到处都漂浮着庸俗的受精卵！（向客厅走去）

〔所有人重新在餐桌旁聚齐。

娜塔莉娅 鸭子要凉了，请大家享用吧！（看着钟）上帝啊，就剩一分钟了!弗拉迪克,开香槟!把电视也打开!

马特维 我来开。(拿起酒瓶)

〔库里琴科打开电视。听得见钟的嘀嗒声。

尼娜 咱们都忘了!应该许愿,图个好兆头:新年前许愿,一定会应验的。

斯涅让娜 瞎扯。我试过100次……

库里琴科 我个人想祝愿全世界和平,还有……

尼娜 别出声!不能出声!这是最重要的!

〔钟声敲响。不是12下,比12下少,是舞台上在场人物的数字——钟声每响一下,引出一段内心独白。有人微笑地望着虚空,有人看着别人——仿佛是一面在许自己的愿望,一面还想偷窥别人的。所有人都说得很快。

尼娜 我想要孩子。就是说想生个孩子,要是能生两个的话更好,我曾看见两个孩子坐在各自的婴儿车里一起走,那么棒,那么好!他们一下子就能成为朋友。都要男孩儿。要不就要女孩儿?不,一开始还是生两个或一个男孩儿,马特维会高兴的,然后再生个女孩儿。还有就是让马特维不要背叛我。不,就一个愿望:生孩子。婚礼呢?就这么生也太草率了吧?就是说还是两个愿望——结婚和生孩子?不,结婚和生孩子是一回事儿,合二为一、互不影响的事儿。为什么我总怀不上孩子?我根本就没采取避孕措施,虽然对他说避孕了。不知怎么就是怀不上。我在书里看过,做爱太频繁,精子来不及成熟。不能太频繁。但我们本来也不是每天都做。简单地说,就是生孩子。小小的、粉嫩肥嫩的宝宝,笑着喊:妈妈,妈妈，妈妈！爸爸，爸爸，爸爸！我的宝贝，我的无价之宝，我的小帅哥！

玛尔果 我希望生孩子的时候不用剖腹产。不然的话，他们会给我开膛破肚，我知道这些人，而且刀口会缝得很难看。萨什卡①是个完美主义者，喜欢光滑的皮肤，这个老家伙。他会嫌弃我的，会抛弃我。尽管不生也会抛弃我，这是明摆着的。他有过那么多女人，我不过是其中之一罢了。随他去吧。不要剖腹产。如果孩子很大呢？去他的吧，让他们开刀，只要孩子健康就好。生孩子。还有让萨什卡恢复健康。这是附加的愿望。主愿望之外顺带的。能赶紧回家、回到家人身边就好了。你呀，玛尔果莎②，玛尔果莎，你总是想一下子什么都要！

库里琴科 我希望中一次彩票，买套房子，离他们远远的！一个人过。回到家，自己给自己煎土豆吃……再来一点腌黄瓜……自己给自己倒上伏特加，自己喝下去，没人来检查我的嘴。躺下，打开电视……上帝啊，一个人要想幸福根本不需要很多东西！这不现实，我把它勾掉。我什么彩票都没中过。管他中不中，干吗不直接离家出走呢？邓姆施茨就去了德国，当然他是全家一起去的，他是犹太人，对他来说更容易些，他抛弃了一切，先去当实验员，可现在已经有了自己的顾客群，做美容移植术，挣的是大钱……干吗不呢？45岁——还不是个多老的年龄。巴什基罗夫48岁还娶了个大

---

① 萨什卡是梅兹格尔名字的小称。
② 玛尔果莎是玛尔果名字的小称。

学生，她不过才20岁。不现实。应该许一些现实的愿望。我不走，我也不想走。我希望尼娜一切都好。对，这很重要。只要她一切都顺利，其他就都没问题了。就像从前一样。只要不更糟，而尼娜一切都好，这才是我真正想要的。希望娜塔莉娅……要知道不管有多奇怪，我还是爱她们。她们是我的亲人……好人……（眼睛泪湿）

梅兹格尔 我希望我们能成为一支以我为首的真正的政治力量。不是因为我不够谦虚，实在是没人比我更明白该做什么。这是很客观的。不。就是说，是的，一定会这样，我相信。大家对我也信赖有加。这一点毋庸置疑，应该许一些尚存疑问的愿望。像什么呢？我的头！要是突然发生感染，出血，中风呢？我就会瘫痪在床，屎尿失禁。没有一个女孩儿会愿意跟这样的人做爱。可我喜欢做爱，非常喜欢。我许愿：让我的头平安无事，身体健康。其他的一切都会随之而来。我很快就要54岁了，列宁是54岁时死的。简直让人发疯，我都快要到列宁那个岁数了！一直觉得他是个历史老人，他的朋友们就一直叫他"老头子"。列宁爷爷。哪儿是什么爷爷啊，不过才54岁！可他却全身无力地躺着，完全不会思考，得用勺子喂给他吃。我想至少活到75岁。好吧，就让我们这样祝愿吧：至少活到75岁。等等，这是对整个余生的祝愿，可该说对这一年的祝愿。这样的话，还是头。希望我的头平安无事。主要的是健康，其他的都会随之而来。这是民间的祝愿词。老百姓又蠢又懒，他们什么都不需要，但有时他们能说到点子上。其他的一切都会随之而来。没别的了。

娜塔莉娅 我希望他们全都消失。而我重新回到25岁。不用做这份糟糕透顶的工作,没有这个波戈相。那时尼娜才5岁,满头小卷发,大大的眼睛,弗拉迪克年轻、漂亮、快乐。这愿望实现不了也没关系,这不重要,又不是季度计划。我就想要一个无法实现的。想要幸福。它从何而来,因何而来,为何而来,因谁而来,都不重要。想要幸福——这就是全部。我已经有100年之久没感觉到幸福了,一醒来就得去干苦差事。上帝啊,赐我一点幸福吧,人们通常是怎么祷告的?现在请赐给我们必不可少的粮食。对。现在请赐给我必不可少的幸福。哪怕是一点点,一天一分钟。就一分钟也好,上帝!我不信你,如果没有幸福让人怎么信你?我现在几乎都相信了。我几乎感到幸福了!我很幸福!上帝啊,谢谢你!实际上——有丈夫、女儿,有套好住房,有工作,女儿在上学并很快要出嫁,就算不出嫁也行,重要的是大家都活着,都健康,餐桌上应有尽有,圣诞树也亮着,这难道不是幸福吗?我很幸福!我很幸福——我不需要更多的东西了!我能应付!

米哈耶娃 我想要什么,想要什么,想要什么?时间可不等人!想要他们放过文学课。他们——那些白痴,打算把文学课改成选修课,这些讨厌的立法者,就是说,我的课时将变少,工资也会变少,我要用什么来弥补损失呢,用"操持家务"吗?而且没有文学课学生们的教育会成什么样啊?还要求什么?样样都要,要不过来,就让他们放过文学课吧。"我记得那美妙的一瞬:/在我的眼前出现了你,/有如昙花一现的幻影,/有如纯洁之美的天仙。"① 没有这个怎么行? 不能没有这个! 别的已经全都拿掉了,哪怕别动普希金也好啊!

马特维 是时候去莫斯科了,这里的规模不行。得想办法悄悄地和尼娜分手。这个女孩儿想要的东西,明显比她应得的要多。而且现在也太过任性,以后会成什么样? 去莫斯科,去莫斯科,去莫斯科! "保时捷-卡雷拉"车,莫斯科郊外的三层楼房,2公顷的地块儿,快艇,私人飞机,在佛罗里达再有一座房子,国家杜马里的席位……暂时就这些,为人应当谦逊。

斯涅让娜 我想要什么呢? 可怕的是我已经什么都不想要了。我甚至连"想要"这个词都不想要。我怎么了? 我不是15岁,15岁的时候我曾割腕自杀,傻瓜,现在又怎么样? 想爱。想要得到爱。不是非要,我能应付,没人爱就没人爱,我自己想要付出爱。希望死之前一切能翻个底朝天,想去爱,去爱,去爱!

〔伊戈尔的嘴被封住了,但我们听得见他的声音。

伊戈尔 (唱)"仰望天空,我不住遐想: 我为何不是一只雄鹰?! 为什么不会飞翔?! 为什么上天不赐予我一双翅膀? 我多想离开大地,向着天空展翅高翔! "②

〔钟声响了最后一下。马特维拔出瓶塞。国歌声想起。在这歌声中,伴着一声巨响,房门被撞倒了,科拉弗措夫少校

---

① 此处所引普希金诗歌的译者为戈宝权,译文引自《俄罗斯抒情诗60首》,现代出版社,2009年,第7页。

② 原文为乌克兰语,歌词是乌克兰著名诗人米哈伊尔·尼古拉耶维奇·彼特连科(1817—1862)的名作《仰望天空……》,据此诗谱写的歌曲广为流行。

和两个"宇航员"迅速冲进屋子,"宇航员们"立刻在门口站好位置。

科拉弗措夫 (走到电视跟前关掉了它,国歌声戛然而止,他转头面向大家,优雅地行军礼)我是科拉弗措夫少校。(微笑着环视四周)新年好!

米哈耶娃 也祝您新年好!我们是偶然在这儿的,我们来做客,可这儿却发生了这样不成体统的事儿……

科拉弗措夫 您待会儿再讲。(对伊戈尔)勇士,你怎么在这儿坐着呢?

〔伊戈尔发出呜呜声,给他看被绑着的双手。科拉弗措夫向一个"宇航员"做了个手势,那人解开伊戈尔的手,撕下他嘴上的胶带。

伊戈尔 帕维尔·谢尔盖耶维奇,我一直追他们,可他们……

(起身从餐桌下面拿起滚到那里的头盔,费劲儿地戴到头上。)

科拉弗措夫 都明白了。攻击护法机构的工作人员,并劫为人质。

玛尔果 是他自己先攻击我们来着!

科拉弗措夫 玛尔果莎,我亲爱的,别费劲儿了!这回的事情很严重,你就等着坐两三年的牢吧。谁来养你的孩子们啊?梅兹格尔先生吗?他自己也是个寄生虫。

梅兹格尔 我请您在执法时别侮辱人!

科拉弗措夫 可谁在执法呢?是你吗?你别在这儿表演了!行了,到门口去,带铁栅栏的大礼车①正等着你呢。

---

① "带铁栅栏的大礼车"指的是囚车。

梅兹格尔　有什么理由？

科拉弗措夫　组织未经核准的集会。还没算劫持人质。

梅兹格尔　没人劫持他！群众集会也早就结束了。

科拉弗措夫　你也是个老手了，可还要争辩。好吧，理由是对执法机构实施抵抗。

梅兹格尔　我没抵抗！

科拉弗措夫　怎么没抵抗？我跟你说——到门口去，可你拒不听命。就是说——你抵抗了。

梅兹格尔　好吧。我们在法庭上见！你们别碰她，告诉你们，她怀着身孕。

科拉弗措夫　那就在监狱里生吧。

伊戈尔　（走到梅兹格尔跟前）还站着干吗？走吧！

　　〔梅兹格尔向门口走去，伊戈尔从他的身后用棍子打他的头。

玛尔果　（掏出手枪）别动！都趴到地上！我说了，快趴到地上！

科拉弗措夫　（慢慢地走向她）玛尔果莎，你干吗？怎么能这样呢？你自己会后悔的。比如，你打死了我，你想象一下，我的妈妈在墓前得哭得多伤心啊？换作你妈妈，她也会哭吧？

玛尔果　我会开枪的！

科拉弗措夫　你不会开的，玛尔果。把枪给我。

玛尔果　我会开！（交出枪）

库里琴科　真行，真有胆量。

科拉弗措夫　（用枪瞄准他，听见一声扳机响）砰——砰！不给我们的士兵发子弹，真可惜。给枪，却不给子弹。咄咄怪事！

（对伊戈尔）小子，你弄丢了武器，要么给你一张不良评语，开除你，要么罚你每天执勤 12 个小时。

伊戈尔　我当时失去了知觉！她有电棍。

米哈耶娃　还把所有人的电话都收走了！

　　〔一个"宇航员"走到玛尔果跟前，夺下她的书包，把里面的东西倒在地上。

科拉弗措夫　玛尔果，你的刑期眼看着长到了想起来都觉得可怕的那一档了。

玛尔果（无动于衷地）一群混蛋，丑八怪，胡狼。

宇航员　走吧！（用棍子打她捂着头的双手）

库里琴科　你们在干吗？她可并没拒捕！

伊戈尔　你也要挨一下吗？（对科拉弗措夫）请您批准！

库里琴科　我纯粹是依法论事。

　　〔"宇航员们"抓住玛尔果和梅兹格尔，在过道里把他们转交给其他人，然后返回。

玛尔果的声音　我们的衣服还留在那儿呢！

　　〔一个"宇航员"拿起梅兹格尔和玛尔果的外套，把它们扔到过道里。伊戈尔不紧不慢地走到不断后退的库里琴科跟前。

库里琴科　你敢试试！

　　〔伊戈尔举起大棒却没打，而是用拳头向库里琴科的上腹部击去，库里琴科倒在地上。

娜塔莉娜　您干吗？！您完全疯了吗？您知道我在哪儿工作吗？弗拉基克！（扑在丈夫的身上）

科拉弗措夫　所有人都出示一下证件。

娜塔莉娅　我们就住在这儿,还要什么证件!我要告你们私闯民宅!

科拉弗措夫　这不是私闯,而是解救人质和制止其他的非法活动。

　　〔娜塔莉娅扶起丈夫,帮他坐下,库里琴科捂着肚子。

　　〔斯涅让娜、马特维和米哈耶娃把护照交给科拉弗措夫,他仔细查看护照。

　　米哈耶夫·马特维……我们久闻大名,久仰了。你从柴油里提炼伏特加,用污水生产纳尔赞矿泉水①,用俄罗斯锯末制作意大利家具。

马特维　那都是对我的诬陷。您没有证据没权力这么说!我和谢尔盖·伊里奇已经谈过这件事了。

科拉弗措夫　是吗?为什么我不知道?

马特维　您现在不是知道了吗?

科拉弗措夫　好吧,我们还会继续谈这个事的。

米哈耶娃　马丘沙,他说什么呢?

马特维　过后我再解释。

科拉弗措夫　(看斯涅让娜的护照)季什科娃·安娜·阿纳托利耶夫娜。等等,怎么,您是那个演员吗?

斯涅让娜　您常去剧院?

科拉弗措夫　我侄子在那儿工作,维嘉·拉霍夫,您自然认得他?

---

①　纳尔赞矿泉水出自北高加索地区,自1894年起便以具有医疗效果的可饮用矿泉水而闻名。

斯涅让娜 当然。

科拉弗措夫 我每场首演都去,认得出所有的演员。您是怎么到这儿来的?

斯涅让娜 我正走在街上,这些人突然涌过来,挤在一起,就跑起来。我原本是要去孤儿院参加圣诞游艺会的。是个义务演出。

尼娜 她撒谎,她是妓女!

斯涅让娜 我开了个玩笑。也许不太成功。我们正在演一个叫"雪姑娘"的剧,我在剧里要穿着这身衣服回家去见一个心爱的人。可他正打算娶另一个女人。于是我,也就是女主人公——她叫斯涅让娜,为了拆散这个婚姻,做了种种事情,甚至假装成妓女。于是我决定趁机排练一下。总的来说,这个角色把我毁了,我已经不再相信爱情和幸福了。(对尼娜)别嫁给他,他向你求了婚,但自己却在厨房跟我要电话号码。就在他的衣服口袋里,记在一个小笔记本上,你可以去看看。唉,我真是个坏女人啊……

马特维 尼娜……

　　〔尼娜走向自己的房间。

科拉弗措夫 姑娘,我还没跟您说完事儿呢!

尼娜 去你的!

科拉弗措夫 (对娜塔莉娅)您女儿的家教很糟糕。

娜塔莉娅 关于教育您最好还是住嘴吧。暴徒。小心点,明天谢尔盖·伊里奇就会知道,还有阿纳托利·伊戈列维奇,还有斯维特兰娜·叶菲莫大娜本人!

科拉弗措夫 很好。就让他们知道知道,正派人和反社会分子搞在了一起。

娜塔莉娅 是他们自己闯进来的！就因为你们的这个家伙追在他们后面！您也要为殴打我丈夫负责！

科拉弗措夫 什么殴打？一个人肚子疼而已，常有的事儿。您正赶上我这会儿好心，您就知足吧，我尽可以请你们所有人都去坐"礼车"的。可暂时——你们还是歇着吧。恭祝新年，祝你们健康、幸福，在工作和个人生活中取得成绩！

（转身要走，却撞在了卡拉莫尔丘克的身体上，他躺在地上像一大堆破布，只能看见两只脚）啊哦！这可是有点意思了！（向"宇航员们"做了个手势，那些人拉开地毯和大衣）这位又是谁呢？

库里琴科 您的人追得他犯了心脏病。他没撑住，死了。

米哈耶娃 就是刚才，我们正打算按常规叫医生和法院的人来。

科拉弗措夫 您说是我们的人？会调查出来的。你们的处境很不妙啊。

娜塔莉娅 您在暗示什么？难道是我们杀了他吗？我们干吗要杀死一个上了年纪的病人？

科拉弗措夫 什么事儿没有啊！人死了——房子腾出来了。而您正好是在公共事务部工作，您可以把房子据为己有。

娜塔莉娅 您是怎么知道的？

科拉弗措夫 小看我！您以为我们会随便谁家都闯吗？我们事先得了解是谁，什么事儿。一开始，我的兄弟们一层一层地瞎找，后来我加入进来。我开始缜密地思考。他们对我说：8号公寓住的是一个生病的老头，没开门。我们通过数据库去查找——什么样的老人住在8号公寓？结果8号公寓里根本没住老人。8号公寓里住的是一家子，我们立刻就了解了这一家的情况。然后一下子就清楚了。（对库里琴科）顺便说一下，我左下边的智齿一直疼，最近两天里我可以去找您看一下吗？

库里琴科 无耻之徒！

科拉弗措夫 您喝点抗酸剂吧，对您有好处。可能您的胃酸太多了。我的胃酸也偏高，所以我控制饮食。油腻的、辣的都不吃，生的蔬菜也不行，洋葱和大蒜绝对不沾，黑面包在任何情况下都不能吃，矿泉水也只能喝不带汽的。想吃，但不吃，忍着。我和您都应该时刻保持身材，我们的工作要和人打交道。（掏出电话，拨号）别钦金吗？我这儿基本上都搞清楚了，抓了梅兹格尔和玛尔果莎，但这儿还有一桩意外，有一具尸体。不，是因为心脏病自然死亡的。打电话叫医生来，你自己也过来，得办一下该办的手续。好，就这样。（对"宇航员们"）把他重新盖好。

　　［他们开始执行命令，但突然停了手。

宇航员 他好像还活着。眼睫毛在动。

科拉弗措夫 （俯下身）的确。老爷子，恭喜你又生还了！你以为你不用再受苦了，不行，还得继续受着。

　　［渐暗。

　　［外来人均已离场，其他所有人坐在餐桌旁。沉默。很长时间。

库里琴科 （终于手拿酒杯站起来）嗯，这个……我们切身体验了我的说法，也就是民间说的……生活——就是一匹野斑马。

尼娜　阿塞拜疆人。

库里琴科　什么?

尼娜　阿塞拜疆人。情爱。婚未夫和婚未妻①。

　　〔马特维拉她的手。她抽出手,但不是很用力。

库里琴科　简单说,就算我们难过,但——你们听见了吗?——有人过得不错。

　　〔窗外鞭炮、焰火、喜悦的欢呼声。

娜塔莉娅　可也有人相反,比我们更糟。

米哈耶娃　我们那栋楼里去年新年的时候也有人放各种焰火,有一个爆竹从气窗飞进屋里,发生了爆炸。那些人能活下来都已经是奇迹了。

　　〔所有人都不由自主地回头看向窗外。那里的声音越来越响,火光越来越亮。

——幕落

---

①　此处尼娜学斯涅让娜把单词里的音节做颠倒,除了"野斑马"一词颠倒后是"阿塞拜疆人"的意思,其余构成的均不是正常单词,故译文只在字序上做了颠倒处理。

克雷什金

克谢尼娅·德拉贡斯卡娅 著
孔霞蔚 译

作者简介

克谢尼娅·维克多罗夫娜·德拉贡斯卡娅（Ксения Викторовна Драгунская, 1965— ），俄罗斯剧作家、作家、编剧和儿童文学作家，作家维克多·尤泽福维奇·德拉贡斯基的女儿。毕业于全俄国立电影学院，曾任俄罗斯戏剧家协会书记和戏剧委员会主席。有近三十部剧作在俄罗斯境内外上演。

译者简介

孔霞蔚，中国社会科学院外国文学研究所副编审。译有《先驱者》（合译，南海出版公司，2006）等。

人　物

尤拉。

玛莎——尤拉的妻子。

侍者。

本地人——也是后来的申请人,30岁上下。

他的外祖母、母亲及妹妹①。

检查员——性别、年龄均不重要。

施德尔。

克雷什金城的一群"火星人"。

首都创作界的知识分子。

成群结队的莫斯科人。

---

① 这些角色由二十到三十岁的女演员饰演。

尤拉和玛莎在饭店里

  一对衣着考究的男女在看菜单。男士很显年轻,面色红润,气色好,身体强壮。他的妻子确实很年轻。他们默默地坐了很久。侍者无聊地远远站着,耐心等待。

先生 你想吃什么?

他的妻子 我还没想好。你先点。

  〔先生盯着菜单又看了很长时间。不知从何处传来低低的音乐声——一个天籁般的女中高音含混不清地唱着什么。

先生 那我们就从主菜点起。

侍者 您随意。

先生 特尔米多尔大龙虾……请问,你们这里的龙虾是怎么做的?个头儿大吗?

侍者 我们的龙虾很新鲜。如果您愿意,可以亲自挑选。水族池在那儿。

  〔先生不满地斜睨水族池,妻子却恰恰相反,饶有兴趣地看过去。

先生 我是问你们是怎么做的?

侍者 先把大龙虾炖好或者用烤箱烤好,当然,这要看您的意愿。

然后一切两半，加米饭，再浇上融化的奶酪。就是一般做法。

先生　嗯……龙虾个头儿大吗？我倒是宁可要小一点儿的，我可不想狼吞虎咽。

侍者　我们的小龙虾七百克起售。

　　　　［侍者脸上愈加漫漶出过于殷勤的笑容。

先生　可你们这还是一百克的价格。好货不便宜。

　　　　［侍者充满尊严地低下头。

先生　好吧，主菜我要一份特尔米多尔大龙虾和……先点什么呢？要不就再来一份牡蛎？

侍者　今天我们这里有贝隆牡蛎和芬蒂克莱牡蛎。

先生　那就上半打芬蒂克莱吧。

妻子　难道你还想中毒吗？

侍者　我们这里的牡蛎再新鲜不过。

妻子　那当然，一定是最新鲜的，莫斯科最新鲜的！

侍者　都是当天空运过来的。

妻子　您说得没错。尤拉，我们这可不是在马赛，连巴黎都不在。你会中毒的！莫斯科根本就没有新鲜牡蛎。

尤拉　玛莎！点你自己的，否则我们永远都吃不上饭。

玛莎　我先要一份鹅肝，主菜嘛……一份鹌鹑肉。

侍者：两位喝点什么？

尤拉　给我夫人来一杯贵腐，再要一小瓶蜜斯卡黛。

侍者　要哪一年的贵腐？

尤拉　我看看酒水单。

　　　　［侍者呈上。

（用手一指）这个。

〔侍者走开。

玛莎　你点了最便宜的贵腐。

尤拉　太贵了。

〔玛莎笑。

（冷冷地看她）假如让你出去工作就好了，我倒要看看……总之，真该现在就把你弄到马赛去，尝尝浓味鱼肉汤……

〔侍者走过来，摆上贵腐酒。打开盛有蜜思卡黛的小瓶。

（抿一小口）本来应该点夏布利白葡萄酒的。

〔侍者下。

玛莎　你总是这样。就算给你拿来夏布利，你又会说贵腐好。

尤拉　得了吧！

〔侍者端上两个人的第一道菜。

玛莎　（瞥一眼牡蛎）你要是不吃这些牡蛎就好了。我们眼看着就要去地中海了，到了那儿你可以尽情地吃。小心再次中毒啊。你想想看，两个星期前你有多不舒服！

尤拉　我倒是很想知道我们这是什么时候要去地中海？不会比半年之后更早吧。况且我还得工作。我现在能怎么样呢，半年之内完全不吃牡蛎吗？

玛莎　如果这样最好。

尤拉　哦，那可不行。我做不到。其他什么事都随你，唯独这件不行。（感激地、温柔地微笑起来，看着牡蛎，不慌不忙地抓起一只，拿到嘴边嘬牡蛎汁，把醋和洋葱浇到牡蛎上，送入

口中，津津有味地嚼，同时不忘喝上两大口质量上乘的蜜斯卡黛）

玛莎 他净惦记着这些牡蛎，不吃就活不下去。以后得治治他这毛病，别满脑子光想着牡蛎和钱，也许还有那些证券。我们都一百年没去剧院看演出了！（恼恨地想）这些牡蛎有什么好？谁受得了这些东西……可是——时髦啊！现在时髦吃牡蛎。超级时髦！时髦吃牡蛎。时髦多生孩子。时髦去教堂。时髦跟牧师交朋友，和他们一起去吃烤串。时髦住在郊外。时髦在家里聚会、喝百里香茶、看老幻灯片。时髦用泡软的大麦招待客人，还说这是有益健康的纯生态食品。哎呀，味道可真香啊。还有时髦的。时髦把政治苦役犯的歌设置成手机铃声。总之，一旦时髦起来，就全都成了正面的、有现实意义的、值得崇拜的东西。别具一格又令人舒适。具有提升效果。使人变得更年轻。但这只是简单的时髦而已。还有一些时髦特别离奇古怪。那些出奇时髦的小野兽-大胡子工业机器人——它们会咬人，能发出咝咝的声音，会吐唾沫，还散发着臭味，它们个头矮小，毛发稀少，被称作大胡子真是名不副实，那么令人厌恶，却出奇地时髦，这种东西，一定要把它留在家里别让出来。离奇古怪的时髦还有：去饭店吃饭，花上五十美元，就会给你端出一片白菜叶子，外加两粒被芦荟汁喷湿的蔓越莓。即味美可口又有益健康，而最重要的是——这很时髦！离奇古怪的时髦还有：和别人分享一切，穿着破衣烂衫满大街游荡，只是为了让中央频道和各种脱口秀节目的记者在一旁跑来跑去跟着拍摄，或者是为了做网络直播,而这些都是事先说好的,再或者是为了获得喜欢的东西……离奇古怪的时髦还有:交一个残疾人朋友,然后用轮椅推着他去参加名人云集的新品发布会……离奇古怪的时髦还有:嫁给一个修道士。世上的时髦事太多了……一辈子都见识不过来!

尤拉 (吃光了牡蛎)就在这里吃甜点吧?

玛莎 还在这里吃?!不!真的太无聊了。

尤拉 那我们就赶快飞到维也纳去,吃薄酥卷饼。

玛莎 好啊,你就为了吃上薄酥卷饼在飞机上颠儿吧……

〔天籁般的女中高音继续演唱。现在可以分辨出唱的是银行的广告歌曲——利率与贷款。

尤拉 五月份我们应该随便找个地方去度假。

玛莎 可以啊,可是去哪里呢?

尤拉 彼得罗夫一家要去海地。和他们一起去怎么样?

玛莎 飞到海地去太远了。

尤拉 你只不过是不喜欢彼得罗夫一家罢了。

玛莎 你干吗不高兴呢?难道是证券市场行情跌了?钱夹子瘪了?还是因为金融市场上情况有变化?

尤拉 五月份到底去哪儿?

玛莎 要不,就去克雷什金?

尤拉 什么?

玛莎 挺好的城市。离莫斯科三百俄里。

尤拉 亲爱的!这可比海地远多了。

玛莎 那里的小馅饼很出名……

尤拉 玛莎,我诚心诚意地求你了,放弃你那些怪念头……我可知道,你已经有两张黄牌了……(不紧不慢地吃完主菜)

克雷什金城。区中心!

克雷什金城的居民就像所有小城市和农村的居民一样,靠种菜园子过活,靠山吃山靠水吃水,把一些食物制成半成品过冬,因此罐头瓶和上面的盖子对于他们来说格外重要。

在那里,报纸上刊登着或者干脆在墙壁上随便粘贴着各种告示,河风一吹,纸片散落得随处可见,或者在城中飘舞。

"列夫欲结识奥沃恩。保证不泄露隐私。"

"一位年轻人将来到少女、太太及家庭伴侣的身边,实现最宝贵的愿望。脱衣舞表演。"

"出让猫咪给好心人,猫咪有花纹,机灵。"

"搭伙吃饭。我将全身心地呵护您。"

"一位安静的女士欲结识一位安静的男士。想建立暧昧关系者免谈。"

"安装火炉、壁炉,克罗克利大街5号,联系人叶果雷奇。"

"小瓶香水,严格提取,用心制造,一瓶百滴,每瓶一卢布。"

"长途汽车站旁的啤酒店,为多子女的母亲提供满意服务。"

"与有口皆碑的仙女共度高质量休闲时光。"

"三白妇女用品店出清商品，价格劲爆，诚邀光顾！各式长裤、运动短裤、加肥短衫——欧洲二手货。最新款式！"

"牛奶厂寻求牛奶供应人。"

"求购四轮大车或雪橇，有马亦可！"

"俏佳人装点您的闲暇时光。"

"多子女家庭接受童床、童车、自行车馈赠。"

"二号小区，女神之爱昼夜不停！"

"阿尔图尔·苏伊金——承办个人节日庆典、婚礼、社团及儿童节庆祝活动。"

"喷砂机绘画（适用于玻璃、餐具、金属），价格低廉。"

"我们克雷什金虽小，但对于我们弥足珍贵！

它伫立于河岸，风光如画！

它比白石城莫斯科还年长三岁！

它的小馅饼美名传扬！

猫咪美名传扬！

庙宇同样美名传扬！

瞧那庙宇中——天文馆、电影院和牛奶车间！

我们是克雷什金人，我们为此而骄傲！"

玛莎——吃牡蛎的尤拉的妻子——在克雷什金城的河堤上行走。四周空荡荡的，只有两个女人手挽着手来回走动，边走边机警地观察四周。

玛莎　你们好，请问这里有照相馆吗？你们干吗这么严肃地看来看去，就像哨兵一样？

第一个女人　我们是女子志愿队的。

第二个女人　来防卫恋童癖者。

玛莎　太可怕了……这城里有恋童癖者在活动？

第一个　暂时还没见过。可是报纸上、电视里都在报道关于恋童癖者的传言。

第二个　要知道他们是不会平白无故惊动民众的。于是我们决定预先防范起来。

第一个　没准他会从哪里蹦出来呢，那个仇敌！

玛莎　那么，如果你们抓到他，会怎样处置？

第二个　踢死他。

第一个　阉了他。

玛莎　就这么干，姑娘们！可是这周围不仅看不到恋童癖者，就连人都没有几个。大家都在哪里？

第一个　大人们在"火星"上……

第二个　……孩子们在坟场。

　　　［停顿。

第一个　人们都在"火星"厂上班，可是坟场的网络好，在小山丘上，信号强……

第二个　……于是就有人在那里开了一家网吧。

玛莎　我知道了，克雷什金——这个地方有点不寻常。

　　　［她来到照相馆。里面光线昏暗。本地人坐在小屋里，他也是后面将要出场的申请人。

本地人　您要拍照吗？

玛莎（在拍照椅上坐下，默默地看四周）　老唱片……我父母家里也有。好像派不上用场了，可是扔了又怪可惜……平克·弗洛伊德乐队……

本地人　您是要身份证、护照，还是烧在陶瓷上的照片？

玛莎　您认不出我是谁吗？

〔本地人仔细看起来，但没答话。

我——安哲拉！

〔本地人一头雾水。

对，安哲拉！斯涅让娜的好朋友。克里斯蒂娜的丈夫给我下了毒。是他弄错了。后来他还非常难过。您不记得了吗？哎呀，电视连续剧"唯一的爱——二"！第一季和第二季！三月份，俄罗斯第一频道播放的！当时在我们那里的收视率还很高呢。

本地人　我从来不看电视。

玛莎　在莫斯科住着很多演员，可是谁也不认识他们，也从来没有人能认出他们。（等着他问"这么说您是个女演员？！"可是……）

本地人　这么说您是从莫斯科来的？！莫斯科怎么样啊？据说现在就是个普普通通的城市……

玛莎　您好久没去过莫斯科了吧？

本地人　上七年级的时候我们举行过物理竞赛，奖品就是去莫斯科。那次我在竞赛中获胜了，却没有去成莫斯科——因为出了水痘。后来，五年之后，我在摄影比赛中又赢了。当时的奖励是——去莫斯科参加大师班。可是老天爷故意作对，总有那么多破黄瓜……你不得不时常翻来捡去，怕它们烂掉，可那些破黄瓜最终还是……而那美味的树莓却始终在森林里……

玛莎 真是遗憾！您这么一个多才多艺的人……但克雷什金也是一个挺好的城市。

本地人 距离莫斯科三百俄里，离开国道两公里，现在您正处在19世纪。挺好的城市。安静。在这里尽可以痛痛快快地喝成醉鬼。

玛莎 就算在纽约也有可能喝成醉鬼。

本地人 可是在这里很便宜就能喝个痛快。您别急。这个城市压根儿就没人需要什么演员、失败的摄影师、老唱片的收藏者。

玛莎 哪儿还有人需要他们——瞧您说的！我找到了一些带胶卷的底片暗盒。是从照相机里取出来的。不知怎么就很感兴趣，想知道上面有什么。您能冲洗出来吗？

本地人 您是为了这件事来克雷什金的吗？可您在莫斯科的任何一家……（他明白自己说错了话）

玛莎 您能洗出来吗？完事后请给我打这个电话。谢谢！再见。

本地人 您愿意让我带您在城里转转吗？那我们就去卢那察尔斯基-月亮公园。

〔玛莎和本地人来到克雷什金市文化公园，穿过带有雕塑装置和锈迹斑斑的金属杆的大门，钻进了真正的热带丛林、密林地带和灌木丛。这是一个被遗弃的老公园，里面长满椴树，定期受着阴雨天、休假者和星期六义务劳动者的折磨。

在密密匝匝的杂草丛中，有一些恐龙骨架般的、生锈的旋转木马东倒西歪地竖在那里。但摩天轮还在正常运转。玛莎和本地人钻进座舱。锈迹斑斑的摩天轮吱吱呀呀地缓慢转动，在这一上一下的运动中，昼夜乃至季节不断更替，孩子们出生并长大成人。

本地人 在克雷什金漫步——通常是一件重要的事。当你从桥上望着河水，你会感觉到心跳停止了——湍急、纯净的河水中倒映着教堂的穹顶，一座座小房子从垂立在堤岸上的柳树旁，沿着陡峭的河岸延伸开来。你会不由自主地走向那里，走到高高的山岗上，融入老街区那伴随着叮当声响的静谧中。克雷什金是特维尔公国边界上的要塞。而边界在哪里，哪里便会有战争。15世纪的时候，克雷什金是一个特别大的贸易中心，大到发行有自己的货币——克雷什金钱币。喏，我们这里现在还到处留有过去的遗迹呢。南方的一位公爵小姐，为了摆脱和一个异教徒的婚姻，从钟楼上跳了下去。自此开创了先河：就在这同一个地方，同一天，姑娘们从四面八方赶来，祈祷自己能遇到好的未婚夫。外敌入侵时，克雷什金人把自己锁在大教堂中，集体自焚。因此我们这里是个有众多传统的城市，克雷什金人是格外骄傲和热爱自由的人民。而在1899年7月，契诃夫夫妇曾在车站的餐馆就餐。也就是在光顾我们的车站餐馆后，契诃夫笔下出现了这样一种表述方式：背叛丈夫的妻子，就像是一块大大的、凉凉的肉饼。

［载着玛莎和本地人的那个锈迹斑斑、垫子磨得破破烂烂的座舱转到了最高处。那里视野辽阔。远处一望无际。四周

有很多地方，非常多的空地，不被人需要的多余土地，遍地都是白桦树的田野，荒无人烟的村庄，在那些村子里，只有蝴蝶花能让人想到这里曾经失过火，蝴蝶花的存在标志着这里曾经有过一栋房子，人们在里面生活过……

〔那些荒无人烟的村子里，花园中热闹依旧——苹果树一直不明白，怎么就没有人需要它们了呢？每到五月份苹果花依然盛放，而在八月份也会依照惯例结出果实。

〔玛莎和本地人站在堤岸上，望着河水。

本地人 以前我们这条河能通航，是重要的交通干线。但是自从尼古拉铁路建成之后，一切就都改变了。现在它只不过是一条小小的河。是我最要好的朋友。

玛莎 您这位最要好的朋友怎么称呼？

本地人 它叫勿忘河。

玛莎 可地图上不知怎么却是另外一种叫法。

本地人 它就叫勿忘河。河岸上还长着一种不丢草。

玛莎 到秋天这种草会结出欺骗果，对吗？

本地人 您怎么知道？

玛莎 我也不清楚我怎么知道……

本地人 那您过得怎么样？

玛莎 很好。我一切都很好。我以前在剧院演出，那是一家很小的剧院，您都想象不到……后来我出嫁了……我的丈夫是尤拉……尤里·格尔曼诺维奇……他总体上相当开朗……以前他总爱开玩笑……比如说，我们飞洛杉矶的时候，他不时地叫空姐过来，询问还要飞多远，可是当大家都睡着了，他又一次按下按钮，空姐过来后，他就问："您是否觉得我们很烦人？"他分蛋糕的时候，手里总是握着一把圆规，为的是切得均匀、分得公正。他做事特别公正。那时他是"俄罗斯，前进"银行的二把手，可是在升任一把手之后，他就再也不开玩笑了。（无停顿）您愿意和我通信吗？只是别写电子邮件，而要写真正的信，在纸上写的那种？

本地人　就是说用钢笔和墨水写，是吗？

玛莎　是的。您听我说。您一定要来莫斯科！带着您的妹妹来找我。

本地人　可您家里有个再也不开玩笑的丈夫。

玛莎　我自己有一套住房，是从祖母那里继承下来的，在郊外，但是旁边就有地铁站。我会把钥匙交给您，您住在那里，和您的妹妹四处走走……

本地人　谢谢！

玛莎　今天真是太美好了！好不容易来到克雷什金城，就为了洗一些老照片——这可真够落伍的。我就是很想做一件落伍的事。只是您别告诉任何人，好吗？否则我本来就已经有两张黄牌了……

　　［本地人不解。

　　是因为我做了有损于莫斯科人体面的事。在那里，如果衣服穿得不对头，或者脸上露出忧郁的表情，没有为我们比赛队伍的成绩感到高兴，或是说话不得体……要么就是到处瞎说八道……或者是家里的孩子有点少，现在莫斯科人也很在意这一点……

本地人　玛莎，您说，一定要说实话。我们，这些住在外省的人，就像外星人一样，是吗，对于你们莫斯科人来说，我们就像外星人，是吗？

玛莎　为什么这样说？（热烈地，坚定地）你们是和我们一样的人……您就来吧！莫斯科，在这个城市里，外来者每一秒钟都在做出成就！

本地人　如果是这样，当然，他们去那里就算成功了……

　　　〔玛莎离开。

　　　〔但他俩真的就此开始通信了——那些信都是手写在信纸上的。于是每个人都盼望着来信，为收到新的信件而喜悦，就这样过了整整一个夏天……

本地人的家里

　　　他本人，他的外祖母，母亲与妹妹。外祖母分外年轻，瘦骨嶙峋的。房间里到处都是罐头瓶和盖子，还有蘑菇、黄瓜及树莓。

老太婆　我们做半年吃半年。一分耕耘一分收获。爱储备东西的人胜过有钱人。所有吃的都是自家做的，有机食品，没有防腐剂！

妹妹　（对本地人）你告诉她，就说在婚礼上我是和伊万诺夫家的小女孩坐在一起的，他们给了我一点钱，却让那个小女孩抢了去……

老太婆 人家干吗给你钱呢,傻丫头,还不是因为给他们做了那么多东西,因为奶奶做的羊肉汤才给你钱的……

妹妹 我想买睫毛膏,就像尤尔卡用的那种,那样的话就可以……

老太婆 攀比!尤尔卡的丈夫有稳定的生活来源,负担得起五千卢布的赡养费。你要是嫁给施德尔呀,也买得起抹脸用的黑鞋油……

本地人 奶奶!别让我听到这种话,哼,丽达嫁给施德尔?!

老太婆 哎哟哟,我们算什么……那个甫拉季克,你的同班同学,总爱吹牛的那个,人家可已经是个大人物了——曜,那大肚子,络腮胡子,现在是四十位受难者教堂的牧师。那可是个油水多的地方。生孩子、洗礼、结婚、死了人——办所有这些事都要给牧师钱哪。他向你问好,留了个号码,说有事给他打电话。在那儿做安魂祈祷还是要公事公办。所有人都不错,就你自己……结婚吧!单身汉只是半个人,大家都这么说。光棍汉现在总是给人当成靶子——他不是恋童癖吧,那个家伙快倒霉了。

本地人 (拿起东西尝,嫌恶地)外婆!我这吃的是什么呀,真难吃?!

外祖母 你就别挑剔了。鸡蛋里挑骨头。俄罗斯人的肚子连凿子都消化得了。吃到我们肚里总比放进盆子里好。还在妄想别人把你当摄影师!现在每个人都是自己的摄影师,哼,都用数码相机。你还是找点事儿做为好。别人家的孩子都不错。切萨尔金家的小儿子——那可是块金子,而不是调皮鬼。他有自己的生意——谁找他,他就去帮谁淹死小猫崽子。还得提前一个礼拜跟他预约。他这做的是哪门子生意!现在的年轻人啊,在哪一方面都有新发明。只有你这个摄影师,一心想着办展览、去莫斯科、去莫斯科……好好在家待着,叶列玛……你这团稀软面,还是就在家乡的克瓦斯里变馊吧!咱们家不就有人总以为自己是女音乐家嘛,(冲本地人的母亲点头)去了一趟莫斯科,挺着个大肚子回来当老妈的累赘……

〔本地人的母亲默默地摆弄罐头瓶。她没有辩解。显然,老太婆所说的一切对她来说是一种折磨,但她已经完全屈服了。

(对母亲说)你还坐着干吗,傻胖子?去打听一下,精神病防治所什么时候带人去闲逛,去吧,还能认识点儿人……柳达!回到地球上来,干吗光眨眼不说话?把手洗干净,然后去社会保障处。好像开始发补助金了,除冰溜子用的……一到春天,冰溜子就会掉到阳台上,把储存的东西全都压坏……我们是做半年吃半年……就算没有什么莫斯科,我们照样正常过日子!有退休金,有工资,有菜园子,有森林——一切正常。有住处有吃喝。你还鸡蛋里挑骨头。眼下丽特卡要是嫁给施德尔,日子还会过得更好……

施德尔的独白

壮小伙,因在菜园子里干活而被晒黑的脸上时刻挂着一副大大的笑容。想要讲述一件有趣而重要的事。

简单地说，那个……我们就是那样的人，那种，总之……我乐意，那个什么？……这个人也是，嗯，着了魔，简单说吧，可我呢，就是那样的，那种——呃……就大笑起来……也就是说，喏，简单说吧，我们就是那样的，你琢磨一下，是吧？……而他们那些人，是另一种……简单说吧，我们走过来……在那儿——总之，靠，我就被卡住了……喏，就是这样，简单说吧，那种……

〔显然小伙子人不错，不会害人，但要嫁给他并且为他生孩子则万万不可。

〔这段独白可以随意延续很长时间，直到观众鼓掌喝倒彩为止。

（听到观众喝倒彩，他真的动怒了）嘿，别骂娘了，你自己来试试呀，操……可找到聪明人了，操……你自己试试看，说啊，别骂娘，我倒要看看，操……每骂一次娘，尼古拉·乌戈德尼克就会抛弃这个人三年，我们的牧师在疾病防治所里说过的，就是这么说的——一句话三年……你拿计算器算算，操……我们所有人的命提前一千年就……（怒气冲冲地，消失不见）

外祖母 （挨着本地人坐下，亲切地、近乎恳求地说）我把你那辆旧自行车送给施德尔的奶奶了，因为女邮递员没有自行车可不行。要知道，想把施德尔和他那份补助金一块儿弄到手的，可不止我们一家，奇科博雷金家也提亲了，还有涅多米亚托夫家……得尽快举行婚礼，好了结这桩事。你怎么总自以为是？总是瞧不上眼呢？你知道，我已经去过疾病防治所，和医生聊过了，她说不碍事，施德尔的病发展得挺慢，可以结婚……况且，在克雷什金哪儿还能找到第二个这样的人呢？在"火星"厂能找到吗？三个月都开不出一次工资！这可是万里挑一的，很难遇到。有了那笔补助金，我就能让买卖快速周转起来。贫穷不是罪过，可是会产生罪过……

［妹妹大声地、用力地打了个喷嚏。

瞧，这就是说，我说得对……

母亲 （兴奋起来）你打了个2调的喷嚏，降低了十六分之一的音。以后再也别这样了。

老婆子 又开始了……笨货……

本地人 （默默地摸母亲的头）我们在恋爱的时候体验到的，或许，是一种正常的状态？热恋会给一个人指明他应当成为什么样的人，不是吗？

［三个女人看着他。

老太婆 别人家的孩子都不错……唉，作孽啊……

第一次面谈

本地人转换为申请人。

精心穿戴一番，全神贯注地检查了无数次所有的材料，本来已经走到了门口，又返回来，把文件夹重新放在桌上，在一大堆文件中翻寻。这非常重要。不能忘带任何材料。翻遍文件夹的每一层。重新扣好文件夹，押平夹克衫，离开。

面谈是在一个普通的铁路售票处进行的。

检查员长时间地审查申请人递交的文件。申请人看着检查员。两个人沉默了特别长的时间。

检查员 （突然把注意力从文件上移开，坦诚而礼貌地向申请人微笑）就是说，您要买到莫斯科的票？

申请人 是的。

检查员 好极了。请您说"啊"。

申请人 啊……

检查员 很棒！据说莫斯科近年变化很大，越来越好了。现在请您说"呜"。

申请人 呜。

检查员 说"呃"？

申请人 呃。

检查员 您以前是在哪儿上的学？我的意思是说，是谁告诉您"呜"发平声就是"呃"？

申请人 猜到的。

检查员 真是少见……那么……从布列斯特火车站坐电车到尼古拉耶夫火车站，怎样走更快？

申请人 现在从白俄罗斯火车站到列宁格勒火车站根本不需要坐电车，因为从1938年起莫斯科地铁就把这些车站都连接起来了。

检查员 看来您已经有思想准备了，不至于慌了神……您此次莫斯科之行的目的是什么？

申请人 参观特列季亚科夫画廊和莫斯科克里姆林宫的几个博物

馆，去猫剧场看《老鼠铁路》。
检查员　精神病科医生的证明开好了？对……收入证明呢？嗯，我看，对，凭这些买到莫斯科的火车票就够了……各种疫苗……和一个手续齐全、准备充分的人打交道真是一件愉快的事，您知道吗，因为有时候会来一些那样的人……荧光照？哎哟哟……我夸您夸得早了……您干吗要给我添乱呢……
申请人　怎么了？
检查员　您这是老式荧光照。
申请人　老式荧光照？
检查员　这是昨天拍的。而我们部门的要求是，荧光照的有效时间不得超过二十四小时。唉……请您事先了解一下好吗？下次我值班是……星期二。您星期二来吧。带上新的荧光照。说定了，我等您……

　　〔申请人走出来，在桥上站立良久，望着桥下的河水，对河说。
申请人　让我星期二再带着新照片来一趟。只能如此了……似乎一切并不那么糟糕。（冲河水眨眨眼，下）

妹妹在谈论一场革命

　　我们看到，她非常喜欢谈论这个话题，说得兴致勃勃，眉飞色舞，发"sh"音时格外用力。

　　"革命！真正的革命！还从来没有过那样的刷头。这个圆溜溜的小刷头可以用来完成新的、更加精准的动作，它使用方便，效果无懈可击！一把小小的球形刷头，在人们习以为常的方面带来了一场新变革！

"睫毛膏的两种成分——凝固和纤长成分，极大减少了睫毛膏的涂抹量。小刷头能精心地装饰眼睫毛，并且会产生惊人的整体效果！这个高品质的球形小刷头由超柔软的弹性材料制成，具有完完全全颠覆性的、并且已获得专利的外形，有着种种完美的特性。适用于任何眼形！对任何类型的睫毛，甚至是最短最细、特别难打理的睫毛都适用！

"它以专业化的精准，使睫毛从睫毛根到睫毛间，在包括下眼睑在内的眼角处由内而外地达到了区分清晰、光滑平整、呈现美丽弧度的效果。在被授予专利权的纪梵希小圆刷头的作用下，睫毛被机械拉长的情况得到了优化，并被富有弹性的、轻巧的蜂蜡薄膜迅速固定下来，确保了睫毛膏体快速变干。"

申请人　丽达。如果你嫁给施德尔……

妹妹　"其结果是——短短几秒钟之内，就能拥有无懈可击的长睫毛，一双格外弯曲的俊俏睫毛，将赋予您的眼神以全新的整体效果！"

申请人　丽达！

妹妹　他有八千五百卢布的补助金。每个月都有。从不拖欠！你试试看不发给那个疯子，看谁敢……他还能干点私活，我也会赚点外快。而补助金可以攒起来。我呢，就去上几个培训班……付费的那种……施德尔有什么不好，他从不害人……

总是笑眯眯的……他的一双眼睛很可爱……

申请人 我现在，当然，也是该成家了。应该成个家了。外婆会开心的。她如愿了。她一个人掌管着整个家庭。外婆头脑灵活，胆子大。她去抢劫过飞机。有一次，一架从莫斯科飞往塔林的飞机坠落在这儿的树林里。紧急情况部封锁了现场。所有人都怕得要命，唯独她不害怕，既不怕紧急情况部，也不怕那些死人。她去了那里，悄悄地抢劫一番，拖回满满一小车东西。不该让这些东西坏掉啊。现在让外婆放心不下的，就是我还没成家。一般来说，人们之所以结婚，就是为了不让父母心急。接下来还要生孩子。也是为了哄老奶奶们开心。而且还为了不让邻居们猜测，以为你有什么毛病。所以说结婚生子就是为了让邻居们不用异样的眼光看你，让父母得到安慰。或者说只是因为两个人都无处可去，大家就只好这么一直过下去。

玛莎和尤拉在莫斯科

尤拉 玛莎……玛莎，你爱我吗？

玛莎 当然爱。

尤拉 真的爱我？

玛莎 真的。怎么会不爱你呢？

尤拉 你真好，玛莎……（停顿）就是说，你是爱我的，对吧？你深深地爱着我？

玛莎 这有什么奇怪的。

〔停顿。

尤拉 可是假如你对我的爱不那么深呢,比如说……那么这和你不恨我有什么区别?你不恨我吧?

玛莎 老天保佑,尤拉。你自己想一想,我有什么理由恨你?

尤拉 还少吗……(停顿)玛莎,但是即便你恨我,也不会恨得太厉害吧?

玛莎 哦,不……

尤拉 一定不会恨到直接杀死我吧?啊?不会吧?

玛莎 不会的,尤拉。恨到杀死你——不会的。绝对不会。你自己想想看,我干吗要杀你?

尤拉 确定?

玛莎 确定!

尤拉 否则就太可怕了,玛莎。你知道吗,真是太可怕了。那他们为什么单单恨我呢?要知道我自己一直想不出这是怎么回事……说真的,我能做什么呢?毕竟我只是一个银行家,而不是上帝……

玛莎 可是根本就没有人想要恨你,你这是从哪儿来的念头?

尤拉 真可怕,玛莎。那我现在就走了?

玛莎 走吧,尤拉,镇定点儿。

〔尤拉刚要走,又返回来,发表独白。

关于从前的莫斯科的独白

玛莎,我想给你说说莫斯科……由于你太年轻,你不了解它的另一面……我见过大剧院旁盛开的苹果树,在那里,胜利日那天,那些当时还一点也不衰老的老战士在手风琴的伴奏下跳舞……斯列坚卡小街由一系列门洞和可以穿行的院落连接起来,那些院子对所有人都是开放的。有一天,我和几个朋友在普留希赫街做客,待了很长时间,夜深了,我们步行返回索克利尼基。花园环那么地空旷和宽敞,简直都能在那里举办舞会或坐下来喝茶……将近半夜的时候,天黑了,刚过两点,东方就开始骤然呈现出绿色,于是你会以为,那是亚乌扎河上方的安德罗尼科夫修道院白色围墙发出的光亮……年轻时我们时常步行游览莫斯科……在花园环和伊里奇哨卡之间,有一处房舍被废弃的街区。上大学时,我们潜入一所小小的私宅,生起屋角的壁炉,烤上土豆,喝着阿尔巴特牌啤酒。

那种感觉棒极了。那是我生命中最美好的一段,玛莎……我们银行搬家的时候,我是过了一年之后才明白的,我的办公室——恰好就是那个在屋角有一个壁炉的房间。可是不知怎么我却高兴不起来,而是正好相反……我和莫斯科已经不再能彼此辨认出对方的面目了……

玛莎 你这是怎么了,叶戈尔?
尤拉 叶戈尔……你早就不这么称呼我了。多好的名字啊——叶戈尔。而不是什么尤里·格尔曼诺维奇……好，我要走了。
玛莎　我会在电视上看到你的。你要冲我招招手啊。
尤拉　我还是揉揉鼻子吧。我一揉鼻子——就意味着在跟你打招呼。
〔尤拉离开。

玛莎读克雷什金的来信

"亲爱的玛莎，我正在准备莫斯科之行需要的文件。我们这里一切照旧。黄瓜大丰收，腌了九十五罐。我妹妹丽达被她的那些施德尔新娘竞争者搞得十分郁闷。外婆于是雇了一帮被火星工厂辞退的家伙，报复那些姑娘，狠狠地揍了她们一顿。我现在正在读1979年的《哲学问题》杂志，同时也在学挪威语，以便更好地理解汉姆生。您在读什么呢？唉，玛莎……生活越来越复杂，可是人们却显然变得愚蠢了，不切实际的人也越来越多。我们在想，换个新沙皇生活也许会更好……外婆总觉得快要闹饥荒了，于是大家就去储存桦树皮，他们说这东西营养非常丰富。储存了八口袋。期待与您相会，再见……"

玛莎给克雷什金写信

"我亲爱的，我们这里也是一样，一切都慢慢腾腾，马马虎虎。尤拉不知为何买下了一块地皮，他说这是一项非常有利可图的投资。休假期间我们待在芒通的萨伊江采夫家——

他们买了一幢特别可爱的小别墅,但乔迁喜宴办得很无聊,齐斯卡利则和柳拜乐队都做了表演,对我来说这也就是一种消遣,完全不值一提的小事。卡佳和洛马离婚了,分割了属于他们的几家钢铁公司和几个孩子。我只能满心遗憾地眼巴巴看着他俩痛苦到极点。我期待与您相会,我们有说不完的话……我现在读的书很多——有卡尔罗的一部最新长篇小说、《写给大孩子的圣经》和《乌克兰菌类图鉴》。拥抱您,我的远方的、亲爱的朋友。"

[写完信,玛莎打开大屏幕电视。

[演播室里,睫毛夸张的女主持人和一位财经人物——玛莎的丈夫尤拉。观众席上——谈话的参与者、普通人、民众。

女主持人 好的,我们今天请到的嘉宾是"俄罗斯,前进"银行董事会主席尤里·戈尔曼诺维奇……呃,呃,呃……(不论是在直播间的提示牌上,还是在自己的小本子上,她都没看到尤里名字中的姓,在耳脉中也没听到提示词;她眨着眼不知如何是好)

尤拉 大家好!

女主持人 尤里·戈尔曼诺维奇……

尤里 您说。

女主持人 说到钱……

尤里 嗯。

女主持人 资金,这么说更合适。

尤拉 嗯,是的。

女主持人 消费篮子。

尤拉 哦,对!

女主持人 您个人尝试过靠消费篮子过日子吗?

尤拉 啊-哈!

女主持人 我明白您的意思了,尤里·戈尔曼诺维奇。还不止如此呢。通货膨胀,物价上涨。人们感到焦虑。

尤拉 一切尽在掌控中。

女主持人 大家感兴趣的是,接下来情况将会怎样。

尤拉 我现在就用自己的脑袋担保,总体上,接下来什么事都不会发生。

女主持人 非常感谢,尤里·戈尔曼诺维奇。现在我们来谈谈您的业余爱好……

〔在观众当中,有一个从旧时代过来的人,身穿大学生制服上衣,眼神狂热。他从怀中掏出一根用脱水植物的空心杆做成的小管子和一小撮花锹果。把花锹果塞进小管中,射向尤拉。血像喷泉一样从尤拉头上涌出。

〔玛莎惊恐地跳起来。

〔屏幕上,浑身是血的尤拉从圈椅上爬起来。人们发出尖叫声、号哭声,乱作一团,惊慌失措。光线昏暗,电视屏幕上的光熄灭了。

玛莎 天哪,怎么回事?……

〔她使劲按遥控器上的所有按钮——换到了别的频道:彼得罗香、乌尔甘特及策卡罗频道。玛莎一把抓起手机。

〔尤拉号啕大哭着走进房间。

尤拉 真是一帮恶棍,是吧,玛莎?幸亏是那个跟我很像的人替

我去的……最后一刻我决定派他去……要知道那是一个特别好的小伙子……而且长得太像了……再也找不到那样的……（痛哭）

第二次面谈

检查员 对，是的是的，我记得记得……您有过一点点债务……照片。对了！您通过了摔跤考查？乘坐地铁的规则您知道吗？确定？第一条第三款是什么？

申请人 （背诵条文）"地铁乘客须相互礼让，在车厢中为老幼病残孕让座，保持清洁，维护社会秩序，爱护地铁站内公共财物。"

检查员 棒极了……是的，看来，您能去成莫斯科……莫斯科，那是我们的首都，我们所有人可爱的、慷慨好客的家园，所以说任何人，绝对地，任何一个俄罗斯人都能来这个美好的城市……只不过做所有事情都要规规矩矩的，不得发生任何意外，不能给我们和白石城 - 母亲城莫斯科的见面抹黑。顺便问一句，呃，您就说实话吧，除了想看特列季亚科夫画廊和莫斯科克里姆林宫博物馆，您究竟干吗要去那里？

申请人 我有个密友在那儿住。

检查员 他在莫斯科的具体什么地方住？

申请人 诺沃穆切尼科夫大街，16 栋，8 单元，314 号……

检查员 好极了，一切都符合规程，合乎规矩，那个地方在大环外，到那里去是完全允许的，因为市中心禁止穿不起阿玛尼的人进入。(瞥一眼申请人)也就是说,只有穿那样的衣服,才允许你参观那些需要提前预约的名胜古迹,还得是乘坐地铁前往。深夜去是最理想的,因为那时乘客少。还有就是要尽快返回。您都同意吧?请在这里和这里签字。

〔申请人签字。

诺沃穆切尼科夫大街?

申请人 16栋,8单元……

检查员 但是诺沃穆切尼科夫大街已经改名了。改为自由、平等、友爱路。怎么,您不知道吗?

〔申请人不知所措。

那条街改名了。七月份的时候那里发生过骚乱,顺便说一句,一些来自其他城市的人使用骗术混进了首都。

申请人 这我知道。

检查员 有受害者?

申请人 五死三伤。

检查员 商店被毁坏?

申请人 十家。

检查员 车辆被焚烧?

申请人 十二辆……

检查员 暴动者的要求?

申请人 "自由、平等、友爱"。

检查员 很对。最主要的后果就是诺沃穆切尼科夫大街改名叫自由、平等、友爱路。这事发生在三天前,社会反响强烈。可是您却不知道。哎呀呀。哪儿都不适合去。只能把您……

［申请人惊恐地看检查员。

撤下来。请您去三楼的第五间办公室。那里一般几乎用不着排队。您去保安那里在通行手续单上签字证明，然后再回来找我。我现在要去午休，所以午休后才办理证明文件——欢迎您再来……

［申请人离开一小会儿。

首都创作界的知识分子

两个人上场。性别不限。搬出来两把椅子。舒舒服服地坐下。热烈地、尽可能真诚地谈话。

第一个人　为什么？

第二个人　为什么，为什么？！

第一个人　我真不明白！

第二个人　我只是不想让自己弄明白这件事……

第一个人　向这件事妥协！

第二个人　这些愚蠢的新规定是针对莫斯科的外来人口的……

第一个人　这种东西让人无法容忍……

第二个人　这是对一切的粗暴践踏！

第一个人　我愤怒至极！

第二个人　可这是为什么呢？！

第一个人　在这种情况下，首都创作界的知识分子为什么要到边远地区去呢？！

第二个人　去那些小城市？！

第一个人　不是和代表团一起去,不是带着剧作去演出,也不是去挣稿费!

第二个人　而仅仅是去那里。还是自愿的。这是我们公民应尽的义务!

第一个人　和当地的知识分子交流,随便地和居民交流。

第二个人　和他们同甘共苦,谈天说地,了解他们的需求!

第一个人　设身处地地为他们着想!毕竟我们不了解他们的生活状态!

第二个人　对于我们来说,他们就是外星人。

第一个人　同胞之间的所有联系都被中断了!

第二个人　为什么,这是为什么?

第一个人　我愤怒至极!

第二个人　可是要知道,在外省,在那些小城市里,有才干、有学问的人比比皆是……

第一个人　他们中的任何一位都比被捧得极高的首都聪明人强百倍……

　　　　〔迅速地、不友好地相互对视。

第二个人　我们一起去吗?

第一个人　当然!

第二个人　那我们明天就出发。

第一个人　好啊!明天我们拿上票就……等等,明天是罗波莫果夫画展的开幕日,我得……要不,我们后天出发?

第二个人　"我们的沙箱"艺术节后天将要颁发新造型奖,我是评委会成员,不能缺席。

第一个人　你就等着吃枪子儿吧。

第二个人　嘿！你怎么敢，你这个混蛋！

第一个人　我会在 Life journal 写文章曝光你，等着瞧！

第二个人　我会在 Facebook 写文章曝光你。

第一个人　我真替您害臊！

第二个人　我才为您害臊！

第一个人　不知羞耻！

第二个人　真不要脸！

　　　　〔沉默，怒目相视，然后扭头看钟表。

第一个人　（严肃而平和地）怎么样，到此为止？

　　　　〔第二个人耸耸肩。

　　　　〔离开。

第三次面谈

检查员　（拍手）您老了很多！不过我还是希望您的密友能认出您来。顺便问一句……您的这个密友——是个……姑娘？

申请人　是的。

检查员　那么我要告诉您一件不愉快的事。姑娘们再也不能在莫斯科待下去了。对，是禁止。生态环境糟糕，治安状况不好……也就是说，您的熟人要么已经变成了老太婆，要么就是搬走了……您知道，总之，我们私下里说啊，凭良心说，这就是您念念不忘的莫斯科！（恨不得马上撕碎或烧毁申请人的书面材料）在莫斯科，人的苦恼多得像海里的沙子……

人民的才智是不会说谎的。现在萨列哈尔德市周边正在建设一座新城……需要有居民迁入……怎么样？碰一下运气？

申请人 不。

检查员 白费口舌。

申请人 再见。

检查员 请便。

〔申请人来到大街上。

〔石头堤坝很快就到了尽头，于是他在杂草丛生的岸边坐下。望着河水。他情绪低落，决定给那位好不容易挤进牧师队伍的同班同学打个电话。拨手机号。长长的拨号音，然后……

令人愉快的男声 （带笑的）愿上帝保佑您！我是弗拉季斯拉夫神父，谢瓦斯基四十位受难者修道院的院长。非常遗憾，现在我们修道院的所有牧师都有事在忙。请您别挂电话，您的电话对我们来说非常重要……

〔申请人闭上眼睛。他感到很郁闷。

（继续说）请注意：为增进神职人员与教徒的相互理解，整个通话过程将被录音。如需商谈安排安魂祈祷、涂圣油或预定安魂弥撒，请在拨号键上按1。如需商谈婚礼、洗礼、祭献不动产及交通工具事宜，及预约感恩祈祷，请按2。如需忏悔，请按3，或发送您的忏悔文到我们修道院的网站，邮箱号是：三w点谢瓦斯基修道院，点人民，点ru。我们一定回复您。愿上帝保佑您。（拨号音）

〔申请人想投河，但又想，这样做会令小河感到不舒服。

他怜惜这条河，毕竟他们从小就是玩伴。他不知如何是好。这时小河提议道："回家吧……"

申请人 回家？

小河 对，回家。

　　［他从草地上站起来，朝家走去。

　　［克雷什金城和城郊的树林里已经是一派秋天的景象。晴朗而凉爽的十月拂落了片片树叶，早早地将黑暗聚拢起来，严厉地注视着窗户里，点燃桌子上方的灯，让人们坐下来剁白菜、腌渍蘑菇。克雷什金城的所有居民都在剁白菜和腌渍蘑菇。一张长得看不到尽头的公用桌子。人们正在为接下来的日子储备食品。一分耕耘，一分收获。

　　［申请人的妹妹（一只眼下方有一片乌青）、母亲和外婆忙着剁白菜。每个人都蒙着头纱，旁边站着那个领取优厚补助金的真正的精神病人，身穿新郎服装。所有人都在剁白菜。

　　［整个克雷什金城都在剁白菜。

　　［申请人瞥一眼妹妹和施德尔，若有所思地拿起一把很大的刀，看着外祖母，但又和大家一起在桌边坐下，开始帮助众人。

外祖母 （亲昵地抚摸他的头发）你就固执吧，胡闹……一方水土养一方人……巴黎虽好，可是在我们库尔梅什也能活……在家里就算干草都能吃……所有东西都是自己做的，有机食品，不加防腐剂……

秋天

一群莫斯科人带着包袱、背包和行李箱来到克雷什金。这些人当中有首都创作界的知识分子,有申请人的熟人玛莎和她的银行家丈夫。他手里拿着一把大圆规,以便在分馅饼或小蛋糕时做到公平。

一群莫斯科人　我们来你们这里了!

——从莫斯科直接过来的!

一群当地人　莫斯科现在什么样?

——变得更好了吗?

一群莫斯科人　莫斯科被交出去了。

——没有发生战斗。

——租出去了。无限期租让。

——真遗憾,连机场也租出去了,所以我们没能乘飞机去圣特罗佩的别墅。

——我们现在来你们这里了。

——在莫斯科即将建起一座贸易-娱乐中心,世界最大的,马上。

——在萨列哈尔德周边某地将要重新建造一座莫斯科城。

——和彼得堡一起,在同一座城里,免得吵架。因此我们来你们这里了。

——来了就不回去了。

——在这种小城市里有熟人真是太好了。

——因此我们现在来你们这里了!

〔这并没有引起克雷什金居民的极大热情。克雷什金人手里拿刀,默默盯着莫斯科人。

一群莫斯科人 (害怕,试图坚持)毕竟我们是同一个国家的公民,被共同的命运联系在一起……

——对,真的,宪法里就是这么写的。(打开一本小册子,展示)

玛莎 比如说我,我是一个演员。我可以满足你们在舞台艺术方面的需求。

〔停顿。

你们有这种需求吧?……别怕嘛,重要的是,我需要满足你们的需求……

一群莫斯科人 我们还要和你们分享自己的知识。

——你们也要和我们分享自己的本领。

——我们会怜惜你们,帮助你们生活。你们也要这样对待我们。

——所有人都要互助互爱。

——一切都会好的。

——冬天我们一起读书、看电影。

——一起吃储存食品。

——一起织袜子和手套。

——夏天一起钓鱼,一起去森林里。

——一起耕地。

——一起做罐头。

〔所有人都坐在大桌子旁,齐唱大门乐队的歌《水晶船》,一边唱一边以俄罗斯人特有的方式移动身体。

申请人　玛莎!

〔她看着他。

我洗好了照片。可照片上一片模糊……

〔秋风吹,黑白照片到处乱飞——照片上是前资本主义时代、18世纪初的莫斯科:路人的腿、坑坑洼洼的柏油路、阿尔巴特街上的有轨电车、狗、门洞、斯列坚卡街上的乌兰影院、站在机床边的街头磨刀匠、庭院里的老式汽车、自行车的影子……

——幕落

图书在版编目（CIP）数据

俄罗斯当代戏剧集.2/（俄罗斯）雅·普里诺维奇等著；文导微等译.—北京：中国国际广播出版社，2018.9
（中俄文学互译出版项目·俄罗斯文库）
ISBN 978-7-5078-4224-1

Ⅰ. ①俄⋯ Ⅱ.①雅⋯ ②文⋯ Ⅲ.①剧本—作品综合集—俄罗斯—现代 Ⅳ.①I512.35

中国版本图书馆CIP数据核字（2018）第170021号

《中俄文学互译出版项目·俄罗斯文库》由中国国家新闻出版署和俄罗斯出版与大众传媒署批准，中国文字著作权协会和俄罗斯翻译学院负责组织实施。

俄罗斯当代戏剧集2

出 品 人	宇 清
策 划	王钦仁
统 筹	张娟平
主 编	苏 玲
著 者	[俄] 雅·普里诺维奇 尤·波利亚科夫 等
译 者	文导微 赵艳秋 等
责任编辑	筻学婧
版式设计	国广设计室
责任校对	徐秀英

出版发行	中国国际广播出版社 [010-83139469 010-83139489（传真）]
社 址	北京市西城区天宁寺前街2号北院A座一层 邮编：100055
网 址	www.chirp.com.cn
经 销	新华书店
印 刷	环球东方（北京）印务有限公司

开 本	880×1230 1/32
字 数	250千字
印 张	10.75
版 次	2018年9月 北京第一版
印 次	2018年9月 第一次印刷
定 价	62.00元

版权所有
盗版必究